STRÖMUNGSABRISS

edition
innsalz

Helga Weinzierl
Strömungsabriss
Buchners zweiter Fall

herausgegeben von:
Wolfgang Maxlmoser
© edition innsalz Verlags GmbH
Pfarrgrund 3, A-5252 Aspach
Aspach – Wien – Meran
Telefon: ++43/664/338 24 12; Fax: ++43/7755/72 58-4
Homepage: www.edition-innsalz.at
E-mail: edition.innsalz@ivnet.co.at
ISBN 3-900050-25-2
1. Auflage 2005
Titelbild: Ernst Weinzierl
Gestaltung und Druck: Aumayer Druck und Verlag

Helga Weinzierl

STRÖMUNGSABRISS
Buchners zweiter Fall

Kriminalroman

Lange halte ich das nicht mehr durch, dachte Gottfried Buchner.
Mühsam unterdrückte er einen Aufschrei der Empörung, als er sah, wie die beiden Musiker Gitarre und Synthesizer auspackten.
„Aber tanzen werde ich auf keinen Fall", brummte er seiner Gattin Gerlinde mürrisch ins Ohr.
War es ohnehin schon an der Grenze des Erträglichen, bei dieser öden Geburtstagsfeier überhaupt anwesend zu sein, nun aber auch noch diese heulende, quietschende Dudelei über sich ergehen lassen zu müssen, die sich doch in der Tat „Musik" schimpfte, war zu viel für ihn. Das hatte er nicht verdient.
Er kannte die Zweimanngruppe Wagner & Wagner vom letzten Gendarmerieball und hoffte seit damals, diesen musikalischen Pfuschern nie mehr begegnen zu müssen. Bälle und Geburtstagsfeiern dieser Art zählten für Gottfried Buchner sowieso zu jenen Dingen des Lebens, die er zutiefst verabscheute. Dass man gewissen gesellschaftlichen Verpflichtungen nicht entkommen konnte, war eine bittere Tatsache.
Gerlindes Chef feierte seinen Fünfziger. Als Gemeindearzt fühlte er sich wohl verpflichtet, ein Riesenspektakel daraus zu machen. Ansonsten ist er geizig wie Dagobert Duck, aber heute ist das Teuerste gerade gut genug, grollte Buchner in Gedanken weiter, während er ein Stück Sachertorte in den Mund stopfte.

Zugegeben, das Büfett war phänomenal – trotzdem, Gottfried Buchner hasste solche Partys.
„Längstens eine Stunde noch", flüsterte er Gerlinde zu, die von der schlechten Laune ihres Mannes bereits angesteckt war.
So sehr hatte sie sich über die Einladung ihres Chefs gefreut, fühlte sich geschmeichelt, dass er sie und ihren Gatten bei seinem Ehrentag dabei haben wollte. Wenn sie auch wusste, dass dieser Abend für ihren Mann die reinste Tortur war, ein bisschen mehr Selbstüberwindung wäre schon angebracht gewesen.
Nun arbeitete sie seit einem halben Jahr als Sprechstundenhilfe bei Dr. Weinberger. Und es machte ihr wirklich Spaß.
„Nein, bitte nicht! Jetzt hält er auch noch eine Ansprache! Das überlebe ich nicht", raunte Gottfried Buchner etwas zu laut.
„Psst", zischte Gerlinde, „wenn dich jemand hört."
Sie saßen wie bei einer Hochzeit an einer langen, weiß gedeckten, blumengeschmückten Tafel. Die Leute rechts und links von ihnen kannten sie zwar, doch war es in den letzten fünfzig Minuten nicht gelungen, eine anregende Unterhaltung in Gang zu bringen. Die schleppend verlaufenden Gespräche über den ausgezeichneten Gesundheitszustand des Gastgebers oder das scheußliche Wetter draußen konnten wenig begeistern.
Gottfried Buchner grinste schadenfroh, als die feierliche Ansprache des Gemeindearztes vom durchdringenden Gejaule eines Handys gestört wurde.
Beschämt nestelte ein junger Mann in seiner Hosentasche. Seine rubinrot getupfte Krawatte zum orange-braun karierten Sakko ließ vermuten, dass ihm die nötige Farbberatung einer in Geschmacksfragen sicheren Gefährtin fehlte.
Das ist doch der neue Volksschullehrer Simbacher, stellte Buchner fest. Er beobachtete, wie der Mann die zweite Hand schützend um sein ans Ohr gepresstes Handy legte und aufstand. Gerade im Begriff, die Festtafel zu verlassen, um die anderen nicht zu stören, blieb er plötzlich wie vom Blitz

getroffen erstarrt stehen. Er ließ die schützende Hand wieder fallen, wurde bleich und öffnete seinen Mund, als wolle er schreien.
„Aber, nein! Bitte, Willi!", begann er laut zu stammeln.
Nun merkte auch der Gemeindearzt, dass etwas Schreckliches geschehen sein musste. Abrupt unterbrach er die Rede und richtete seinen Blick auf den jungen Lehrer.
Einen Moment lang hielten alle den Atem an. Man hätte eine Stecknadel zu Boden fallen hören – so still war es.
Lehrer Simbacher brach das Schweigen. Er schrie: „Nein, Willi! Es gibt immer einen Weg. So hör mir doch zu!"
Der grauhaarige Mann neben dem Lehrer stand auf und begann ebenfalls, am Handy zu lauschen. Offenbar hörte nun auch er die Stimme aus dem Telefon und rief: „Willi! Wo bist du? Nein! – Nicht!"
Er entriss dem jungen Lehrer das Handy.
„Willi! Ich bin es, Harry! Nicht! Willi – nein! Hör mir zu! Was fällt dir ein? Lass dir sagen…" Er ließ den Arm sinken, starrte ins Leere und sagte laut: „Aus."
Innerhalb weniger Sekunden standen alle anderen Gäste auf und umringten die beiden Männer. Auch Gottfried Buchner verließ seinen Platz, um Genaueres zu erfahren.
„Was ist denn passiert?", fragte Buchner den grauhaarigen Mann. Es war Harry Meixner. Jeder im Ort kannte Harry. Er führte den Tabakladen am Marktplatz.
„Der Willi, der Willi hat sich was angetan", stammelte Harry Meixner. „Er bringt sich um, hat er gesagt. Mein Gott."
„Nun einmal ganz langsam." Gottfried Buchner breitete vorsichtig seine Arme aus, um neben den beiden erblassten Männern Platz zu schaffen.
„Setz dich nieder, Harry", sagte er langsam.
Harry setzte sich.
„Hat er gesagt, wo er ist?", fragte Buchner weiter.
„Nein."
„Hast du irgendetwas außer seiner Stimme gehört?"
„Nur ein fernes Pfeifen."

„Ein Pfeifen?"
„Ja. Mein Gott! Der Zug! Das war der herannahende Zug!"
Harry sprang auf. „Wir müssen ihn suchen. Vielleicht ist es noch nicht zu spät!"
„Ja." Gottfried Buchner packte Harry am Arm. „Wir fahren die Schienen entlang. Wir müssen ihn finden."
Wie hypnotisiert ließ sich Harry von Gendarm Gottfried Buchner führen. Die Menschen rings um sie wichen schweigend zurück. Auch Gemeindearzt Friedrich Weinberger stand stumm am Rande der Menge und machte den beiden Männern Platz.
„Kommen Sie mit, Herr Doktor!", rief Buchner ihm zu. „Wir werden Sie brauchen."

Schon seit Beginn des Abends goss es in Strömen. Gottfried Buchner lehnte sich zurück und atmete tief durch. Sein Kopf ruhte auf der Nackenstütze des Fahrersitzes. Er schloss kurz die Augen, als hätte er dadurch das Geschehene vergessen können. Ein wenig ausruhen, hier, in seinem geparkten Wagen, die schrecklichen Bilder der letzten Stunden aus den Gedanken streichen.
Sie hatten Willi nicht lange suchen müssen. Gerade als Buchner seinen Vorgesetzten, Postenkommandanten Hans Kneissl, von dem beabsichtigten Selbstmord verständigen wollte, läutete sein Handy. Kneissl seinerseits war dran und teilte ihm mit, dass er zum alten Lagerhaus kommen sollte. In dessen unmittelbarer Nähe sei ein Mann vom Zug überfahren worden.
Es war ein entsetzlicher Anblick. Arme und Beine waren vom Körper abgetrennt. Auf mehreren hundert Metern verstreut in Fahrtrichtung des Zuges lagen verstümmelte Leichenteile. Nur mehr rohe, blutende Fleischklumpen in der nassen Wiese. Trotz Vollbremsung war der Güterzug erst nach langer Wegstrecke zum Stillstand gekommen. Der übrige Torso lag zerquetscht unter den letzten Waggons eingeklemmt.

Gesicht war keines mehr zu erkennen. Nur verstümmeltes Fleisch statt eines menschlichen Antlitzes. Wie bei einem geschlachteten Tier quollen die Gedärme aus dem zerfetzten Leib.
Als Buchner den Leichnam erblickt hatte, glaubte er, erbrechen zu müssen. Mit einem heftigen Schluck würgte er die saure Brühe, die ihm hochkam, wieder hinunter und atmete tief durch.
Er hatte Wilhelm Pointner gut gekannt. Fast täglich hatte man sich getroffen, da sie im selben Gemeindebau wohnten. Nun war er tot. Zermalmt lag das, was von ihm übrig geblieben war, unter dem Zug.
Stunden waren vergangen, bis die Leiche abtransportiert werden konnte. Das Unfallgebiet war von der Gendarmerie großräumig abgesperrt worden, um nach weiteren verstreuten Leichenteilen zu suchen. Das kaputte Handy des Toten wurde unweit der Gleise in der Wiese gefunden. Der Lokomotivführer des Güterzuges war mit einem Schock ins Krankenhaus eingeliefert worden.
Nun vergönnte sich Buchner eine kleine Verschnaufpause in seinem Auto. Sein Kollege Andreas Ganglberger hatte die schreckliche Aufgabe übernommen, Wilhelm Pointners Witwe zu verständigen. Ich hätte das nicht gekonnt, dachte Buchner.
Einige Meter vor ihm stand das Auto des Verunglückten. Er ist also mit seinem roten Renault hierher gefahren, hat das Auto am Straßenrand abgestellt und sich auf die Schienen gelegt, überlegte Buchner.
Vorher noch rief er seinen jungen Kollegen an, um ihm den Selbstmord anzukündigen. Warum gerade ihm? Soviel Buchner wusste, hatte Wilhelm Pointner viele andere, bessere Freunde gehabt.
Gottfried Buchner zündete sich eine Zigarette an. Trotz Übelkeit. Er musste rauchen.
Warum hatte Wilhelm Pointner nicht jemand anderen angerufen? Seine Frau? Oder seine Mutter? Warum gerade einen

Kollegen, der ihm bestimmt nicht so nahe gestanden war? Günther Simbacher unterrichtete erst seit einem Jahr in Neudorf. Es gab doch Kollegen, die er besser gekannt hatte.
Die Zigarette schmeckte ihm nicht. Buchner dämpfte sie aus, stieg aus seinem Wagen und ging zum Auto des Toten. Es war nicht abgesperrt. Durch das Öffnen der Tür schaltete sich die spärliche Innenraumbeleuchtung ein. Der Wagenschlüssel steckte im Zündschloss. Ein angenehmer Geruch nach Leder stieg Buchner in die Nase. Ja, der Wagen war fast neu. Er erinnerte sich. Voll Stolz hatte Wilhelm Pointner in den letzten Wochen seinen Renault immer wieder im Garten hinter dem Gemeindebau gewaschen.
„Ein neues Auto pflegt man eben lieber als ein altes", hatte er Buchner einmal lachend zugerufen. Schweigend, mit einem künstlichen Grinsen hatte Buchner damals darauf reagiert und dann, außer Sichtweite, seinen Kopf geschüttelt. Er hatte kein Verständnis für diese übertriebene Wagenpflege gehabt. Aber vielleicht war er auch ein bisschen neidisch gewesen. Buchners alter, gelber Toyota war wirklich keine Augenweide mehr.
Und nun war er tot, der stolze Besitzer dieses Wagens. Buchner seufzte. Es war schwer, das Bild des zermalmten Körpers wieder aus dem Kopf zu kriegen. Welch schreckliches Ende, dachte Buchner, während seine Augen das Wageninnere inspizierten.
Ein feuchter, dunkelblauer Regenschirm lag auf dem Beifahrersitz. Gottfried Buchner streckte sich, um ihn zu ergreifen. Ja, er war noch nass. Wie war das möglich?
Gut, es hatte schon geregnet, bevor Wilhelm Pointner vom Zug erfasst worden war. Aber warum hatte er einen Regenschirm benötigt? Er musste vor seinem Selbstmord das Auto verlassen und den Schirm benützt haben. Als er von zu Hause weggefahren war, hatte er ihn gewiss nicht gebraucht. Die überdachte Garage befand sich gleich neben der Eingangstür des Wohnhauses. War Wilhelm Pointner vorher noch aus dem Wagen gestiegen, um seinen Selbstmord zu

überdenken? Nein, unmöglich. Ein Mensch, der vorhat, sich umzubringen, benützt keinen Regenschirm. Der würde den Regen nicht spüren. Gottfried Buchner wusste das genau. Damals, vor zehn Jahren. Er sah alles nochmals deutlich vor sich. Da war er es gewesen, der – verzweifelt und von Selbstvorwürfen geplagt – durch den Regen gelaufen war.
Im Disziplinarverfahren war seine Versetzung an einen anderen Gendarmerieposten beschlossen worden. Gerlinde hatte mit Scheidung gedroht – er wollte einfach nicht mehr von vorne anfangen. Aus, nicht mehr aufwachen müssen, hatte er sich damals gewünscht. Alles nur wegen dieser sinnlosen Sauferei! Alles hatte sie zerstört. Stundenlang war er gelaufen, mit der Dienstpistole in seiner Manteltasche. Ansetzen an die Schläfe, kurz abdrücken und alle Sorgen sind vorbei. Der Gedanke an seine Kinder hatte ihn schließlich gerettet. Nein, ein Mensch, der vorhat, sich zu töten, nimmt keinen Regenschirm zur Hand. Gottfried Buchner war ganz sicher.
„Buchner, was machen Sie da? Um den Wagen wird sich Kollege Bogner kümmern. Sie können nach Hause fahren."
Postenkommandant Hans Kneissl stand hinter ihm. Der Lichtkegel seiner Taschenlampe tanzte durch die verregnete Nacht.
„Wir müssen den Wagen untersuchen lassen. Da stimmt etwas nicht!" Aufgeregt sah Buchner seinem vom Regen durchnässten Vorgesetzten in die Augen.
„Wie bitte? Warum denn das?"
„Herr Kommandant, irgendetwas stimmt da nicht. Wir müssen die Spurensicherung verständigen. Der Schirm. Er lag am Beifahrersitz. Noch feucht. Verstehen Sie?"
„Herr Kollege, gehen Sie schlafen! Sie sind übermüdet."
„Nein, glauben Sie mir! An der Sache ist etwas faul."
Kneissl richtete das Licht seiner Taschenlampe direkt auf Buchners Gesicht. Wie bei einem Verhör wurden Buchners Augen vom grellen Schein geblendet. Er musste blinzeln. Donnernd dröhnte nun Kneissls Stimme und rollte wie ein gewaltiger Fels über den Gendarmen hinweg:

„Jetzt reicht's aber! Ich habe es satt, Ihnen immer alles x-mal sagen zu müssen! Haben Sie gehört? Legen Sie diesen verdammten Schirm zurück!"
Revierinspektor Buchner zögerte. Er kannte die Situation nur zu gut. Ober sticht Unter. Kneissl hat immer Recht. Doch er war zu müde zum Streiten. Wozu auch? Wie oft schon hatte er auf seiner Meinung bestanden und was war das Ergebnis? Nur unnötige Aufregung! Überzeugen konnte man Kneissl ohnehin nicht.
Voriges Jahr – etwas mehr als ein Jahr war es nun her. Da hatte Buchner Recht gehabt. Er war der Einzige gewesen, der an die Unschuld des Hauser-Bauern geglaubt hatte. Wie euphorisch ehrte man ihn, den kleinen Revierinspektor, nachdem er einen Mord hatte aufklären können! Sogar der Bürgermeister, alle waren stolz gewesen. Für kurze Zeit hatte man ihm auch wirklich großen Respekt entgegengebracht. Aber allmählich war Kneissl dazu übergegangen, von „unserem Erfolg" zu sprechen. Es war „unser unverwüstlicher Glaube an die Gerechtigkeit" gewesen, der zur Lösung des Falles führte.
Als Buchner schließlich darauf hingewiesen hatte, dass er allein es gewesen wäre, der an die Unschuld des Bauern geglaubt hätte, war ihm mangelnder Teamgeist vorgeworfen worden.
„Wir sitzen alle in einem Boot. Wie können Sie nur so selbstherrlich sein!", hatte Kneissl geantwortet.
Nein, es war unmöglich, Kneissl zu ändern. Nur er, Buchner selbst, wusste, dass es sein alleiniger Erfolg gewesen war. Und das gab ihm auch heute noch Kraft. Kraft genug, jetzt der Klügere zu sein und nachzugeben. Er legte den Schirm zurück und ging schweigend zu seinem Wagen.
„Buchner, schlafen Sie darüber! Dann werden Sie erkennen, welch Hirngespinst Sie heimgesucht hat", rief Kneissl ihm nach.
„Du kannst mich mal", brummte Gendarm Buchner kaum hörbar, ohne sich umzudrehen.

Das Kärtchen stand in der Mitte seines Schreibtisches. Kleine Messer, Totenköpfe und Pistolen – dilettantisch und schlampig mit rotem Filzstift hingekritzelt.
Daneben ein Vierzeiler:
„Es ist nicht alles Gold, was glänzt.
Das lehrt uns doch der Hausverstand,
und wenn du auch den Toten kennst,
nicht jeder stirbt durch Mörderhand."
Es wirkte. Buchner ärgerte sich. Gleichzeitig beschloss er, seine Wut nicht zu zeigen.
„Da haben wir ja Dichter unter uns", säuselte er, „welch talentierter Poet hat mir diesen Vers gewidmet?"
„Hör mal, Friedl!" Andreas Ganglberger, am Schreibtisch direkt gegenüber, lehnte sich mit verschränkten Armen zurück.
„Wir alle haben dich wirklich bewundert, letztes Jahr. Als du ganz allein und mutig die Unschuld des Hauser-Bauern bewiesen hast. Aber nun verrennst du dich. Kneissl hat uns erzählt, dass du irgendetwas Eigenartiges bemerkt haben willst. Das ist doch lächerlich. Du warst ja dabei, als Wilhelm Pointner seinen Tod ankündigte."
„Ja, telefonisch. Was beweist das?"
Gottfried Buchner nahm das Kärtchen mit dem Spottvers, zerriss es in zahlreiche Schnipsel und ließ sie in den Papierkorb unter seinem Schreibtisch flattern.
„Aber der Lehrer Simbacher hat doch die Stimme erkannt. Und auch der Meixner Harry. Beide können beschwören, dass es Wilhelm Pointner war, der weinend ins Telefon geschrien hat."
„Ich weiß. Trotzdem. Im Zeitalter der Technik ist alles möglich. Gesehen hat es ja keiner. Oder?"
„Was du dir alles einbildest! Möchtest mal wieder einen Mörder entlarven? Das ist es, Friedl! Gib's doch zu!", mischte sich Franz Bogner in das Gespräch ein. Sein Schreibtisch stand nur einen Spalt breit von jenem seines Kollegen entfernt.

Der Platz im Büro war eng geworden. Seit drei Monaten waren sie zu viert, nachdem der Gendarmerieposten des Nachbarortes Altenbach dem Rotstift der Regierung zum Opfer gefallen und aufgelöst worden war. Den alten Postenkommandanten Kuntner hatte man in Frühpension geschickt und Verena Mittasch hierher nach Neudorf versetzt.
Eine siebenundzwanzigjährige Kollegin, das war eine große Umstellung für die drei Beamten gewesen.
So ein junges Ding passt doch gar nicht zu uns alten Hasen, hatten sie gemeint. Andreas Ganglberger war sechsunddreißig, Buchner dreiundvierzig und Gruppeninspektor Franz Bogner fühlte sich mit seinen zweiundfünfzig ohnehin schon reif für die Pension.
Zwecklos, man musste sich fügen. Nun saß Verena Mittasch also neben ihnen, fuhr mit auf Streife, überwachte den Verkehr.
Zugegeben, das Büro war heimeliger geworden. Azaleen, Begonien und blühende Kakteen standen nun am Fensterbrett. Neben der Eingangstür schmückte eine riesige Fächerpalme den nicht mehr ganz modernen Raum. Und hinten an der Wand hatte Verena zwei selbstgemalte Aquarelle aufgehängt. Die vorher kahle Mauer war so zu einem angenehmen Blickfang geworden. Dennoch. Gendarm, das ist kein Frauenberuf, da waren alle drei Beamten einer Meinung. Wie kann ein so zerbrechliches, junges Ding nur auf die Idee kommen, zur Gendarmerie zu gehen, hatte sich Buchner oft gefragt.
Verena Mittasch saß schweigend an ihrem Schreibtisch vor einer aufgeklappten, roten Flügelmappe. Das schulterlange, dunkelblonde Haar zu einem Pferdeschwanz zusammengebunden, wirkte ihr ungeschminktes, feines Gesicht eher mädchenhaft als fraulich.
Sie fand es lächerlich, dass Ganglberger dieses Kärtchen gemalt hatte. Manchmal können Männer so unsagbar kindisch sein, hatte sie gedacht, als die beiden Kollegen kichernd das Gedichtchen zusammengereimt hatten. Aber sie be-

hielt ihre Meinung für sich. Schließlich war sie noch nicht lange genug da und wollte verhindern, unangenehm aufzufallen.

„Verdammt noch mal, jetzt lasst mich doch in Frieden!", hörte sie Gottfried Buchner fluchen. Die Diskussion der männlichen Kollegen kam einem Streit schon sehr nahe.

„Mit dir kann man nicht vernünftig reden. Kaum ist man anderer Meinung, beginnst du auch schon zu brüllen", schürte Franz Bogner das Feuer.

Bevor Gottfried Buchner antworten konnte, sprang Verena von ihrem Sessel auf und rief:

„Also, ich mache jetzt Kaffee! Möchte sonst noch jemand etwas Starkes?"

„Ja, bitte, das wäre herrlich", erwiderte Andreas Ganglberger, froh über die Ablenkung.

„Super, mir bitte auch", war Franz Bogner dankbar.

Gottfried Buchner reagierte nicht. Er ärgerte sich über die Worte seines Kollegen. Wütend blickte er zu Franz Bogner hinüber, schwieg jedoch.

„Friedl?", lockte Verena. Fünf Tage war es her, seit er ihr das Du-Wort angeboten hatte.

„Friedl! Möchtest du auch Kaffee?"

Beleidigt wollte er schon verneinen. Dann ergriff er seine Zigarettenschachtel, öffnete sie, nahm eine Zigarette heraus, zündete sie an.

„Ein starker Kaffee wäre jetzt wirklich ein Traum", sagte er und lächelte ihr zu.

∗

Braune Erde rieselte langsam von der Schaufel ins Grab. Allmählich verschwanden die dunkelroten Baccararosen in einem Berg von Erdklumpen. Viele Menschen waren gekommen, um Wilhelm Pointner die letzte Ehre zu erweisen.

Ein strahlend schöner Herbsttag. Viel zu schön für diesen traurigen Anlass.

Gottfried Buchner beobachtete die Trauernden. Der Zahnarzt Neudorfs, Dr. Richard Bauer, stand mit gebeugtem Kopf vor dem offenen Grab.
Ob Wilhelm Pointner nun von irgendwo herabsieht und weiß, dass sein Nebenbuhler hier steht, fragte sich Buchner. Hat er gewusst, dass seine Frau ihn betrogen hat? Mit diesem Mann, dem Zahnarzt?
Vielleicht nur ein einziges Mal – Gottfried Buchner wusste nicht, ob dieses Verhältnis länger gedauert hatte. Aber einmal bestimmt, war er sicher. Damals, voriges Jahr, als der Mord in Neudorf passiert war. Damals hatte Sabine Pointner gestehen müssen, mit Dr. Bauer die Nacht verbracht zu haben. Der Zahnarzt hatte ein Alibi gebraucht.
Natürlich wurde später darüber getratscht. Wilhelm Pointner war mit Blinddarmentzündung im Spital gelegen und schon hatte ihn seine Frau betrogen. Von den Gendarmen hatte sicher niemand geplaudert. Wie oder warum plötzlich die Leute davon gewusst hatten, konnte sich Buchner nicht erklären. Ob Wilhelm Pointner selbst, der gehörnte Ehemann, davon erfahren hatte, das lag im Dunkeln.
War er deswegen depressiv geworden? Hatte er sich aus diesem Grunde umgebracht? Nein, das war kein Selbstmord. Wenn auch die anderen daran glaubten, für Buchner stand fest, dass Wilhelm Pointner kaltblütig ermordet worden war.
Gerlinde zupfte plötzlich am Ärmel seines grauen Mantels.
„Die Kinder und ich gehen jetzt nach Hause – kommst du mit?", flüsterte sie.
Beide Töchter Gottfried Buchners, Anna und Eva, als auch sein Sohn Thomas, alle drei, waren einst Wilhelm Pointners Schüler gewesen. Thomas und Anna hatten sich frei genommen, um beim Begräbnis ihres ehemaligen Lehrers dabei sein zu können. Eva, die noch zur Schule ging, ließ einen Tag Unterricht im Gymnasium ausfallen. Schließlich war Wilhelm Pointner ein guter Lehrer gewesen, waren sich alle drei einig.

„Geht nur! Ich muss noch mit Frau Pointner sprechen", antwortete Gottfried Buchner.
„Warum das denn?" Gerlindes Flüstern wurde lauter.
„Erkläre ich dir später."
Schon verschwand Buchner in der Menge der Trauergäste. Wo war Sabine Pointner? Sie stand mit ihrer Mutter und dem Bruder bereits neben dem riesigen, schmiedeeisernen Ausgangstor des Friedhofs.
Gottfried Buchner steuerte direkt auf sie zu. Er hatte ihr schon vor dem Trauergottesdienst sein Beileid ausgedrückt. Ihr Fragen zu stellen, war zu diesem Zeitpunkt noch nicht angebracht gewesen. Während der letzten Tage vor dem Begräbnis hatte er sich bemüht, eine Befragung zu vermeiden. Aber heute musste es sein.
„Frau Pointner", begann er leise und drückte ihr fest die Hand, „einfach schrecklich, was passiert ist. Ich hatte nie geahnt, dass Ihr Mann so depressiv war."
„Herr Buchner", begann sie zu weinen, „ich kann das alles noch nicht glauben."
Ihr Bruder, der neben ihr stand, schlang seine kräftigen Arme um sie. „Sabine, komm, ich bringe dich jetzt nach Hause", sagte er.
„Nein, lass nur! Geht bitte vor", antwortete sie. „Die Leute warten bereits im Gasthaus auf Mutter und dich. Herr Buchner bringt mich schon nach Hause, nicht wahr?" Dabei blickte sie Gottfried Buchner in die Augen. Er sah ihren tiefen Schmerz.
Sie hat ihren Mann geliebt – auch wenn sie ihn betrogen hat, durchfuhr es ihn. War das möglich? Gottfried Buchner hasste Untreue. Aber ein Urteil stand ihm nicht zu, wusste er.
„Ich begleite Sie gerne, Frau Pointner", sagte Gottfried Buchner.
„Ich lasse dich doch nicht allein, mein Kind. Doch nicht jetzt!" Die Mutter Sabine Pointners drängte den Gendarmen mit ihrem Arm zur Seite.

„Nein, Mutter, bitte", protestierte Sabine Pointner. „Du gehst jetzt mit Manfred zum Auerhahn. Niemand kann von mir verlangen, dass ich bei der Zehrung dabei bin. Ich will jetzt allein sein. Herr Buchner hilft mir schon, nach Hause zu kommen. Bitte geht jetzt. Die Leute warten."
Ihr energischer Ton überzeugte.
Sie hakte sich bei Gottfried Buchner unter. Langsam schritt sie dahin und begann zu erzählen:
„Herr Buchner, wissen Sie, ich kann es noch immer nicht glauben. Das passt nicht zu Willi. Er und Selbstmord! Nein, ich kann mir das nicht vorstellen. Sicher, ja, in den letzten zwei Tagen hat er sich sehr seltsam verhalten. Aber das kam so plötzlich. Er hat nicht mit mir darüber gesprochen. Aber was es auch war – Selbstmord? Nein, das passte nicht zu ihm."
Gottfried Buchner bemühte sich, seinen Schritt dem gemächlichen Tempo der Frau anzupassen.
„Frau Pointner, inwiefern hat sich Ihr Mann seltsam verhalten?"
„Am Freitag kam er ganz aufgelöst von der Schule. Er war so schweigsam. Hat nichts gegessen. Er hat sich sofort in sein Arbeitszimmer begeben und telefoniert. Als ich nach einiger Zeit nachkam, um zu fragen, was los sei, hat er nur den Kopf geschüttelt und geschwiegen. Ich konnte mir das alles nicht erklären."
„Hat er überhaupt keine Andeutungen gemacht, was ihn so verstört hat?"
„Nein. Auch am Samstag war er noch komisch. Dann, am Abend sagte er, dass er kurz weg müsse. Und dann – dann hat er sich umgebracht. Wenn ich gewusst hätte, was es war. Wenn er doch mit mir darüber gesprochen hätte. Mein Gott!"
Sie schluchzte auf.
„Frau Pointner, hat Ihr Mann den Schirm mitgenommen, als er am Samstag wegfuhr?"
„Den Schirm?"

„Ja, es hat doch geregnet."
„Nein, ich glaube, der lag im Auto. Ja, wir haben immer einen Schirm im Auto. Für alle Fälle."
Also hat er den Schirm erst nach der Fahrt benützt, folgerte Buchner.
Sie erreichten das Wohnhaus. Gottfried Buchner begleitete die Frau des Lehrers bis zur Wohnungstür im ersten Stock. Dann ging er ein Stockwerk höher und war zu Hause.
„Wo ist denn eure Mutter?", fragte er, als er seine Kinder beim Küchentisch sitzen sah. Alle drei aßen Pizza.
„Mama ist noch schnell zur Ordination. Das Eingeben der Patientenkartei in den Computer. Du weißt. Das dauert", erklärte Thomas mit vollem Mund.
„Soll ich dir auch eine Pizza ins Rohr schieben, Papa?" Anna stand auf, ging zum Kühlschrank und nahm eine Packung aus dem Tiefkühlfach.
„Ich hasse dieses Zeug. Bitte lass. Tiefkühlpizza. Pfui, Teufel! Ihr jungen Leute habt aber auch überhaupt keinen Sinn mehr für gutes Essen. Aber wen wundert's? Eure Mutter hat ja keine Zeit mehr zum Kochen. Waren das noch Zeiten, als es hier so gut nach Gulasch oder Fleischlaibchen duftete! Nicht nach diesem künstlichen Zeug. Pizza. Pah. Wisst ihr was? Ich gehe jetzt zum Bachmeier und hole mir eine Semmel mit heißem Leberkäse."
Nur in der Fleischhauerei Bachmeier verstand man es, den Leberkäse nach Gottfried Buchners Geschmack zu bereiten. Die Konsistenz muss stimmen. Nicht weich wie Mehlpapp, nein, saftig und knackig soll er sein. Gleichzeitig aber flaumig und zart, mit einer würzigen, knusprigen Kruste. Außerdem muss das Stück groß genug sein – kein zierliches, dünnes Häufchen, das dann nur nach Semmel schmeckt. Als Krönung ein großer, pikant-scharfer Ölpfefferoni, der knirscht, wenn man hineinbeißt. Eine Leberkässemmel vom Bachmeier. Ein Fest für den Gaumen. Gottfried Buchner freute sich darauf.

Die alte, knorrige Linde am Ortsrand von Neudorf bot ein ideales Versteck. Hier, gleich hinter dem Felsvorsprung standen sie nun seit einer Stunde mit ihrem weißen VW-Golf, darauf erpicht, unliebsame Raser in flagranti zu ertappen.
Die Sonne strahlte durch das Blätterdach des Baumes. Üppiges, saftiges Grün begann, sich in Goldgelb, Orange, Ocker und Rostbraun zu verwandeln. Wild wuchernde Weinblätter am Felsgestein zeigten bereits ein tiefes, dunkles Rot.
Verena Mittasch genoss es, mit Gottfried Buchner auf Streife zu fahren. Sie fand es anregend, sich mit ihm zu unterhalten. Verstohlen beobachtete sie nun ihren Kollegen, der mit der Radar-Pistole neben dem Auto stand. Verena saß am Fahrersitz, den rechten Arm an das Lenkrad gelehnt, die Füße durch die offene Wagentür gestreckt.
Verträumt rechnete sie im Kopf. Wie viele Jahre Altersunterschied bestanden zwischen ihnen? Sechzehn Jahre. Was ist das schon, fand sie. Nichts! Ein Mann darf ruhig um zwanzig Jahre älter sein, entschied sie spontan. Ältere Männer sind doch wesentlich reifer und haben viel mehr Lebenserfahrung. Das kann einer jungen Frau schon gefallen, sinnierte sie weiter und dachte an Rudi. Mein Gott, war der unreif! Genauso alt wie sie, siebenundzwanzig. Aber welch ein Unterschied!
Unreif und kindisch, ja, so war er. Und immer wieder seine dummen Freunde, mit denen er mehr Zeit verbracht hatte als mit ihr. Segeln, surfen, extrembergsteigen, immer diese Sportarten, die ihr so gar nicht zusagten. Und die Beziehung war dabei auf der Strecke geblieben. Verena hatte zuerst versucht, seine Sportleidenschaft zu teilen. Vergebens. Sie war nicht der Typ, im Schlafsack im Freien zu übernachten und Gipfel für Gipfel zu erklimmen. Also hatte sie versucht, auf Rudi einzureden, Kompromisse zu schließen. Auch das misslang. Kaum war Rudi ein Wochenende nicht mit seinen Freunden beisammen, schon war er schlecht gelaunt. Hielt ihr vor, keine Interessen zu haben. Er konnte es einfach nicht genießen, daheim zu sitzen und zu kuscheln. Richtig lästig

und unruhig wurde er dann. Und erst die Gespräche, die sie führten. Eigentlich ging es immer nur um Motor- oder Wassersport. Nein, dieses halbe Jahr mit Rudi hatte sie geprägt. Sicher, sie war zu Beginn sehr verliebt gewesen. Rudi hatte ja auch eine überaus sportliche Figur. Sah echt toll aus. Aber sonst? Es tat weh, die Beziehung zu beenden, doch sie hatte keine andere Wahl. Irgendwie schmerzte es auch, dass er das Ende ihrer Partnerschaft so gefasst aufgenommen hatte. Vielleicht war er sogar froh darüber. Verletzt schien er jedenfalls nicht gewesen zu sein.
Es war nicht ganz fair, Gottfried Buchners Aussehen mit jenem von Rudi zu vergleichen, dachte sie. Aber eigentlich, nun, eigentlich schneidet Friedl gar nicht so schlecht ab. Sie lächelte.
Gut, ein bisschen Bauchansatz kann man erkennen. Doch das passt zu ihm. Es beweist, dass er keine so übereifrige Sportskanone ist. Wenn die älter werden, ist der Körper ausgemergelt, war Verena sicher. Da ist ein kleines Bäuchlein viel sympathischer. Außerdem ist Gottfried Buchner groß genug. Der misst bestimmt einsachtzig, schätzte sie. Die goldgerändarte Brille stört schon gar nicht, macht ihn interessant. Die dunkelblonden Haare sind gepflegt und üppig.
Wichtig bei einem Mann ist der Charakter. Und hier stellte sie Gottfried Buchner ein hervorragendes Zeugnis aus. Seine schönen, schlanken Finger waren ihr sofort aufgefallen. Irgendwo hatte sie einmal gelesen, dass die Hände eines Mannes seinen Charakter verrieten. Verena glaubte das. Ein Mann mit solchen Händen war sicher ein wunderbarer, zärtlicher Liebhaber.
Aber, was denke ich denn da, schalt sie sich. Buchner ist verheiratet und hat drei Kinder. Was sollen diese dummen Überlegungen?
Plötzlich raste ein Auto vorbei. So schnell, dass Verena keinen Gedanken fassen konnte.
Wieder. Noch ein Auto. Mindestens genauso schnell, schoss es wie eine Kanonenkugel vorbei.

„Das sind die Wachas-Brüder!" Gottfried Buchner sprang in den Wagen, auf den Beifahrersitz, und schlug die Autotür zu.
„Schnell, Verena!", schrie er. „Wir müssen sie kriegen. Die liefern sich schon wieder eine Verfolgungsjagd. Wahnsinn! Hier ist siebzig erlaubt. Die sind mit hundertzwanzig unterwegs. Wir müssen sie aufhalten. Ich glaub, die sind besoffen."
Verena startete den Wagen und fuhr los, dass die Reifen quietschten.
Mit Blaulicht und laut aufheulendem Folgetonhorn fuhr Verena so schnell wie noch nie in ihrem Leben. Den rechten Fuß fest auf das Gaspedal gedrückt, das Lenkrad starr umklammernd, war sie kaum fähig zu denken. Ihr Herz raste. Sie konzentrierte sich nur auf die Straße. Hoffte, bei diesem Tempo nicht aus der Kurve zu fliegen. Da, endlich, das rubinrote Auto des Älteren der beiden war schon zu sehen. Wie soll ich die nur stoppen, überlegte sie fieberhaft. Überholen und dann vor ihnen stehen bleiben? Ist das zu schaffen?
„Schneller, Verena!", schrie Buchner.
„Wie denn? Ich bin bereits auf Vollgas!"
„Die kriegen wir. Unser Auto ist schneller als diese alten Kübel!"
„Mein Gott, sieh mal, Friedl, da vorne, der Bahnübergang. Die Schranken gehen zu!"
Verena stieg auf die Bremse. Der Wagen vor ihr schleuderte und blieb stehen. Nur wenige Meter vor der sich schließenden Bahnschranke. Dicke schwarze, schlangenlinienförmige Bremsspuren blieben auf dem Asphalt zurück.
Verena glaubte kurz, Brandgeruch zu vernehmen, als sie aus dem Wagen stieg. Kurt Wachas hatte es noch geschafft, durchzufahren. Sein Bruder, Oliver Wachas, hatte verloren. Konnte den Bahnübergang nicht mehr passieren. Lässig stieg er aus seinem Auto und warf sich vor der herannahenden Beamtin breitbeinig in Pose. Gottfried Buchner holte noch den Alkomaten vom Rücksitz des Wagens, während Verena bereits bei Oliver Wachas stand.

„Sie haben sich einer Verkehrsübertretung schuldig gemacht", sagte Verena trocken.
Oliver Wachas grinste nur. Keine Antwort. Er musterte Verena. Betrachtete sie von oben bis unten. Als hätte er zuerst Anlauf nehmen müssen, ergoss sich ein Schwall unflätiger Wortspenden über die Gendarmeriebeamtin und gipfelte schließlich in einer eindeutigen, obszönen Bewegung von Wachas rechter Hand.
Verena war sprachlos und starrte ihn an. Sie sah nicht, dass ihr Kollege bereits neben ihr stand und die Szene beobachtet hatte.
„Was sagst du da, du Drecksack?", brüllte Buchner und riss dabei Oliver Wachas' Arme nach hinten. Damit hatte Wachas nicht gerechnet. Kaum, dass er begriffen hatte, von dem Gendarmen überwältigt worden zu sein, spürte er, wie Buchner ihm Handschellen anlegte.
„Du entschuldigst dich jetzt sofort bei meiner Kollegin!", schrie Buchner.
„Einen Dreck werde ich tun!", rief Wachas.
„Du entschuldigst dich jetzt sofort", beharrte Buchner.
Oliver Wachas spuckte vor Verena auf den Boden und blieb stumm. Das genügte. Gottfried Buchner rastete aus. Er zerrte Oliver Wachas bis zum Schranken. Dann hob er die Arme des Mannes nach oben, so dass die Mitte der Handschellen genau auf dem Ende des Schrankenbalkens auflag.
Der Zug donnerte vorbei. Ein Güterzug. Eisenbeladene Waggons. Oliver Wachas hatte wenig Zeit zu überlegen. Wenn der Schrankenbalken nach oben ging, würde er ihm die Arme ausreißen. Schon Buchners leichter Ruck, um die Hände auf den Balken zu kriegen, hatte gewaltig geschmerzt.
„Ich entschuldige mich", schrie Wachas.
„Etwas höflicher und in ganzen Sätzen bitte", befahl Buchner.
„Ich bitte vielmals um Entschuldigung, Fräulein." Oliver Wachas stand der Angstschweiß auf der Stirn. Der letzte Waggon rollte dröhnend vorbei.

„Warum nicht gleich so", sprach Buchner. Langsam und ruhig befreite er Oliver Wachas aus der misslichen Lage. Gerade noch rechtzeitig. Drei Sekunden später schnellte der Balken nach oben.
„So, und jetzt, mein Freund, werden wir schön dort hineinblasen." Buchner deutete auf den Alkomaten. „Wie viele Promille werden es denn sein? Sicher genug, um dir zu beweisen, dass du diese Szene im Delirium geträumt hast, mein Junge."
Dabei schlug er Oliver Wachas sanft auf die Schulter, als würde er einem guten Freund einen Rat erteilen.

„Mein Held", so hatte ihn Verena Mittasch noch mehrmals am Tag genannt. Voll Stolz, lächelnd und beschwingten Schrittes betrat Buchner an diesem Abend seine Wohnung. Wie leicht man doch den jungen Dingern von heute imponieren kann! Was war das schon Großartiges gewesen, schwächte er seine Tat im Geiste ab, um sich dabei nur noch wohler zu fühlen.
„Friedl, die Frau Pointner wartet schon seit einer halben Stunde auf dich", empfing ihn Gerlinde.
Sabine Pointner saß im Wohnzimmer und trank starken, schwarzen Kaffee.
„Herr Buchner, entschuldigen Sie, dass ich Sie zu Hause aufsuche und störe, aber ich muss Ihnen etwas sehr Wichtiges zeigen."
Sie erhob sich vom Sofa und kam auf ihn zu. Zitternd hielt sie ihm ein schmales, in dunkelblaues Leinen gebundenes Buch entgegen.
„Das ist das Notizbuch meines Mannes. Ich habe heute seinen Schreibtisch aufgeräumt und dabei diese Eintragung entdeckt. Sehen Sie nur."
Sie drückte ihm das Buch in die Hand. Er las die letzte Notiz, die Wilhelm Pointner gemacht hatte.

Schlampig und eilig hingekritzelt stand über der ganzen Seite:
Dieses dreckige Schwein. Und ich dachte, er wäre mein bester Freund.
Fragend sah Buchner der Frau in die Augen.
„Und – wer kann da gemeint sein? Wer war der beste Freund Ihres Mannes?"
„Der Alex, glaube ich. Oder hat er vielleicht den Manfred gemeint? Nein, der Anton. Das war sein bester Freund. Oder doch nicht? Herr Buchner, ich weiß es nicht."
Sie begann zu weinen.
„Ich habe schon stundenlang darüber nachgedacht, wen er meinen könnte. Keine Ahnung", schluchzte sie.
Dann sprach sie weiter: „Sie wissen ja, Willi war Mitglied beim Modellflieger-Club. Das ‚vierblättrige Kleeblatt' wurden sie genannt – mein Mann, der Anton, der Manfred und der Alex. Immer steckten sie beisammen. Wer von den Dreien sein bester Freund war, weiß ich nicht."
Gottfried Buchner kannte den Club. Er war in Altenbach. Sein Stiefbruder Gerald war ebenfalls Mitglied. Die Angst, Gerald dort anzutreffen, hatte ihn immer davon abgehalten, den Modellflugplatz aufzusuchen. Buchner verabscheute seinen Stiefbruder, der sich als Hauptschuldirektor in Altenbach für etwas Besseres hielt. Für Buchner war Gerald der Prototyp des arroganten Schleimers.
„Danke, Frau Pointner, dass Sie mir das gezeigt haben. Es bestätigt meine Theorie. Ihr Mann hat nicht Selbstmord begangen. Sie glauben ja auch an Mord. Sprechen wir es offen aus."
„Mord? Mein Gott, wie schrecklich das klingt", wieder schluchzte sie laut auf.
Gerlinde Buchner stand hinter ihrem Mann und schüttelte den Kopf.
„Mord? Friedl, was redest du da", sagte sie ungläubig.
„Doch. Auch, wenn es keiner hören will. Ich bin sicher. Und Sie auch, Frau Pointner, nicht wahr?"

„Ja! Ja! Der Willi hat sich nicht umgebracht", schrie sie. Weinend nahm sie Buchner das Notizbuch wieder aus der Hand.
„Entschuldigen Sie", murmelte sie und verließ fluchtartig die Wohnung. Verblüfft starrte ihr Gerlinde Buchner nach.
„Das ist jetzt nicht dein Ernst. Mord?", fragte Gerlinde.
„Doch. Ich bin ganz sicher."
„Friedl, solch ein Unsinn! Wir waren doch dabei, als er angerufen hat."
Gottfried Buchners folgende Argumente konnten sie nicht überzeugen. Schließlich gab er achselzuckend auf. Keiner glaubte ihm. Weder Kneissl, noch seine Kollegen, sogar die eigene Frau war anderer Meinung. Gottfried Buchners gute Laune war dahin.
Als ihm Gerlinde dann noch erklärte, wieder nicht zum Kochen gekommen zu sein, steigerte sich seine üble Stimmung zu echtem Frust.
Eine spärliche Aufschnittplatte als Abendmahl hatte ihm gerade noch gefehlt!
„So wird man aus dem Haus getrieben", jammerte er. „Dann geh ich eben ins Wirtshaus, um etwas Warmes zwischen die Rippen zu bekommen."
Leider existierte Gottfried Buchners Stammkneipe nicht mehr. Der alte Kirchenwirt hatte sich vor einigen Monaten zur Ruhe gesetzt. Sein Sohn, ohne Ambitionen, das Lokal weiterzuführen, hatte das Haus sofort verkauft.
Was Buchner am meisten ärgerte, war die Tatsache, dass sein Lieblingsgasthaus durch ein ausländisches Restaurant ersetzt worden war, ein China-Restaurant hatte dort seine Pforten geöffnet!
Pizzerias oder China-Restaurants, etwas anderes gibt es kaum mehr, hatte Buchner geklagt. Wo blieb die gute österreichische Küche? War es wirklich nicht mehr rentabel, gut und mit Liebe zu kochen? Anscheinend nicht.
Gottfried Buchners Magen rebellierte allein beim Anblick der rot gestrichenen Eingangstür mit den türmchengekrön-

ten Säulen, wenn er beim Restaurant „Peking" vorbeigehen musste.
Schlimm war auch, dass seine Naturfreunde-Kollegen den Birkenwirt ersatzweise als Stammlokal gewählt hatten. Das Essen beim Birkenwirt war miserabel. Das Bier schmeckte fad und der Wein erinnerte an sauren Most.
Diese Umstände führten dazu, dass Gottfried Buchner in letzter Zeit selten Gasthausbesuche unternommen hatte, sehr zur Freude Gerlindes sowie seiner Brieftasche.
Heute aber zog er es vor, sich über die Küche im Birkenwirt zu ärgern. Immer noch besser als zu Hause kalten Aufschnitt zu essen. Außerdem war dieser abendliche Aufbruch auch als Protest zu verstehen. Sollte Gerlinde nur sehen, dass sie ihn aus dem Hause trieb, wenn sie nicht zu ihm hielt.
So hockte er stundenlang wortkarg und verdrossen beim Birkenwirt. Die Würstel mit Saft lagen ihm schwer im Magen, als er gegen Mitternacht nach Hause wankte. „Keiner glaubt an mich", murmelte er verbittert, als er es nach mehrmaligen Versuchen endlich schaffte, den Wohnungsschlüssel ins Schloss zu stecken.
Obwohl er bald darauf tief und fest schlief, fühlte er sich am nächsten Morgen wie gerädert. Verkatert und griesgrämig fuhr er mit seinem gelben Toyota zum Dienst.

✻

Nachdem er ein Stück des köstlichen Marmorgugelhupfs verspeist hatte, fühlte er sich viel wohler. Auch der Kaffee schmeckte besser, seitdem ihn Verena zubereitete.
„Möchtest du noch ein Stück, Friedl?", fragte Verena, als sie seinen leeren Teller vom Schreibtisch nahm. Nicht ein Krümelchen war übrig geblieben.
„Danke, Verena, er schmeckt wirklich traumhaft. Aber du weißt – auch ein Mann sollte auf seine Linie achten."
„Ich bitte dich. Du doch nicht! Ein bisschen was muss bei

einem stattlichen Mann schon dran sein", schmeichelte sie. Das tat gut. Gottfried Buchner aß ein weiteres Stück Kuchen. Auch Kollege Franz Bogner bekam Gugelhupf serviert. Buchner wusste, dass Verena diese ausgezeichnete Mehlspeise nur für ihn gebacken hatte. Für meinen Helden, hatte sie ihm zugeflüstert, als sie ihm den Teller reichte. Bogner kam nur anstandshalber in den Genuss des guten Stückes, wobei er seinen Kuchen ohnehin kaum genießen konnte. Schon wieder diese Magenkrämpfe, erklärte er mit schmerzverzerrtem Gesicht, als er den Teller von sich schob.

Gottfried Buchner kannte seinen Kollegen gut genug, um zu wissen, dass das so sein musste. Bogner ohne Krankheit war wie ein Apfel ohne Kern. Übelkeit, Migräne, Magenschmerzen gehörten zum Leben Franz Bogners einfach dazu. Außerdem fühlte er sich ständig überarbeitet.

„Also dieses Verschwinden vom Pudlhaubn-Lois – was soll das?", jammerte Franz Bogner laut. „Der taucht sicher bald wieder auf. Nur weil seine Tante ihn ein paar Tage lang nicht gesehen hat, muss er doch nicht gleich vom Erdboden verschluckt worden sein."

Bogner zog den Kuchenteller wieder etwas näher an sich heran. „Jeder weiß doch, dass der Pudlhaubn-Lois ein Streuner ist. Wenn der etwas Geld hat, ist er oft tagelang im Öl. Eigentlich schade um ihn. War einmal ein echtes Ass auf der Bühne, ein hervorragender Schauspieler und Stimmenimitator. Wer weiß schon, wann und warum sein Abstieg begann, weshalb er mit dem Trinken anfing, alles verlor und schließlich zum Bettler wurde. Ist sicher eine Frau daran schuld. Wer weiß. Diesmal hat sich der Lois eben etwas länger verkrochen. Aber nein, seine Tante behauptet, er wäre spurlos verschwunden. Habt ihr gewusst, dass der Pudlhaubn-Lois eigentlich Alois Fritsch heißt? Nach einem Alois Fritsch müssen wir suchen. Wo, bitte, fangen wir da an? Mit solch unnötigem Kram müssen wir uns beschäftigen."

Franz Bogner riskierte es endlich doch, ein Stück Kuchen in den Mund zu stecken.

„Und dann zusätzlich diese Einbruchserie – die bringt mich bald ins Grab, sag ich euch", lamentierte er mit vollem Munde weiter, „ich bin total überarbeitet. Gestern bereits wieder. Diesmal im Kindergarten."
Gottfried Buchner erstarrte kurz. Dann sprang er auf, wie von der Tarantel gestochen. Schon stand er bei seinem Kollegen und begann, die Akten auf dessen Schreibtisch zu durchstöbern.
„Franz, wo ist denn die Akte vom Einbruch in der Hauptschule? Sie muss doch da irgendwo liegen."
Nervös nahm er eine Akte nach der anderen von dem Stapel auf Bogners Schreibtisch.
„Die hier, die hellgrüne Mappe, glaube ich", verwundert zog Bogner seine Stirn in Falten, „was ist denn so plötzlich in dich gefahren?"
Gottfried Buchner nahm die Mappe, schlug sie auf und las.
„Das war letzten Freitag, einen Tag bevor Wilhelm Pointner starb", stellte Buchner leise fest.
Verena hatte sich von ihrem Bürosessel erhoben. Sie stand neben Buchner und blickte ebenfalls in die Mappe.
„Das hängt alles irgendwie zusammen", sagte Buchner, „ich muss zur Schule, um Näheres zu erfahren."
„Ich komme mit, das ist bestimmt wichtig", beschloss Verena spontan, „weißt du Friedl, ich bin sicher, dass du richtig liegst. Ich habe dir immer geglaubt. Bei diesem komischen Selbstmord stimmt etwas nicht." Dabei schlug sie ihm entschlossen mit der Hand auf die Schulter.
„Jetzt seid ihr beide total übergeschnappt", konnte Franz Bogner seinen Kollegen nur mehr nachrufen. Beide waren bereits aus dem Büro geeilt.

Direktor Manfred Aichgruber spitzte sorgfältig den fünften Bleistift, als Gottfried Buchner und Verena sein Büro betraten. Bedächtig nahm der Lehrer den Stift aus dem runden, transparenten Dosenspitzer, prüfte die Mine mit scharfem Blick und legte ihn zurück in die Schreibzeugschale. Bei Manfred Aichgruber musste stets alles geordnet auf seinem gewohnten Platz bleiben. Wehe dem, der auf diesem Schreibtisch etwas veränderte. Die Putzfrau wusste genau, dass man hier nichts anrühren durfte. Umso schrecklicher war es für den Direktor gewesen, als vor einigen Tagen im Konferenzzimmer eingebrochen worden war.

Noch immer geschockt klagte er Gottfried Buchner und Verena sein Leid. Welch schreckliches Chaos der oder die Einbrecher hinterlassen hätten! Stundenlang hatten er und die Kollegen aufräumen müssen. Alle Ordner und Akten in den Schränken waren durcheinander geraten. Gestohlen wurde nur die Kaffeekasse mit dem spärlichen Inhalt von 23 Euro und 20 Cent.

„War es so, als hätte der Einbrecher irgendetwas gesucht?", fragte Buchner.

„Gesucht?" Manfred Aichgruber blickte erstaunt.

„Nun, ich dachte, es war reine Zerstörungswut, die den Täter veranlasst hatte, alles durcheinander zu bringen. Aber wenn Sie mich so fragen. Nun, vielleicht? Aber, nein, Unsinn! Was soll der Einbrecher schon gesucht haben? Die Kaffeekasse war in der Lade neben der Espressomaschine. Die war leicht zu finden. Wozu hätte man die Schränke durchwühlen müssen?"

„Hat Wilhelm Pointner etwas in den Schränken deponiert?"

„Der Willi? Ja, natürlich, wie alle Lehrer hatte er seine Skripten und einige Bücher im Schrank."

„Kann ich diese Unterlagen einmal sehen?"

Gottfried Buchner und Verena folgten dem Lehrer in das Konferenzzimmer, das sich gleich neben dem Büro befand. Direktor Aichgruber öffnete den Wandschrank und deutete auf das mittlere Regal. Drei gelbe, vier blaue und zwei rote Plastikordner standen neben einem roten Schulatlas, zwei Wörterbüchern und einigen Literaturklassikern. Ja, Geografie und Deutsch, das waren Wilhelm Pointners Fächer gewesen. Buchner erinnerte sich. Dann entdeckte er neben den Büchern vier Videobänder und zahlreiche Tonband-Kassetten.

„Wozu dienen die?", fragte Buchner und fühlte dabei ein freudiges Kribbeln in der Magengegend. Instinktiv spürte er, dass er das, wonach er gesucht, nun endlich gefunden hatte. „Sie wissen ja, dass Wilhelm Pointner oft Gedichte, Geschichten und Erzählungen vorgetragen hat. Das sind die Aufzeichnungen dieser Veranstaltungen", erklärte der Lehrer.
„Bitte, Herr Direktor, denken Sie nun gut nach. Fehlt etwas von diesen Kassetten oder Videobändern?"
Manfred Aichgruber zog seine Unterlippe nach oben, fast bis zu den Nasenlöchern. Das tat er immer, wenn er angestrengt nachdachte. Dabei wippte er leicht mit dem Kopf.
„Schwer zu sagen", stellte er schließlich fest. „Also, die Bänder sind vollzählig, da bin ich sicher. Aber die Kassetten – da könnten Sie Recht haben. Ich kann es nicht beschwören, aber ich glaube, das waren mehr. Da könnten wirklich einige fehlen."
„Wilhelm Pointner hat auch tragische Inhalte vorgetragen, stimmt's?"
„Willi konnte alles. Er war ein mitreißender Schauspieler. Die Leute haben gelacht oder geweint. Ganz wie er es wollte. Komödie oder Tragödie, ihm lag beides."
Gottfried Buchner lächelte. Das wollte er hören. Er fühlte sich bestätigt. Natürlich, das war des Rätsels Lösung. Der Anruf von Wilhelm Pointner, die Ankündigung seines Selbstmordes. Ein Zusammenschnitt aus seinen Lesungen. Diese wenigen Sätze. „Ich kann nicht mehr – ich will nicht mehr leben – ich werde sterben, hier und jetzt – mein Leben ist vorbei." Es war wohl nicht schwer gewesen, sie aus der großen Auswahl von Wörtern zusammenzustellen.
Warum gerade Volksschullehrer Simbacher angerufen wurde, war leicht zu erklären. Ein junger Mensch wie dieser Lehrer hatte sein Handy immer dabei. Außerdem muss der Mörder gewusst haben, dass sich Simbacher bei der Geburtstagsfeier aufhielt. In Neudorf und Umgebung kannte jeder jeden. Sogar Buchner wusste, dass der junge Volksschullehrer irgendwie weitschichtig mit dem Gemeindearzt, der seinen

Fünfziger feierte, verwandt war. Es war nahe liegend, dass er Gast bei der Geburtstagsfeier sein würde. Also genug Zeugen, wenn er aufgebracht und verstört die Abschiedsworte seines Kollegen hört, dachte Buchner.
Raffiniert. Welch schrecklicher Plan. Aber er war aufgegangen. Alle glaubten an Selbstmord. Welch krankes und doch intelligentes Gehirn hatte sich so etwas ausgedacht?
Verena war außer sich vor Aufregung, als sie die Hauptschule verließen.
„Wir müssen die schriftlichen Aufzeichnungen der Lesungen mit den Bändern vergleichen. Dann feststellen, welche Kassetten fehlen. Es ist viel Arbeit, aber so können wir genau erkennen, ob die fehlenden Sätze mit den Aussagen am Handy übereinstimmen", sprudelte sie heraus.
„Ich glaube, das ist nicht mehr nötig", entgegnete Buchner. Verenas Enthusiasmus tat ihm gut. Väterlich lächelnd versuchte er, sie zu beruhigen, indem er betont langsam sprach.
„Aber wir brauchen Beweise, Friedl. Du weißt ja, Kneissl ist da total verbohrt. Und die anderen Kollegen auch. Die sind schwer zu überzeugen."
„Wozu sollen wir sie überzeugen?", fragte Buchner herausfordernd.
„Aber – !" Verena blieb einen Augenblick stehen und sah Buchner verwundert an. „Du glaubst, wir sollen den Fall ohne die Kollegen verfolgen?"
„Schau, Verena. Bis wir die überzeugt haben, ist wertvolle Zeit verstrichen, falls wir es überhaupt schaffen, diese Ignoranten aus der Reserve zu locken. Nein, Verena. Ich habe das schon einmal erlebt. Was man nicht selbst in die Hand nimmt, ist verloren. Meine Erfahrung hat mich gelehrt, zu handeln und nicht zu warten. Ich werde mich ganz einfach in diesen Modellflieger-Kreisen umhören. Dort liegt die Antwort."
Buchner erzählte seiner Kollegin von Wilhelm Pointners Notizen. Als sie beim Gendarmerieposten ankamen, war

auch sie überzeugt, dass es besser wäre, die anderen nicht einzuweihen.
Nun waren sie Verbündete. Ihr Held, Gottfried Buchner, ermittelte allein und hatte ihr versprochen, sie auf dem Laufenden zu halten. Wie aufregend!

*

Zweimal schon hatte Gottfried Buchner den Telefonhörer zur Hand genommen, die Tasten eins - vier - sieben - drei gedrückt, den Hörer aber doch wieder vor der letzten Ziffer der Nummer auf die Gabel geknallt.
Dieser Anruf kostete ihn enorme Überwindung. Es musste sein. Also los, murmelte er tapfer, was soll's.
Er hatte seinen Stiefbruder Gerald etwa ein halbes Jahr lang nicht mehr gesehen. Früher, als die Mutter noch darauf bestanden hatte, traf sich die Familie wöchentlich zum gemeinsamen Abendessen. Einmal bei Gerald und Schwägerin Helene, dann wieder bei Gottfried Buchner zu Hause.
Bald nach Jahresbeginn jedoch hatten die Kräfte der alten Dame nachgelassen. Ihre Rückenprobleme waren immer schlimmer geworden, sodass sie ihr Zimmer im Altersheim kaum mehr verlassen konnte. So schrecklich der Zusammenbruch seiner Mutter auch war – das Entfallen der wöchentlichen Familientreffen schien Buchner wie ein Segen. Ein Abend mit diesem Schleimer bereitet mir ungefähr so viel Vergnügen, wie angekettet in einem feuchten Kellerverlies Ratten zu verspeisen, hatte er einmal behauptet.
Als Buchner nach so langer Zeit Geralds Stimme wieder hörte, zog sich sein Magen krampfartig zusammen.
„Hallo, Gerald, hier Friedl, wie geht's?"
„Wer spricht?"
„Buchner, dein – äh, dein ...", brachte Buchner das Wort „Bruder" nicht über seine Lippen. „Gottfried Buchner spricht hier. Gerald, kannst du mich nicht hören?"

„Doch, doch, du brüllst ja laut genug. Ich bin nur überrascht. Ist etwas passiert? Seid ihr alle in Ordnung?"
„Natürlich, alles okay. Ich wollte dich nur etwas fragen. Du bist doch Mitglied beim Modellflieger-Club Altenbach. Ich würde mich für diesen Sport interessieren. Kannst du mir da helfen?"
„Wie – du interessierst dich für das Modellfliegen?"
Die übertriebene Verwunderung ärgerte Gottfried Buchner. Warum sollte er sich nicht damit beschäftigen? Typisch Gerald. Traute ihm wieder einmal gar nichts zu!
„Hat mir schon immer gefallen, Gerald. Nun möchte ich endlich zur Tat schreiten. Kannst du mir helfen, in den Club aufgenommen zu werden?"
„Hör zu, mein lieber Bruder!" Geralds süffisanter Tonfall traf Buchner wie bohrender Zahnschmerz. „Dieses Hobby verlangt Geschicklichkeit, Ausdauer und Genauigkeit. Überlege dir das gut, bevor du dafür Geld ausgibst."
Das tat weh. Buchner wusste genau, dass Gerald seine Flugmodelle bauen ließ, da er handwerklich etwa so geschickt war wie ein Eisbär beim Rasenmähen. Und nun spielte sich dieser Wichtigtuer als Fachmann auf.
War es wirklich nötig, diesem Angeber den Gefallen zu tun, sich derart in Szene setzen zu können? Buchner schluckte, atmete tief durch und antwortete:
„Ich weiß schon, was ich tue, keine Angst, Gerald. Wer baut eigentlich deine Modelle? Der könnte mir sicher mit Rat und Tat zur Seite stehen. Ich möchte bauen und fliegen lernen – das gehört bekanntlich zusammen."
„Nun, du hast eben viel mehr Zeit als ich. Ein Schuldirektor hat schrecklich viele Verpflichtungen. Du hast ja keine Ahnung! Wie gerne würde ich meine Modelle selbst bauen! Komme auch fast nicht zum Fliegen. Schade. Aber alles verlangt seine Opfer."
„Armer, gestresster Erfolgsmensch", wurde Buchner ironisch. Das half etwas, die Schmeichelei, die er nun von sich geben musste, aus seinem Hals zu würgen: „Du bist sicher einfluss-

reich genug, um ein gutes Wort für mich einzulegen. Ich möchte so bald wie möglich Mitglied werden. Du bist der Einzige, der die Macht hat, das in die Wege zu leiten."
„Nun, mal sehen, was ich tun kann. Die haben nämlich Aufnahmesperre. Vierzig Mitglieder sind genug. Aber – wie du ganz richtig sagst: Wenn dir diesbezüglich jemand helfen kann, dann ich. Der Obmann ist mir ohnehin noch eine Gefälligkeit schuldig."
Gerald erzählte von den vielen guten Taten, die er für die Altenbacher Bürger schon vollbracht hatte. Seit er endlich in den Gemeinderat gewählt worden war, fühlte er sich als wichtiger Wohltäter. Jeder einzelne Satz dieser Selbstbeweihräucherung tat Gottfried Buchner weh. Doch er hielt durch. Als das Telefonat beendet war, hatte er Geralds Zusage, in den Club aufgenommen zu werden. Auch den Namen des besten Modellflugzeugbauers hatte er in Erfahrung gebracht. Kurt Wiesinger, der Schwager des Hauser-Bauern.
Das trifft sich gut, der hilft mir sicher. Immerhin habe ich voriges Jahr die Unschuld seines Schwagers bewiesen, freute sich Buchner.
Gerlinde, gewohnt, dass sich ihr Mann sofort nach Betreten der Wohnung an den Esstisch setzte, fragte verwundert: „Mit wem hast du im Hausflur telefoniert?"
„Mit Gerald", antwortete Buchner.
„Mit Gerald?" Gerlinde war dermaßen verwundert, dass ihr beinahe die Flasche Lagerbier aus der Hand glitt. Sie reichte ihrem Mann das Bier samt Glas und wiederholte die Frage: „Mit Gerald, wirklich?"
Buchner erzählte von seinem Vorhaben, Modellbau und Modellflug erlernen zu wollen, ohne zu verraten, dass er dabei dem Mörder Wilhelm Pointners auf die Spur zu kommen gedachte. Als Thomas zum Abendessen erschien, fand er Papas neues Hobby „geil". Selbst hätte er leider keine Zeit dazu. Nun wäre es für ihn wichtig, endlich den Führerschein zu machen. Das alte Auto, an dem er mit seinem Kollegen Ralf herumbastelte, verschlinge seine ganze Freizeit,

meinte er. Dabei erzählte er nicht, dass sein neuer Schwarm, Andrea, zusätzlich Zeit und Aufmerksamkeit in Anspruch nahm. Thomas, gerade siebzehn geworden, war als Mechanikerlehrling im Moment nur für Autos und Mädchen zu begeistern.
Eva saß an diesem Abend griesgrämig beim Essen und nahm die Neuigkeit mit einem teilnahmslosen „Aha" entgegen. Sie musste noch Latein lernen, das verdarb ihr jede gute Laune. Freudlos stocherte sie wortkarg an ihrem Reisfleisch herum.
Gerlinde gab zu bedenken, dass Modellbau bestimmt ein teures Hobby wäre.
Gottfried Buchner versprach Besonnenheit und bei der Wahl der Grundausstattung brieftaschenfreundlich zu agieren. Dabei ahnte er freilich nicht, dass seine Frau in anderen Dimensionen dachte. Woher sollte sie wissen, dass für einen Modellbauer die Wörter erschwinglich und billig eine völlig andere Bedeutung hatten. So wurde das heikle Thema alsbald fallen gelassen, ohne die möglichen, schwerwiegenden Folgen zu beachten.

*

Wie kann man nur auf die Idee kommen, ein so unsagbar grässliches Gebäude zu errichten, dachte Gottfried Buchner. Jedes Mal, wenn er den siebenstöckigen Monsterbau am Ortsrand von Altenbach erblickte, bekam er Gänsehaut. Abgesehen davon, dass ein Hochhaus nicht ins Landschaftsbild passte, hatte man für das Gebäude auch noch die Farbe violett gewählt!
„Zwetschken-Bunker", so nannte man das Haus und niemand begriff, warum der Neffe des alten Baumeisters Klein sein erstes Bauwerk so verschandelt hatte. Sicher als Rache dafür, dass er das Geschäft seines Onkels übernehmen müsse und nicht Musik studieren dürfe, hatte Buchner einmal bei einer Stammtischrunde geäußert, ohne zu ahnen, wie nahe er damit der Wahrheit kam.

Als Buchner vor der Eingangstür des „Zwetschken-Bunkers" stand, brauchte er eine Weile, bis er die Namen der zahlreichen Hausbewohner durchgesehen hatte. Wie vermutet, wohnte seine Kollegin Verena Mittasch ebenfalls hier, ganz oben, im 7. Stock.
Gottfried Buchner läutete bei Kurt Wiesinger, 2. Stock. Buchner hatte sich bereits telefonisch angekündigt und wurde von dem Modellbauer freundlich empfangen.
„Ich freue mich wirklich, dass ich Ihnen helfen darf", meinte Kurt Wiesinger ehrlich. Er war seinem Schwager Johann Hauser sehr verbunden und froh, sich nun irgendwie erkenntlich zeigen zu können. „Wären Sie nicht gewesen, säße der arme Hans vielleicht noch immer unschuldig im Gefängnis", erklärte er Buchner. Gleich darauf bot er ihm das Du-Wort an.
„Unter Modellflieger-Kollegen ist das üblich", sagte Kurt Wiesinger, „außerdem stört das unpersönliche ‚Sie' beim Bauen." Sprach's, holte zwei Bier aus dem Kühlschrank, reichte eines Gottfried Buchner, um sogleich mit der Flasche anzustoßen.
„Und nun zeige ich dir mein heiliges Reich", verkündete Kurt Wiesinger feierlich, als er langsam die Tür zum Nebenzimmer öffnete.
Gottfried Buchner war überrascht. Er hatte einen schmuddeligen Bastelraum erwartet, wo alles kreuz und quer durcheinander lag. Dass hier alles sauber, adrett und aufgeräumt wirkte, erstaunte ihn.
Ein großer Arbeitstisch stand an der Wand. Auf ihm befanden sich zwei Ladegeräte, eine Lötstation sowie eine Miniatur-Bandschleifmaschine. Darüber hingen Regale mit zahlreichen Kleinteile-Magazinen. Mit Ausnahme eines Wandschrankes auf der gegenüberliegenden Seite waren alle Wände voll mit zur Hälfte fertig gebauten Modellen. Fein säuberlich in ein extra dafür geschaffenes Regalsystem geschlichtet, boten sie ein überwältigendes Bild. Gerippte Flügelteile jeder Spannweite, Rümpfe aus Balsaholz oder glasfaserverstärktem Kunststoff, Höhen- und Seitenleit-

werke, in mühevoller Arbeit geschaffene, kleine und große Kunstwerke.
Das war das Arbeitszimmer eines Spezialisten. Gottfried Buchner freute sich, von diesem Meister zu lernen.
„Bevor wir beginnen, Friedl, kommt das Wichtigste!" Wieder sprach Kurt Wiesinger in einem feierlichen Ton, als würde er ein großes Geheimnis verraten.
„Schau, hier ist das Heiligtum jedes Modellbauers, unsere Bibel sozusagen." Er öffnete eine Lade des Wandschrankes und holte einen bunten Hochglanzkatalog hervor. „Das ist er – unser ‚Lindhofer'."
Er begann zu blättern.
„Vorerst brauchst du eine Grundausstattung. Wir müssen uns gut überlegen, was für einen Anfänger am besten geeignet ist."
Kurt Wiesingers Augen glänzten, als er Seite für Seite des Kataloges durchstudierte. Ob er sein Hochzeitsalbum genauso liebevoll durchblättert wie dieses Buch, fragte sich Buchner schmunzelnd.
„Nun gibt es zwei Möglichkeiten", meinte Kurt Wiesinger, „entweder du besorgst dir eine billige Grundausrüstung zum Probieren. Dann kannst du nach den ersten Flugversuchen immer noch überlegen, ob du nicht doch wieder aufhören willst und hast nicht zu viel Geld verschwendet. Oder aber, du entscheidest dich gleich für etwas Vernünftiges. Eine Kombination, die du erweitern kannst – dafür musst du allerdings gleich zu Beginn etwas mehr auslegen."
Während Gottfried Buchner noch überlegte, wanderte sein Blick durch den Raum. Die liebevoll geschaffenen, übereinander geschlichteten Teile der Modellflugzeuge begeisterten ihn. Plötzlich bemerkte er ein kleines Foto an der Wand. Ein dünner, weinroter Plastikrahmen umgab das Bild. Es zeigte Kurt Wiesinger mit einem seiner Modelle. Stolz hielt er es gegen den azurblauen Himmel.
„Was ist das für ein wunderschöner Flieger?", fragte Buchner, während er auf das Foto zeigte.

„Das ist der ‚Kranich'. Aber bis du dieses Modell fliegen kannst, brauchst du noch viel Geduld und Spucke. So schnell geht das nicht", antwortete Wiesinger, nahm das Foto von der Wand und reichte es Buchner.
„Schön", sagte Buchner nur, betrachtete das Foto und wusste, dass er sich für die teurere Variante der Grundausstattung entschieden hatte.

✻

„Ich finde es toll, dass du extra mit dem Modellfliegen anfängst, um den Mörder Wilhelm Pointners zu finden", flüsterte Verena. Sie waren allein im Büro. Andreas Ganglberger hatte frei. Kollege Franz Bogner war wie jeden Mittwoch beim Arzt. Es war unnötig zu flüstern, niemand konnte ihr Gespräch belauschen. Daher antwortete Buchner in gewohnter Lautstärke:
„So ein Opfer ist das nicht, Verena. Modellfliegen ist ein faszinierendes Hobby. Nicht gerade billig, aber interessant und anspruchsvoll. Ich freue mich schon auf meinen ersten Flieger."
„Trotzdem. Du setzt wirklich alles daran, um unauffällig ermitteln zu können. Opferst dein Geld, deine Freizeit, deine ganze Kraft. Das ist nicht selbstverständlich." Verena stand dicht neben ihm. Er konnte ihr Parfüm riechen, zitronig, ein Hauch von Mandarinen, frisch und unaufdringlich.
„Friedl – übrigens möchte ich dir vielmals danken, dass du mich ins Vertrauen gezogen hast. Ich bin stolz darauf, die Einzige zu sein, die eingeweiht ist."
Sanft berührte sie dabei seine rechte Hand. Ein kurzes Streicheln bis zu den Fingerspitzen, schon zog sie ihre Finger zurück, um ihm leicht auf die Schulter zu klopfen. „Danke", sagte sie dabei. Dann ging sie zurück zu ihrem Platz.
„Aber gerne, ich freue mich, wenn du mir hilfst", antwortete Buchner etwas irritiert. Schweigend starrte er in die aufge-

schlagene Akte auf seinem Schreibtisch. Der älteste Sohn des Metzgermeisters hatte im Kaufhaus nebenan einen Taschenrechner mitgehen lassen. Schon zum zweiten Mal wurde er beim Diebstahl ertappt. Daher hatte man Anzeige erstattet. Gottfried Buchner konnte sich kaum konzentrieren. Der Fall interessierte ihn nicht. Er dachte an Wilhelm Pointner. Und an sein neues Hobby. Sah in Gedanken Wilhelm Pointner mit dem Modell fliegen, das er auf dem Foto Kurt Wiesingers gesehen hatte. Nie mehr wird Wilhelm Pointner einen „Kranich" fliegen können. Warum? Was war geschehen? Wer hat ihn getötet und weshalb? Wer war zu solch einer Hinterlist fähig?

Ich muss alle Clubmitglieder gut kennen lernen, vielleicht finde ich eine Antwort, überlegte Buchner. Kurt Wiesinger hatte ihm eine Aufstellung gemacht, was er als Modellfluganfänger benötigte. Morgen habe ich dienstfrei, frohlockte Buchner. Eine gute Gelegenheit nach Molln zum Modellbaugeschäft zu fahren. Am Wochenende würde er bereits beginnen können, seinen ersten Flieger zu bauen. Gemeinsam mit Kurt Wiesinger.

Wenn das Wetter es erlaubte, könnte er auf dem Flugplatz seine ersten Flugversuche starten. Wiesinger hatte ein Anfängermodell zu Hause. Er würde es ihm leihen, damit er so rasch wie möglich mit dem Fliegen beginnen könne. Noch bevor sein erstes Modell gebaut wäre.

Gottfried Buchner blickte von seiner Akte hoch und sah zu seiner Kollegin hinüber. Ihre Blicke trafen sich. Verena errötete. Blitzschnell drehte sie ihren Kopf weg und begann, hastig die gestapelten Schriftstücke neben sich zu durchwühlen.

Sie hat mich beobachtet, durchfuhr es Buchner. Das junge Ding scheint ja ziemlich beeindruckt zu sein. Tut irgendwie gut, wenn man bestärkt wird. Ich werde dich nicht enttäuschen, kleine Kollegin, schmunzelte er innerlich. Ich schwöre dir, ich werde den Mörder finden.

Wozu eigentlich braucht der Mensch eine Videokamera, redete Gottfried Buchner sich ein, als er das Bankinstitut betrat. In seiner Manteltasche steckte das Sparbuch, das er nun plündern musste. Seit zwei Jahren schon sparte er für diese dumme Kamera und immer wieder war etwas dazwischen gekommen. Im Jahr zuvor war es der Urlaub in Kärnten gewesen, der wichtiger war. Dann, kurz nach Weihnachten, hatte sein Toyota gestreikt, was sich ebenfalls ungünstig auf sein Sparkonto ausgewirkt hatte. Doch nun, seit Gerlinde dazuverdiente, schien der Traum von der Videokamera sehr nahe gekommen zu sein. Egal, ein Jahr mehr oder weniger spielte keine Rolle mehr, sagte er sich. Und außerdem, die Technik wird auch immer besser, nächstes Jahr gibt es bestimmt ein perfekteres Modell.
Das wahre Selbst lässt sich schwer täuschen. Sein Gewissen meldete sich. Er hatte Gerlinde die Sparbuchabhebung verschwiegen. Es schien ihm ratsam, sie in einer günstigen Stunde damit zu konfrontieren. In letzter Zeit wirkte sie gestresst und war schlecht gelaunt. Ob nun die Doppelbelastung von Haushalt und Beruf oder das miese Herbstwetter daran schuld war, Gottfried Buchner wusste es nicht. Jedenfalls hatte er entschieden, ihr erst später zu gestehen, dass er mehr Geld als beabsichtigt für sein neues Hobby ausgeben musste.
Kassier Martin Kobler zählte Buchner Schein für Schein vor. Schlecht sieht er aus, bemerkte Buchner. Seit Kobler Marathon lief, machte er den Eindruck, als wäre er dem Tod von der Schaufel gesprungen. Sein vorher schon schütteres Haar war ganz verschwunden. Die Wangen eingefallen, die Stirn faltig, wirkte der Fünfunddreißigjährige ausgezehrt und krank. Man kann wirklich alles übertreiben, sogar den Sport, dachte Buchner, als seine Gedanken plötzlich durch undeutliches Stimmengewirr abgelenkt wurden.
Hinter einer Trennwand hörte er Georg Weinberger, den Filialleiter der Bank, mit einer Kundin sprechen. Buchner konnte nur einzelne Worte aufschnappen. Es ging um

Geldanlage, um irgendwelche Wertpapiere, mehr war nicht zu hören.
Gottfried Buchner nahm gerade die Geldscheine entgegen, als er sah, wie Direktor Weinberger seine Kundin zur Tür begleitete. Es war Sabine Pointner. Eilig verabschiedete sie sich. Schon war sie verschwunden, ohne Gottfried Buchner gesehen zu haben.
„Schönen guten Tag, Herr Inspektor Buchner", grüßte Georg Weinberger, als er zum Schalter zurückkam.
„Darf ich Sie kurz sprechen, Herr Direktor?"
„Aber gerne, bitte schön!" Georg Weinberger zeigte zur Trennwand. „Nehmen Sie bitte da hinten Platz, dort sind wir ungestört."
„Möchten Sie Kaffee?", fragte der Filialdirektor, während sie sich niedersetzten.
„Nein danke. Darf ich rauchen?"
„Aber natürlich, Herr Inspektor."
Gottfried Buchner zündete sich eine Zigarette an und inhalierte tief. Er musste gut überlegen, wie er anfangen sollte.
„Hören Sie, Herr Direktor Weinberger. Ich weiß, Sie sind zur Verschwiegenheit verpflichtet. Aber ich will wirklich nur eines wissen. Und das dürfen Sie mir sicher sagen."
Der erstaunte Blick des Bankdirektors irritierte ihn.
„Hat Frau Sabine Pointner nach dem Tod ihres Mannes eine Lebensversicherung ausbezahlt bekommen?"
„Sie meinen, weil wir über Geldveranlagung sprachen?"
„Ja, genau."
„Warum wollen Sie das wissen?" Georg Weinberger blickte seinem Gegenüber verwundert in die Augen.
„Herr Direktor, wir kennen uns schon lange. Darum werde ich Ihnen jetzt ein Geheimnis verraten. Aber – absolute Verschwiegenheit ist oberstes Gebot."
Georg Weinbergers fragender Blick wandelte sich zu interessierter Aufmerksamkeit.
„Herr Inspektor, ich in meiner Position. Schweigen ist mein Beruf."

Gottfried Buchner war zufrieden. Die Neugierde des Mannes würde ihn verpflichten, ebenfalls etwas von seinem Wissen zu verraten.
„Nun, es besteht da ein vager Verdacht auf Versicherungsbetrug. Wilhelm Pointner hatte seinen Selbstmord schon geplant, bevor er die Lebensversicherung abschloss."
Buchner wollte seine Mordtheorie nicht preisgeben. So sicher war er nicht, dass der Bankmann wirklich schweigen würde.
Georg Weinberger runzelte die Stirn. „Von einer Lebensversicherung weiß ich nichts. Sie kann natürlich über ein Institut abgeschlossen worden sein, das nicht mit unserer Bank zusammenarbeitet. Frau Pointner war aus einem anderen Grund hier. Sie sprach von dem Lottogewinn ihres Mannes. Er hat den Betrag damals, vor etwa vier Wochen, auf ein Sparbuch gelegt. Sie wollte sich nur vergewissern, dass das Geld nicht gesperrt, sondern jederzeit behebbar ist."
„Um welchen Betrag handelt es sich?"
„Das darf ich Ihnen nicht sagen, Herr Inspektor."
„Gut, egal. Jedenfalls danke ich für Ihre Hilfsbereitschaft."
Buchner erhob sich und verließ die Bank.

✳

Tief in Gedanken versunken, marschierte Gottfried Buchner nach Hause. Er hatte wieder einmal auf sein Auto vergessen. Der gelbe Toyota stand noch immer auf dem Parkplatz neben dem Gendarmerieposten, wo ihn Buchner frühmorgens abgestellt hatte. Manchmal kam es vor, dass er von seinen Gedanken komplett vereinnahmt wurde und alles rings um ihn dann keine Rolle mehr spielte. „Zerstreuter Professor", hänselte Gerlinde ihn, wenn dies der Fall war. Buchner selbst bezeichnete diese Eigenschaft als Fähigkeit zur totalen Konzentration. Wenn ich sinniere, kann neben mir eine Bombe einschlagen, ohne dass ich sie höre, pflegte er dann zu sagen.

Der zehnminütige Fußmarsch tat ihm gut. Gottfried Buchner dachte an Sabine Pointner. Es war nicht schwer gewesen, herauszufinden, dass Wilhelm Pointner niemals einen Lottogewinn gemacht hatte. Die Lottogesellschaft hatte ihm nach einem Rückruf, um zu kontrollieren, ob auch wirklich die Gendarmerie am Apparat war, bereitwillig Auskunft erteilt. Nein, hatte die freundliche Dame am Telefon erklärt, der Name Wilhelm Pointner wäre nicht in ihrem Computer. Natürlich sei es möglich, dass das Geld an den Herrn anonym überwiesen wurde, aber bei einem höheren Betrag wäre dies nicht üblich.

Gottfried Buchner hatte keine Sekunde lang an diesen mysteriösen Gewinn geglaubt. Warum hätte Wilhelm Pointner diesen Geldsegen geheim halten sollen? Er war doch nicht der Typ, der sein Glück verschwieg. Nein, Buchner war sich sicher, das Geld stammte aus einer ganz anderen Quelle. Ich muss unbedingt mit der Witwe sprechen, sie hat mir etwas vorenthalten, wusste Buchner.

Zu Hause angekommen, empfing ihn Gerlinde aufgeregt.

„Eben hat Anna angerufen. Eva ist bei ihr, sie weint und ist total mit den Nerven fertig. Der zweite Fünfer in Latein, und das innerhalb von zwei Wochen."

Diese Nachricht holte Buchner spontan zurück aus seiner Gedankenwelt.

„Was, schon wieder ein ‚Nicht genügend'? Noch dazu in Latein! Sie lernt zu wenig. Das ist ein Lerngegenstand. Da geht es nicht ums Begreifen. Fleiß, das braucht man für Latein."

Gottfried Buchners Zorn wuchs. Er war so stolz, dass Eva das Gymnasium besuchte. Sie würde einmal Jus studieren und dann Rechtsanwältin oder Richterin werden. Seine jüngste Tochter sollte für die Gerechtigkeit leben und arbeiten, das war sein Wunschtraum. Und jetzt? Gerade Latein, Grundlage für jeden Juristen – ein tiefer Seufzer entfuhr der geplagten Vaterbrust.

„Friedl, sie will mit der Schule aufhören. Sie hockt wie ein

Häufchen Elend bei Anna und wagt nicht, nach Hause zu kommen."
Anna, die Vernünftige. Gottfried Buchner sah seine älteste Tochter im Geiste vor sich. Sie war immer der ruhende Pol für ihre Schwester Eva gewesen. Zwar etwas füllig und für ein Mädchen fast zu groß – aber das passte zu ihrem Beruf. Schließlich musste eine Krankenschwester etwas darstellen und das war bei Anna der Fall. Anna war vier Jahre älter als Eva, aber die Teenager-Flausen seiner jüngsten Tochter waren bei Anna nie aufgetreten. Dem Vater widersprechen, immer altkluge Sprüche auf Lager haben, gleichzeitig aber übersensibel und ständig irgendwie unglücklich verliebt. Eva war viel komplizierter als Anna. Sicher, auch Thomas, das mittlere seiner drei Kinder konnte nerven, aber Eva war garantiert das größte Sorgenkind.
„Sie soll nach Hause kommen, Anna soll sie heimfahren!", hörte sich Buchner überraschend ruhig erklären. „Wovor hat sie denn Angst?"
„Vor deiner Wut und Enttäuschung, wovor sonst?"
„Ich bin doch kein Tyrann, Gerlinde, so ein Unsinn! Wofür haltet ihr mich denn? Ich rufe sie jetzt an."
„Bei dir weiß man nie, wie du reagierst, Friedl. So unbegründet ist Evas Angst auch wieder nicht."
„So ein Blödsinn!", rief Buchner wütend, sodass Gerlinde zusammenfuhr.
„Siehst du, das meine ich", entgegnete sie und stemmte dabei ihre Hände in die Hüften.
Gottfried Buchner schüttelte seinen Kopf, fühlte sich unverstanden und ging zum Telefon, um seine Tochter anzurufen.

Als Eva an diesem Abend gemeinsam mit Anna nach Hause kam, empfing sie ihr Vater überraschend ruhig. Sie war so erstaunt über seine Gelassenheit, dass sie unsicher wurde. Besonnen und weise, wie dem Lehrbuch für ideale Väter

entnommen, redete Buchner ihr gut zu. Was sie am meisten irritierte, war die Tatsache, dass er ihr, ohne Partei zu ergreifen, die Wahl ließ:
„Du kannst dich entscheiden", meinte er ruhig, „es ist dein Leben, Eva. Wenn du mit der Schule aufhören willst, ich zwinge dich zu nichts. Wenn du wirklich glaubst, es nicht zu schaffen – auch recht. Dann wirst du eben Verkäuferin. Ich werde dich auch lieben, wenn du nicht studierst."
Eva konnte nicht wissen, wie viel Kraft ihr Vater für diese scheinbare Gelassenheit aufbringen musste. Er hatte schon genug Erfahrung mit ihrem Widerstandsgeist gemacht und wusste, dass er nur auf diesem Wege Erfolg haben würde, und es bewahrheitete sich auch diesmal.
„Wenn du glaubst, es nicht zu schaffen" – diese magischen Worte hatten genügt, ihren Ehrgeiz anzustacheln. Noch am selben Abend ging sie in ihr Zimmer und büffelte Latein.
Gottfried Buchner hatte nach der Aussprache mit seiner Tochter große Lust, sich zu betrinken. Doch er widerstand. Erstens gab es sein Stammwirtshaus nicht mehr. Zum Birkenwirt wollte er nicht gehen. Zweitens musste er einen klaren Kopf bewahren und nachdenken. Jetzt, nachdem er die bestmögliche Erziehungsmaßnahme ergriffen hatte, konnte er sich endlich wieder auf seinen Fall konzentrieren.
Hätte ihn jemand gefragt, welchen Film er an diesem Abend im Fernsehen gesehen hatte – Gottfried Buchner wäre unfähig gewesen, darauf Antwort zu geben. Zwar starrte er eineinhalb Stunden lang wie gebannt auf den Bildschirm, seine Gedanken aber waren ganz wo anders.

*

Knapp über tausend Euro. Jeden Cent hatte er ausgegeben, den er am Vortag vom Sparbuch abgehoben hatte. Aber nun besaß er eine erstklassige Grundausstattung, um mit dem neuen Hobby beginnen zu können.

Der Verkäufer des Modellbaugeschäftes in Molln war ein echter Profi. Zwanzig Minuten hatte er sich Zeit genommen, um Gottfried Buchner zu beraten. Erklärte ihm, dass er besser bedient wäre, auf das billigere Bausatzmodell aus Tschechien zu verzichten. Der „Junior Sport", das wäre genau der Flieger, mit dem er beginnen sollte. Hergestellt vom Marktführer, sei er das ideale Modell für einen Anfänger. Auch das Fernsteuerungs-Set eines deutschen Produzenten, das der junge, schlaksige Verkäufer empfohlen hatte, war etwas teurer gewesen als angenommen. Dann noch zwei Ruderservos, der Getriebemotor, Akkus und Regler, alles zusammen ergab schließlich die stolze Summe von eintausendvierzehn Euro, sechzig Cent.
Egal, eine gute Ausrüstung kostete eben ihren Preis. Der nächste Tag war ein Samstag und endlich versprach die Wettervorhersage ein sonniges Wochenende. Ein paar Stunden Dienst noch bis abends, dann hatte er drei Tage lang frei. Diese Zeit würde er seinem neuen Hobby und den Ermittlungen widmen.

Noch heute Abend werde ich Sabine Pointner aufsuchen, um sie mit dem Geldsegen ihres Mannes zu konfrontieren, überlegte Buchner, während er das Büro betrat.
„Vielleicht hattet ihr in Altenbach einen eigenen Wortschatz. Bei uns gibt es dieses altmodische, dumme Wort nicht und damit basta!", hörte er Kneissl schreien, bevor er ihn sehen konnte.
Der Postenkommandant stand neben Verena Mittasch. Sein Kopf war rot angelaufen wie eine reife Tomate. Wutentbrannt knallte er Verena gerade einen dreiseitigen Bericht auf die Schreibtischplatte.
Verena erhob sich schweigend vom Sessel und krallte sich an der Lehne fest. Dabei presste sie ihre sonst üppigen Lippen verbissen zusammen, sodass sie wie dünne Striche erschienen. In ihren Augen standen Tränen.

Wortlos drehte sich Kneissl um und verließ das Büro. Mit einem lauten Knall fiel die Tür ins Schloss.
„So ein Idiot", sagte Andreas Ganglberger, der die Szene miterlebt hatte.
„Was ist denn los?", fragte Buchner und sah zu Verena. Sie setzte sich nieder. Tränen quollen aus ihren Augen. Sie schwieg.
„Du kennst ja den Alten", erklärte Ganglberger, „wenn er schlecht drauf ist, genügt ein einziges Wort, um ihn in Rage zu bringen. Dann hat ihm Verena auch noch widersprochen, das hat genügt."
Verena sprach noch immer nicht. Sie öffnete die unterste Schublade ihres Schreibtisches und nahm eine Tafel Milchschokolade heraus. Hastig riss sie lila Papier samt Alufolie herunter und biss hinein.
Das erste Stück im Mund kaum zerkaut, folgte der nächste Bissen. Gottfried Buchner staunte. Noch nie hatte er gesehen, wie jemand so schnell und wie in Trance Schokolade verzehrte. Es schien sie irgendwie zu beruhigen. Kaum hatte sie den letzten Bissen hinuntergewürgt, schluckte sie noch einmal und wischte sich die Tränen von der Wange.
„Friedl, findest du auch, dass das Wort ‚festgezurrt' idiotisch und altmodisch ist?", fragte sie kleinlaut.
„Naja", war Gottfried Buchner unsicher, „jedenfalls ist es dieses Wort nicht wert, ein solches Theater zu veranstalten." Er ging zu ihr hin. Sanft legte er seine Hand auf ihre Schulter.
„Ich habe bei dem Unfallbericht nur geschrieben, dass die Ladung auf dem Lastwagen zu wenig festgezurrt war", rechtfertigte Verena sich weiter, „das ist doch nicht falsch oder? Festgezurrt passt besser als festgebunden, was meinst du?"
„Gebunden oder gezurrt – ist doch egal. Das ist dasselbe wie gekocht oder gesotten – reine Geschmackssache. Was ist dir lieber, Kneissl, der Depp oder Kneissl, der Trottel? Führt sich auf wie Rumpelstilzchen, wegen eines einzigen Wortes! So – und jetzt schließe kurz die Augen und stell ihn dir vor – auf seinem bequemen, mausgrauen Ledersessel. Fest-

gezurrt oder festgebunden – ganz, wie du willst. Du ziehst fester und fester an den Stricken, wie mag er da wohl dreinblicken? Wird er grün oder blau oder violett, so festgezurrt oder festgebunden?"

Verena lächelte. Er hatte es geschafft. Ihr Mund wurde wieder von weichen, fülligen Lippen umrahmt.

Wie entzückend sie ist, wenn sie lächelt, stellte Gottfried Buchner fest, während er beobachtete, wie ihre blaugrauen Augen zu strahlen begannen.

„Kaffee?", fragte sie.

„Gerne."

„Für euren armen, vergessenen Kollegen bitte auch", meldete sich Ganglberger lautstark.

„Natürlich, für dich auch, selbstverständlich", murmelte Verena etwas betreten.

Wenige Minuten später erzählte Gottfried Buchner von seiner neu erworbenen Modellflieger-Ausrüstung.

„Laut Wetterbericht soll morgen endlich wieder Schönwetter sein", meinte Ganglberger.

„Ja, das kommt mir recht gelegen. Dann werde ich auf dem Flugfeld sein und endlich mit meinem Hobby beginnen. Ich freue mich schon riesig", schwärmte Buchner.

Andreas hat keine Ahnung, was wirklich hinter Friedls neuer Leidenschaft steckt, das weiß nur ich, dachte Verena. Opfert Geld und Freizeit nur um der Gerechtigkeit willen. Ohne Friedl würde ich es hier nicht aushalten. Kneissl, dieser schreckliche Kerl. So hat man mich noch nie behandelt. Das habe ich wirklich nicht verdient. So viele Kalorien nur wegen dieses Idioten. Jetzt muss ich auf das Abendessen verzichten. So viel Schokolade, aber nach diesem Schock, da musste es sein. Was ziehe ich morgen nur an? Soll ich das türkisfarbene Trägerlose wirklich wagen?

Nur zweimal drückte Gottfried Buchner auf die Klingel, schon öffnete Sabine Pointner ihre Wohnungstür.
„Herr Inspektor Buchner, Sie?", begrüßte sie den Gendarmen überrascht. „Bitte kommen Sie herein", meinte sie dann mit einem scheuen Lächeln.

Gottfried Buchner folgte ihr ins Wohnzimmer.
„Bitte setzen Sie sich." Sabine Pointner wies mit der rechten Hand auf einen weinrot gesprenkelten Polstersessel neben dem Sofa. Das Zimmer war nicht groß, doch wirkte es hell und freundlich.
„Möchten Sie Kaffee oder Tee, Herr Buchner?", fragte Sabine Pointner.
„Nein, danke, Frau Pointner. Ich möchte gleich zur Sache kommen, wenn Sie einverstanden sind. Wir müssen etwas Wichtiges klären."
„Wie meinen Sie das?"
„Woher, Frau Pointner, hatte Ihr Mann das viele Geld?", wurde Buchner deutlich.
„Wie?"
Sabine Pointner riss ihre Augen weit auf und öffnete den Mund, ohne ihn wieder zu schließen. Wie eine Schlafwandlerin torkelte sie zum Sofa, setzte sich neben Buchner und starrte ihn an.
„Woher wissen Sie von dem Geld?"
„Das spielt keine Rolle, ich will nur wissen, woher Ihr Mann es hatte."
„Ein Lottogewinn", sagte sie leise.
„Frau Pointner, Sie wissen genau, dass es kein Lottogewinn war, nicht wahr?"
„Doch, es war ein Gewinn, er hat es mir erzählt."
„Ich habe mich erkundigt. Ihr Mann hat nie im Lotto gewonnen und Sie wissen das. Machen Sie mir nichts vor." Gottfried Buchner sprach laut und deutlich. Er stand auf, um auf sie herabzublicken. Breitbeinig stellte er sich vor die sitzende Frau.

Wie ein ertapptes Kind schob sie ihre Schultern vor und blickte zu Boden.
„Er hat es wirklich behauptet, Herr Buchner!" Nun sah sie dem Gendarmen in die Augen. „Und ich habe es geglaubt. Warum hätte ich daran zweifeln sollen?"
„Sie haben genau gewusst, dass das Geld nicht aus einem Gewinn stammte, geben Sie es zu. So etwas fühlt man doch."
Gottfried Buchner setzte sich wieder.
„Herr Buchner, als Willi sagte, er hätte Geld gewonnen, freute ich mich natürlich. Ich habe nicht lange nachgefragt. Wozu denn auch? Wir haben das Geld dringend gebraucht. Und dann endlich, endlich konnte er unsere Schulden bezahlen. Immer das Konto überzogen, so etwas bereitet schlaflose Nächte. Sein teures Hobby, unsere schönen Reisen, das hat viel Geld verschlungen."
Dazu die feudale Garderobe, dachte Buchner, sprach es jedoch nicht aus. Jeder in Neudorf wusste, dass Sabine Pointner viel Geld für ihre Kleidung ausgab. Sie ließ sich ihre schicken Kostüme vom Schneider in Mühlbach anfertigen und hatte mindestens drei verschiedene Pelzmäntel im Schrank. Gerlinde hatte oft gelästert, dass die Gattin des Lehrers protziger angezogen wäre als die Frau des Bundespräsidenten.
„Wann hat Ihr Mann das Geld bekommen und wie viel? Sie müssen mir das sagen, Frau Pointner, sonst kann ich Ihnen nicht helfen. Und Sie wollen doch, dass wir den Mörder finden?"
„Natürlich. Ach, Herr Buchner, es ist so schrecklich."
Schluchzend hielt sie die Hände vors Gesicht. Während Gottfried Buchner überlegte, ob dieser Gefühlsausbruch echt war, zog sie die Hände zurück und sah ihn mit tränennassen Augen an. „Es ist ganz gut, dass Sie vom Geld wissen. Nun kann ich Ihnen die ganze Wahrheit sagen."
Sie stand auf, ging zur Vitrine gegenüber dem Sofa und entnahm eine Bleikristall-Karaffe.
„Möchten Sie auch einen Schluck Kognak?"

„Einen kleinen, bitte."
Sabine Pointner holte zwei Kognakschwenker aus der Vitrine, schenkte ein und setzte sich wieder.
Nach einem gierigen Schluck begann sie zu erzählen: „Dieses verstörte Verhalten meines Mannes – also das seltsame Benehmen, von dem ich Ihnen erzählt habe, das begann bereits vor vier Wochen. Ich musste es Ihnen erzählen, wollte jedoch das Geld nicht erwähnen. Eben, weil ich nicht wusste, woher es tatsächlich kam."
Sie leerte ihren Kognak, um gleich wieder nachzuschenken. Gottfried Buchner schwieg. Endlich war sie bereit, alles zu sagen.
„Willi war am Boden zerstört. Es war ein Freitag, das weiß ich noch genau. Am nächsten Tag, am Samstag, verbrachte er den ganzen Tag auf dem Flugfeld. Am Abend und am Sonntag blieb er wortkarg und grüblerisch. Am darauffolgenden Montag erzählte er mir dann von dem Gewinn."
„Um welche Summe geht es?"
„So um die vierzigtausend Euro. Willi hat sich einige Tage später das neue Auto gekauft. Trotzdem verblieben vierzigtausend auf dem Sparbuch. Er muss also noch einmal etwa fünfzehntausend bekommen haben."
„Und Sie haben nie nachgefragt, woher das Geld kam?"
„Nur einmal. Er hat auf die Frage bitterböse reagiert. Ich solle ihm vertrauen, hat er geschrien. Ich wagte es einfach nicht, nochmals nachzubohren. Wozu auch? Gestohlen hat er das Geld bestimmt nicht."
„Ist erpresstes Geld weniger schmutzig als gestohlenes, Frau Pointner?"
„Aber Sie glauben doch nicht, dass Willi – dass Willi, nein, niemals!"
„Doch, Frau Pointner, und Sie haben es immer geahnt. Aber es war eben angenehm, das Geld zu besitzen. Da fragt man nicht lange nach. Besser, man lässt sich von ehrlosem Geld den Schlaf rauben als von Schulden. Stimmt's?"
Sabine Pointner hielt sich mit beiden Händen verkrampft

am Kognakschwenker fest. „Muss ich das Geld jetzt zurückgeben?", fragte sie.
„Wir wissen noch nicht, an wen. Aber geben Sie es nicht aus, kann ich nur raten. Zeigen Sie mir bitte noch einmal das Notizbuch Ihres Mannes, Frau Pointner."
Sie stand auf, ohne ihr Glas aus der Hand zu geben. Mit dem Kognakschwenker verließ sie kurz das Zimmer und kam nach wenigen Sekunden zurück. Schweigend reichte sie ihm das schmale Buch.
Gottfried Buchner las nochmals die letzte Eintragung:
Dieses dreckige Schwein. Und ich dachte, er wäre mein bester Freund.

Buchner blätterte zurück. Die Aufzeichnung davor war mit 21. August datiert:
Nächste Woche: Vorbereitung für die Deutschnachhilfe.

Die letzte Notiz war also nach dem 21. August vorgenommen worden.
Irgendetwas musste dann geschehen sein, das Wilhelm Pointner total verstört hatte und zum Erpresser werden ließ.
Gottfried Buchner trank den letzten Schluck seines Kognaks. Schließlich erhob er sich: „Geben Sie das Geld nicht aus, Frau Pointner", warnte er nochmals, bevor er die Wohnung verließ.

※

Überall welkes Sommergrün, das ausweicht und Platz schafft für die verschwenderische Vielfalt der herbstlichen Farben. Das Flugfeld von Altenbach zeigte sich an diesem strahlenden Sonnentag von seiner besten Seite.

Konzentriert und angespannt begann Gottfried Buchner seine ersten Flugversuche.

Das Modell, ein zweimotoriger Styroporflieger mit dem klingenden Namen „Twin Star", gehörte Kurt Wiesinger. Auch der Schülersender, mit dem Buchner den Flieger steuerte, war von Kurt geliehen. Durch ein Kabel mit der Fernsteuerung seines Lehrers verbunden, durfte er vorerst nur den Hebel für die Querruder bedienen – das war schwierig genug.

Kaum glaubte Buchner mit Fingerspitzengefühl die gewünschte Flugrichtung erreicht zu haben – schon fabrizierte er ungewollt einen Strömungsabriss. Blitzschnell, auf Knopfdruck, übernahm Kurt Wiesinger sodann das Modell, um es vor dem sicheren Absturz zu retten. Gottfried Buchner geriet dabei mehr und mehr ins Schwitzen.

Außer den beiden Männern waren noch sieben weitere Modellflugpiloten auf dem Feld. Alle wollten das schöne Wetter ausgiebig nützen. Wiesinger hatte seinen Freund Friedl, wie er ihn nannte, vor Flugbeginn vorgestellt. Auch die drei Freunde Wilhelm Pointners, Manfred Moosbacher, Alex Hinterbichl und Anton Stain waren anwesend. Noch war Buchner zu beschäftigt, um sich seinen Ermittlungen zu widmen. Das Kreisen des „Twin Stars" in Achterbahnen verlangte seine volle Aufmerksamkeit.

Nach einer anstrengenden Flugstunde, nur kurz durch das Aufladen der Akkus unterbrochen, meinte Wiesinger lächelnd:

„Das nächste Mal werde ich dir das Höhenruder dazuschalten. Und später das Gas – dann wird es interessanter für dich. Und merke dir: immer hoch hinaus! Als Anfänger ist es wichtig, hoch hinaus zu fliegen. Nur so kann man einen Fehler wieder gutmachen. Und jetzt gönnen wir uns eine Pause, was hältst du davon?"

„Meine trockene Kehle wird dir ewig dankbar sein", antwortete Buchner aufatmend.

Sie setzten sich auf die dunkelbraun gebeizte Holzbank hinter der Clubhütte. Zu trinken war ausreichend vorhanden. Der alte Getränkeautomat, den der Obmann vergangenes Jahr angeschafft hatte, war kürzlich aufgetankt worden.

„Irgendwie komme ich mir komisch vor. Jetzt bin ich schon so alt und beginne wie ein kleiner Junge mit dem Fliegen", meinte Buchner nach einem wohltuenden Schluck Mineralwasser.

„Wir haben alle klein angefangen – da muss man eben durch", entgegnete der dunkelhaarige, etwa dreißigjährige Mann links von ihm. Es war Alex Hinterbichl. Er war einer jener drei Männer, die Sabine Pointner als die besten Freunde ihres Gatten bezeichnet hatte. Buchner hatte sich deren Gesichter gut eingeprägt.

Alex Hinterbichl war der am besten aussehende von allen. Großgewachsen, athletisch und braungebrannt zeigte der Frauenliebling ein selbstbewusstes, unwiderstehliches Lächeln. Waren seine Gesichtszüge auch zu fein, um wirklich männlich zu wirken, so gewann er durch seinen bubenhaften Charme. Ein attraktiver Mann, der wusste, wie er wirkte.

Manfred Moosbacher, der am Flugfeld seine „Cessna" kreisen ließ, war in dieser Hinsicht vom Schicksal weniger begünstigt. Ebenfalls dunkelhaarig, wirkte er gutmütig bieder. Sein Scheitel lag tief, die schütteren Strähnen nach oben gekämmt. Kleiner als Alex entsprach auch die Figur keineswegs den gängigen Idealvorstellungen. Ein ausgeprägtes Bäuchlein bot der Fernsteuerung guten Halt. Die Riemen des Gerätes rund um die schmalen Schultern waren kaum angespannt. Interessiert verfolgten seine kleinen, braunen Knopfaugen die Flugbahn seiner „Cessna", wobei sein rundes, rosiges Gesicht ein zufriedenes Lächeln zeigte.

Gottfried Buchner rauchte und trank Mineralwasser. Seine Augen suchten den dritten Mann des Kleeblattes, Anton Stain.

„Nun, wie läuft's mit den ersten Flugversuchen?", hörte er plötzlich jemanden sagen und sah auch schon Anton Stain in Begleitung von Gerald, Gottfried Buchners Stiefbruder, um die Ecke der Clubhütte biegen.

Der hat mir noch gefehlt! Zu Recht hab ich befürchtet, dass

dieser Kerl aufkreuzt, schoss es Buchner durch den Kopf.
„Hallo", begrüßte er Gerald kleinlaut.
„Wer rastet, der rostet, lieber Bruder – was soll das? Beim Sitzen lernst du das Fliegen nie!" Herausfordernd deutete Gerald mit dem Kopf zum Flugfeld.
„Wir haben mehr als eine Stunde lang trainiert", übernahm Kurt Wiesinger, der rechts von Buchner saß, die Verteidigung, „jetzt wird erst mal pausiert. Was hast du für einen Flieger dabei, Gerald? Wieder deinen ‚Cumulus'?"
„Komm herüber, Kurt, dann zeige ich dir etwas. Ich hab mir etwas Besonderes gekauft. Eine ‚Solution 2.0'. Bis auf Kleinigkeiten war das Modell fix und fertig gebaut. Ein edles Modell, das schwör ich dir, ein elektrischer Allround-Hochleistungs-Segler. Du wirst Augen machen!"
Sofort sprang Kurt Wiesinger auf und folgte Gerald um die Ecke. „Ja, die ‚Solution', die habe ich auch schon einmal gehabt, das ist ein Spitzenflieger", hörte Buchner ihn schwärmen.
„Ich glaube, die ‚Solution' werde ich mir auch zulegen", sagte Anton Stain.
Schließlich setzte er sich neben Alex Hinterbichl, um weiter über die Vorzüge des Modells zu berichten.
Gottfried Buchner schwieg. Interessiert beobachtete er die beiden Männer.
Anton Stain war etwa fünfzig. Hätte Buchner nicht gewusst, dass Stain ein großes Autohaus besaß, hätte er ihn eher für einen Priester gehalten. Anton Stain war als frommer Mann bekannt – und fromm sah er auch aus. Kurz geschnittenes, glattes, dunkelblondes Haar. Das ovale, gründlich rasierte Gesicht wirkte langweilig. Vor allem seine ausdruckslosen, graublauen Augen mit feinen, hellen Wimpern machten ihn zu einem unauffälligen Durchschnittstypen. Seine Gestik war besonnen, er sprach gut artikuliert aber leise. Man musste genau hinhören, um seine Worte zu verstehen.
Nach einigen Minuten begann Buchner, sich am Gespräch zu beteiligen. Modelle wurden beschrieben und empfohlen, dann die Flugkünste der Piloten am Feld kommentiert.

Gottfried Buchner erzählte von seinem Einkauf im Modellbaugeschäft, von seiner Grundausstattung und den Erfahrungen bei seinen ersten Flugversuchen. Später gesellte sich der Obmann, Philipp Viehböck zu ihnen, was Buchner zum Anlass nahm, sich doch ein Bier zu genehmigen. Schließlich musste man mit den neuen Freunden anstoßen. Es fiel ihm schwer, sich wieder zu einer Trainingsstunde aufzuraffen. Es musste sein. Er war hier, um Modellfliegen zu lernen. Als er aufstand, um die Fernsteuerung zu holen, näherten sich zwei Radfahrer dem Zufahrtsweg. Gottfried Buchner blinzelte kurz, um den Blick zu schärfen. Es war keine optische Täuschung, es war Verena. Verena und ein anderes junges Mädchen. Sie blieben stehen, stellten ihre Räder zur Seite und kamen auf Gottfried Buchner zu.
„Hallo Friedl, dürfen wir etwas zusehen?", begrüßte sie ihren Kollegen schon von weitem.
Erstaunt reichte ihr Buchner die Hand. Verena trug ein winziges, türkisfarbenes Top. Trägerlos. Ein kleines Stück Stoff, das gerade noch die Brust bedeckte. Bauch und Nabel lagen frei. Die schwarze, eng anliegende Satinhose reichte von den Hüften bis zu den Knien. Ihre Füße mit den blutrot lackierten Nägeln steckten in hochhackigen Sandalen. Wie man damit Rad fahren konnte, war ein Rätsel.

Das Haar, sonst immer zu einem Pferdeschwanz gebunden, fiel jetzt offen auf die wohlgeformten Schultern. Leicht wellig und frisch gewaschen wehte es – gleich einer Fernsehwerbung für Drei-Wetter-Taft – duftig im Herbstwind.
Ist dir nicht kalt, wollte Buchner schon fragen, verkniff sich jedoch diese Anspielung und meinte stattdessen: „Schön, dass du mich besuchst. Von meinen Flugkünsten darfst du noch nicht zu viel erwarten."
Dabei überprüfte er so unauffällig wie möglich Verenas Körperbau. Tadellos, dachte er, erlauben kann sie sich diese Aufmachung. In der Uniform kommt ihre Figur nie so zur Geltung.

„Das ist Bettina", stellte Verena ihre Freundin vor. Buchner kannte das pummelige Mädchen. Sie arbeitete als Friseurin in Neudorf. Mit dieser Begleitung hatte Verena eine mögliche Konkurrentin wohlweislich ausgeschaltet. Bettina war nett, gutmütig und unattraktiv. Es war leicht gewesen, sie für diese Radtour zu gewinnen. Bettina hatte wenige Freunde und war froh gewesen, Verena begleiten zu dürfen. Dass die Fahrt beim Modellflugplatz enden würde, konnte sie nicht wissen. Nachgiebig wie immer, war sie dem Vorschlag ihrer Radfahrkollegin gefolgt, ohne jedoch deren wahre Absichten zu ahnen.

Nach und nach gesellten sich die anderen Modellflugpiloten zu den beiden Ankömmlingen.

Alle kannten Verena, wussten, dass sie Gendarmeriebeamtin war. So keck und attraktiv wie heute war sie noch nie in Erscheinung getreten. Vor allem Alex Hinterbichl zeigte sich begeistert. Er ließ Verena nicht mehr aus den Augen. Angeregt begann er, sich mit ihr zu unterhalten.

„Ja, ja, der Alex. Unser Frauenheld. Der wird deine Kollegin schnell weich kriegen", scherzte Kurt Wiesinger, während er mit Gottfried Buchner auf das Flugfeld ging.

„Möglich", murrte Buchner. Er fand das nicht lustig. Nun war es wichtig, sich auf das Fliegen zu konzentrieren. Es gelang sehr schwer.

„Vielleicht hätte ich das Bier nicht trinken sollen", rechtfertigte sich Buchner nach einer Viertelstunde und schlug vor, das Training abzubrechen.

Die Bank hinter der Clubhütte war dicht besetzt, als sie vom Flugfeld kamen. Zahlreiche Bier- und Limoflaschen standen auf dem Tisch. Die Aschenbecher voll mit Zigarettenkippen. Obmann Viehböck und Gerald lümmelten halb stehend, halb sitzend an der Schmalseite des Tisches. Verena saß eingepfercht inmitten plaudernder Modellbaupiloten. Bettina bemühte sich, ihren unbequemen Sitzplatz am Ende der Bank zu verteidigen.

Als Gottfried Buchner sein Cola abstellte, sah er Alex Hinterbichls rechte Hand auf Verenas Oberschenkel liegen.

Buchners Stirnfalten vertieften sich schlagartig. Er wandte sich ab, sog am Cola und schaute wieder hin. Überprüfte, ob die Hand dieses unverschämten Kerls noch immer dort lag. Es war nicht zu fassen! Nun hatte Alex auch noch begonnen, seinen rechten Zeigefinger hin und her zu bewegen. Sanft streichelte er damit Verenas Oberschenkel.
„Verena, komm mit! Ich muss dir etwas zeigen", hörte sich Buchner rufen. Als hätte sie auf ein Zeichen gewartet, drängte Verena sofort danach aufzustehen. Die Männer machten Platz. Schon stand sie neben ihrem Kollegen und sah ihn fragend an.
„Möchtest du die ‚Solution' sehen? Das ist ein wunderschönes Modell", sagte Buchner. In der Kürze war ihm keine bessere Ausrede eingefallen. Blitzschnell hatte er sich vergewissert, ob das Modell noch vorne stand.
„Gerne", verblüfft folgte ihm Verena.
„Das war natürlich ein Vorwand, um mit dir zu sprechen", flüsterte er.
„Klar", antwortete sie freudig.
„Hast du Manfred Moosbacher, Alex Hinterbichl und Anton Stain beobachtet?", fragte Buchner. Dabei hockte er sich neben das Modell, um Interesse vorzutäuschen. Sie waren allein. Alle anderen waren hinter der Hütte oder auf dem Flugfeld. Die „Solution" war weit genug entfernt. Sie konnten sich leise unterhalten, ohne gehört zu werden. Buchner fuhr fort:
„Alle drei sind unsere Hauptverdächtigen. Wir müssen so viel wie möglich über sie in Erfahrung bringen. Aber Vorsicht, Verena. Wir haben es mit mutmaßlichen Mördern zu tun, vergiss das nicht! Wenn der Täter etwas ahnt, wird das Ganze lebensgefährlich."
„Ich weiß", sagte sie, während sie niederkniete, um die Kabinenhaube der „Solution" zu berühren.

„Es ist besser, Verena, wenn ich ermittle. Dann kann ich dir berichten und wir besprechen die weitere Vorgehensweise. Ich möchte, dass du in Zukunft diese Männer meidest. Halte dich fern von ihnen. Ich möchte nicht, dass du dich in Gefahr begibst."

„Das kommt nicht in Frage. Ich helfe dir doch gerne", antwortete sie trotzig.

„Psst, nicht so laut, Verena."

Sie knieten beide neben der „Solution". Verenas Top hatte sich etwas gelockert. Das bisschen Stoff über ihrer Brust war verrutscht und eröffnete Buchner tiefe Einblicke. Er sah die weiße Haut an den eben noch bedeckten Stellen. Ihr fester, voller, wohlgeformter Busen raubte ihm den Atem.

„Hör zu", sie flüsterte wieder, „ich bin Gendarmeriebeamtin. Du vergisst, dass die Gefahr mein Beruf ist, Friedl. Ich stehe dir zur Seite, egal, wie gefährlich oder schwierig es ist."

„Verena, danke, das weiß ich zu schätzen. Aber ich könnte es mir niemals verzeihen, wenn dir etwas zustößt. Das wirst du doch verstehen."

„Friedl, mein Gott, wie lieb von dir, dass du dir Sorgen um mich machst", entgegnete Verena gerührt. Und obwohl sie lächelte, wurden ihre Augen feucht.

Sie standen auf. Sahen sich an und sprachen kein Wort.

„Nun, wie gefällt euch dieser Riesenvogel?", wurde ihr Schweigen von der lauten Stimme des Obmanns unterbrochen. Gefolgt von Buchners Stiefbruder Gerald kam er näher, um die „Solution" zu holen.

„Einmal fliegen wir noch mit ihr", rief er, ohne Gottfried Buchners oder Verenas Antwort abzuwarten.

„Ich muss jetzt nach Hause." Gottfried Buchner blickte auf seine Armbanduhr. „Zeit zum Abendessen. Mein Magen knurrt."

„Mein Gott, so spät schon?", schien auch Verena wieder erwacht zu sein. Flott marschierte sie hinter die Hütte, um ihre Freundin Bettina zu holen.

Gerald legte seine Fernsteuerung zu Boden.

„Ich komme gleich, einen Moment noch, Philipp!", rief er dem Obmann zu, der die „Solution" bereits hoch hielt, um sie zu werfen.
„Friedl, ich muss kurz mit dir sprechen", verkündete er.
„Wie?", fragte Buchner verwundert.
„Nun, alter Bursche, als dein Bruder bin ich verpflichtet, dich auf etwas aufmerksam zu machen", begann Gerald, kam näher heran und legte Buchner die Hand auf die Schulter.
„Vielleicht weißt du Bescheid – obwohl ich mir kaum vorstellen kann, dass du das duldest."
„Wovon sprichst du eigentlich?", wurde Gottfried Buchner ungeduldig.
„Als Vater kann dir das nicht egal sein – oder?", bohrte Gerald weiter.
„Jetzt reicht's aber, Gerald! Werde endlich deutlich oder lass es", knurrte Buchner.
„Okay, ich sehe schon. Du hast wirklich keine Ahnung. Deine Tochter, die ältere, die Anna, die treibt sich mit einem verheirateten Mann rum."
„Was? Du spinnst ja, Gerald!"
„Nein, glaube mir. Ich weiß das. Erstens reden die Leute darüber und zweitens habe ich sie auch schon gesehen, miteinander, turtelnd. Die Anna und den Aichinger Walter. Ich weiß nicht, ob du ihn kennst. Hat zwei kleine Kinder, der Kerl, und nebenbei ein Verhältnis mit deiner Tochter. Glaubst du, mir fällt es leicht, dir das zu sagen? Doch ich finde, du solltest es wissen. Schließlich ist Anna meine Nichte. Und du bist ihr Vater und solltest ihr das verbieten."
Wohlwollend klopfte er Gottfried Buchner auf die Schulter. „Gut. Jetzt habe ich meine Schuldigkeit getan und dich informiert. Wollte dir das schon lange sagen, aber am Telefon – das hätte nicht gepasst. Nun gehe ich fliegen. Meine ‚Solution' wartet."
Nachdem er den Gurt der Fernsteuerung um den Hals gehängt hatte, drehte er sich um und sah, dass Gottfried Buchner wie angewurzelt dastand.

Bin ich froh, dass ich keine Kinder habe, dachte Gerald und gab Obmann Viehböck das Zeichen, die „Solution" zu werfen.

*

Muss er immer aus allem eine Tragödie machen, fragte sich Gerlinde Buchner, nachdem sie den Telefonhörer aufgelegt hatte. Stimmt. Es war nicht in Ordnung, dass Anna einen verheirateten Mann liebte. Aber schließlich war die Beziehung schon seit einer Woche beendet, wie sie Friedl gerade am Telefon mitgeteilt hatte. Und wie reagierte er? Er wollte es nicht glauben. Musste sich vergewissern und zu Anna nach Kirchdorf fahren. Von Angesicht zu Angesicht wollte er von ihr die Wahrheit hören, unbedingt, heute noch.
Das arme Mädl! War es nicht schmerzlich genug, dass sie den Mann, den sie liebte, aufgeben musste? Nun soll sie auch noch ihrem Vater Rede und Antwort stehen. Wozu? Anna war vernünftig genug, das durchzustehen. Sie war erwachsen. Ein unnötiges Verhör durch ihren Vater über sich ergehen zu lassen, das hatte sie nicht verdient.
Gerlinde Buchner seufzte. Es war unmöglich gewesen, ihren Mann von seinem Vorhaben abzubringen. Im Gegenteil. Furchtbar wütend war er geworden, weil sie, die Mutter, Bescheid gewusst hatte. Wie um alles in der Welt hätte sie das nur dulden können, hatte Friedl ins Telefon gebrüllt. Als ob Mütter ihre Töchter vor bitteren Erfahrungen schützen könnten! Natürlich hatte sie Anna gut zugeredet. Mehrmals. Wie hätte sie ihrer Tochter die Liebe aus dem Herzen reißen sollen? Sie konnte nur die Aufgabe einer Rat gebenden Freundin übernehmen und das hatte sie auch getan. Immerhin hatte Anna Schluss gemacht mit dieser unglückseligen Verbindung. Wozu also nachbohren? Typisch Mann. Gerlinde Buchner war sauer.
Eva saß in ihrem Zimmer und büffelte Latein. Thomas war nach dem Abendessen sofort verschwunden. Er müsse

zu seinem Freund Ralf, hatte er erzählt. Gerlinde Buchner hatte es sich verkniffen, ihm einen schönen Gruß an Andrea aufzutragen. Er sollte nicht wissen, dass seine Mutter informiert war. Hilde Hinterleitner, die Frau des Schulwarts, war allzu glücklich gewesen, es ihr erzählen zu können. Andrea Wagenbacher, die Tochter des Gemeindebediensteten, war ein nettes Mädchen. Gerlinde hatte nichts dagegen, dass sich Thomas mit ihr traf. Dass er ein Staatsgeheimnis daraus machte, lag wohl an seinem Alter.

Gerlinde Buchner setzte sich an den Esszimmertisch. Bestimmt würde es noch eine Stunde dauern, bis Friedl nach Hause käme. In letzter Zeit hatte sie immer seltener Gelegenheit gefunden zu lesen. Endlich konnte sie sich der Frauenzeitschrift widmen, die sie am Vortag gekauft hatte. Flink überflog sie die Artikel der ersten beiden Seiten – diesmal waren die Kochrezepte uninteressant. Mit vegetarischen Gerichten aus Kartoffeln und Spinat würde sie bei ihrem Mann wohl wenig Begeisterung erwecken. Fleischlose Kost zählte nicht zu seinen Lieblingsspeisen. Dabei blickte sie lächelnd auf den zugedeckten Kochtopf auf der noch kalten Herdplatte. Klassisches, üppiges Reisfleisch, damit kann man sein Herz höher schlagen lassen, dachte sie, während sie weiterblätterte.

Schließlich blieb ihr Blick auf einer ganzseitigen, mehrfarbigen Anzeige hängen.

„Gönnen Sie sich drei Tage lang Ruhe und Entspannung in unserem einzigartigen, neu erbauten Gesundheitstempel zum absoluten Super-Einführungspreis von nur 220 Euro."

Wäre das herrlich, träumte Gerlinde Buchner vor sich hin. Sie fühlte sich gestresst und ausgelaugt. Beruf und Haushalt in Einklang zu bringen, war schwierig genug. Die Computerumstellung vor drei Wochen hatte ihr schließlich die letzte Kraft gekostet. Ihr Chef, Dr. Weinberger, war noch hilfloser gewesen als sonst. Für ihn hatte sich der PC zu einem wahren Erzfeind entwickelt. Technisch völlig untalentiert, hatte der Arzt gemeint, Fluchen und Schimpfen wären die geeigneten Mittel, diesem undankbaren Gerät seinen Willen aufzuzwingen.

Das Gröbste war jetzt überstanden, doch Gerlindes Nerven lagen blank. Etwas abschalten wäre genau das Richtige. Das wusste sie und sehnte sich danach. Schließlich war auch zu Hause einiges los gewesen. Evas schlechte Schulleistungen und dann noch Annas unglückliche Liebe. Einmal alles ein paar Tage lang vergessen können. Entspannen in so einem Gesundheitstempel, das wäre der ideale Tapetenwechsel für sie.

Warum eigentlich nicht? Das Gesparte für die Videokamera. Da müsste doch ein kleiner Drei-Tages-Entspannungsurlaub drinnen sein. Gerlinde Buchner erhob sich und ging ins Wohnzimmer, um das Sparbuch aus der Schublade zu holen.

Als Gottfried Buchner abends nach Hause kam, lag das Sparbuch aufgeblättert auf dem Küchentisch. Gerlinde stand daneben, krallte sich an der Sessellehne fest und starrte ihrem Mann ins Gesicht. Ihr Blick war dabei so vorwurfsvoll, dass Buchner tief Luft holen musste, um seine Stimme zu finden.

„Ich hatte vor, dir alles zu erklären", sagte er kleinlaut.

„Da gibt es nichts zu erklären. Du hast mich hintergangen. So viel Geld auszugeben! Das gehört doch gemeinsam beschlossen – oder nicht?"

„Du hättest bestimmt etwas dagegen gehabt. Hör zu, es war wichtig. Für meine Ermittlungen."

„Für was?" Gerlindes Stimme wurde schrill.

„Setz dich, ich kann dir das erklären."

„Eine dümmere Ausrede fällt dir nicht ein? Für Ermittlungen? Für welche Ermittlungen? Was ist los? Wofür hast du diese Unmenge Geld ausgegeben?"

„Ich habe dir doch erzählt, dass ich mit dem Modellfliegen beginne. Das kostet eben etwas. Anfangs. Die Grundausrüstung ..."

Jäh wurde er von Gerlinde unterbrochen. Hysterisch schrie sie ihn an: „Und was hat das Ganze mit deinen angeblichen Ermittlungen zu tun?"
„Wenn du so schreist, sage ich gar nichts mehr. Beruhige dich bitte." Nun nahm auch Gottfried Buchners Stimme an Lautstärke zu.
„Wie soll ich mich beruhigen, wenn du mich derart hintergehst?"
„Übertreib nicht! Was soll das? Schließlich habe ich das Geld verdient – oder?"
„Was?" Gerlindes Stimme überschlug sich. „Genau darauf habe ich gewartet! Natürlich! Du hast es verdient – und ich? Ich habe geschlafen, während du gearbeitet hast. Verdammt noch mal, zählt meine Arbeit im Haushalt gar nichts?"
„Bei der Kindererziehung hast du jedenfalls versagt. Sieht man doch! Meine Tochter hatte ein Verhältnis mit einem Verheirateten. Und du – du hast es gewusst und nichts unternommen."
„Ja, natürlich, jetzt bin ich schuld! An allem. Geschickt, wie du den Spieß umdrehst. Typisch!" Gerlinde begann zu weinen.
„Weißt du was! Deine Hysterie und dein Gekeife höre ich mir nicht länger an. Wer bin ich denn, dass ich mich von dir beschimpfen lasse. Das hab ich nicht nötig!"
Gottfried Buchner drehte sich um, schlug die Küchentür hinter sich zu und verließ die Wohnung. Wütend startete er seinen gelben Toyota und fuhr los.
Schon nach hundert Metern stieg er auf die Bremse. Verena. Winkend stand sie plötzlich vor ihm.
„Hallo, Friedl, wo fährst du denn um diese Zeit hin?" Lächelnd blinzelte sie ihm durch den geöffneten Spalt des Seitenfensters zu.
„Und wo kommst du jetzt her?", fragte er.
„Ein kleiner Spaziergang, Friedl! Es ist noch so lau heute. Viele solch herrliche Abende werden wir heuer nicht mehr genießen können."

Es hatte sich gelohnt, eine Stunde lang auf der Bank wartend auszuharren, freute sich Verena.
Irgendwie hatte sie gespürt, dass sie ihn heute noch treffen würde.
Weibliche Intuition, darauf kann man sich verlassen.
„Ich habe Hunger, Verena. Kommst du mit? Hast du schon zu Abend gegessen?"
„Bin hungrig wie ein Wolf", log sie und saß im nächsten Augenblick neben ihm.
„Worauf hast du Appetit?"
Verena überlegte kurz: „Zum Chinesen vielleicht?"
„Wie bitte? Verena – das meinst du nicht im Ernst. Zum Chinesen? Niemals!" Gottfried Buchner verlangsamte die Fahrt, um Verena kopfschüttelnd anzusehen.
„Hör mir gut zu, liebe Kollegin", sprach er belehrend weiter, „ich glaube, es wird Zeit, dir zu erklären, wie gut und einzigartig die österreichische Küche ist. Ihr jungen Leute habt tatsächlich keine Ahnung mehr vom Essen. Rate mal, wie viele Menschen damals lebten, seinerzeit, in der österreichisch-ungarischen Monarchie?"
„Keine Ahnung." Verena lauschte gespannt.
„Um die 52 Millionen Menschen – in einem Riesenreich. Mehr als ein Dutzend verschiedene Sprachen und genauso viele nationale Küchen. Ein wahrer Schmelztiegel, Verena! Und jedes Volk brachte neue Rezepte, Nuancen, Gewürze, Kombinationen. Aus dieser wunderbaren Vielfalt hat sich das Beste herauskristallisiert, wurde verfeinert bis zur Vollkommenheit. Und darauf willst du verzichten? Auf diese fantastische Tradition, aus der sich unsere unverwechselbare Küche entwickelt hat? Zugunsten eines Chinesenfraßes?"
Gottfried Buchner atmete tief durch. Verenas Schweigen zeigte, dass seine Worte gewirkt hatten. Bei seinen Kindern konnte er mit solchen Vorträgen seit langem nicht mehr punkten. Hier war jeder kulinarische Rat zwecklos. Die amerikanische Esskultur hatte bereits irreparablen Schaden an ihnen angerichtet. Verenas guter Geschmack schien – gottlob! – noch nicht verloren.

„So habe ich das noch nie gesehen", meinte sie schließlich beeindruckt, „du hast vollkommen Recht."
Während Gottfried Buchner den dritten Gang einlegte, hielten Verenas Beine seinen Blick kurz gefangen. Unter ihrer lässig aufgeknöpften Jacke trug sie ein feingeblümtes Minikleid, duftig, zart, eng anliegend. Mädchen, dein Schneider heißt Sünde, dachte Buchner und überlegte für einen Moment, wie es sich anfühlen würde, die braungebrannte, zarte Haut ihrer Schenkel zu berühren.
„Gut", sagte er laut, um die Gedanken zu zerstreuen, „dann darf ich dich in den Schlüsslberg-Hof einladen."
„Wie? Das Haubenlokal? Nein, Friedl – das ist zu teuer", gab sich Verena entrüstet, in Wahrheit aber seinen Widerspruch erhoffend.
Wie insgeheim gewünscht, beharrte Buchner auf seinem Angebot. Es war zu verlockend, den erfahrenen Gourmet hervorzukehren. Von den hohen Preisen bisher abgeschreckt, schien heute eine Ausnahme angebracht. Schließlich musste man einer jungen Frau die Gelegenheit bieten, einmal wirkliche Esskultur kennen zu lernen. Der Schlüsslberg-Hof war berühmt dafür, die neue feine Küche mit der traditionellen österreichischen Kost zu verbinden. Immerhin hatte es dieses Lokal geschafft, mit zwei Hauben ausgezeichnet zu werden. Und das, trotz seiner abgeschiedenen Lage, sieben Kilometer von Neudorf entfernt.

„Hoffentlich falle ich ohne Krawatte nicht auf", meinte Buchner, als er das dunkle Sakko, das er meistens im Fond seines Autos liegen hatte, überstreifte.
„Du wirkst stattlich genug, geschätzter Herr Kollege", zerstreute Verena seine Bedenken, „ich bin stolz, von dir ausgeführt zu werden."

Kastanien sowie orange und grüngelb gestreifte Zierkürbisse verschiedener Größen lagen auf der alten Bauerntruhe in der Eingangshalle. Bunte Ahornblätter mit Getreideähren auf

Bilderrahmen oder in kleine Vasen gesteckt, schmückten den Raum. Buchner ging voran, als sie das Speisezimmer betraten. Wie zu erwarten, hatte auch hier eine geschickte Hand für eine geschmackvolle Dekoration gesorgt. Alle Tische schienen besetzt zu sein.

„Guten Abend", begrüßte sie ein großer, hagerer Mann mit schwarzgerahmter Brille. „Haben Sie reserviert?", fragte er.

„Nein, leider, haben Sie keinen Platz mehr frei?"

„Wir haben heute eine geschlossene Gesellschaft. Eine Weindegustation mit siebengängigem Exquisit-Menü. Aperitif und Suppe wurden schon serviert, aber wenn Sie wünschen, ganz hinten, dort in der Nische, wäre noch ein Zweiertisch frei." Freundlich wies der Wirt mit der rechten Hand auf den beschriebenen Platz.

„Wie schön. Gerne. Dann steigen wir beim nächsten Gang munter ein. Verena, bist du einverstanden?"

Verena nickte nur und schwieg. Nachdem sie Platz genommen hatten, entfaltete sie die kunstvoll zusammengelegte Serviette, breitete sie auf dem Schoß aus und flüsterte fast andächtig: „Aber Friedl, sieben Gänge! Glaubst du nicht, dass das zu viel ist?"

„Das sind ohnehin winzige Portionen. Das schaffst du spielend. Außerdem – bei einer Weindegustation, da muss man etwas mehr essen. Sonst steigt der Alkohol zu schnell in den Kopf." „Wenn du meinst", gab Verena nach.

Vorne wurde von einem Sommelier die nächste Speise sowie der dazu passende Wein angesagt. Von Buchners und Verenas Nischenplatz aus konnte man den Mann nicht sehen sondern nur hören.

„Der folgende Gang, meine Damen und Herren", verkündete die tiefe, wohlklingende Stimme, „eine Schaumrolle von Frischkäse und Gemüse auf Gurkensalat wird Sie sicherlich begeistern. Hier empfehlen wir Ihnen einen duftigen, leichten Wein – einen Pinot Blanc Federspiel 2000 von den Terrassen unserer schönen Wachau."

Auch der Tisch war mit buntem Herbstlaub geschmückt. In der Mitte brannte eine Kerze in einem zierlichen Glasbehälter mit goldenem Dekorsand.

„Wie romantisch! Es ist wunderbar, hier mit dir zu sein", schwärmte Verena laut. In ihren Augen spiegelte sich das Feuer des flackernden Kerzenlichts. Ihre Wangen leicht gerötet, die Pupillen in freudiger Erwartung groß und dunkel, sah sie bezaubernd aus. He, alter Bursche, mahnte sich Buchner selbst. Sie ist deine Kollegin und viel zu jung. Vor allem aber bist du verheiratet! Gerlinde hat mit ihrem dummen Verhalten heute sicher verdient, dass nicht sie, sondern Verena hier sitzt, aber Gerlinde betrügen – nein, niemals!

Ein junger Mann mit buschigen, dunklen Augenbrauen und eigenartiger, unpassender, schräg geschnittener, blonder Mähne goss Wein in ihre Gläser. Gleich darauf wurden die Frischkäserollen serviert.

„Woran denkst du?", fragte Verena und führte den ersten Bissen zum Mund.

„An unseren Mordfall", antwortete Buchner, „jetzt, da wir allein sind, können wir einiges besprechen."

„Ja?" Irgendwie klang es enttäuscht.

„Verena, ich habe dir schon am Flugfeld gesagt, dass du besser mir die Ermittlungen überlässt."

„Und ich habe dir erklärt, dass ich mich nicht daran halten werde", entgegnete sie trotzig. „Der Alex hat mich eingeladen. Nächste Woche, da fahren alle vom Club einige Tage nach Stielbergen. Hangfliegen. Das weißt du ja. Ich soll mitkommen. Und das werde ich auch tun."

„Was? Auf keinen Fall wirst du das, Verena! Ich werde hinfahren, nächsten Freitag bis Mittwoch – aber du, du bleibst zu Hause."

„Dieser Gurkensalat schmeckt einfach köstlich, so zart und frisch. So gut haben mir Gurken noch niemals geschmeckt."

„Lenk jetzt nicht vom Thema ab, Verena. Ich verbiete dir, dich in Gefahr zu begeben. Es genügt, wenn ich hinfahre."

„Friedl, ich bin kein kleines Kind mehr. Du hast mich eingeweiht und ich bin deine Partnerin. Vier Augen sehen mehr als zwei. Und außerdem", sie legte Messer und Gabel zur Seite, blickte Buchner tief in die Augen und berührte seine Hand, „ich bewundere dich sehr, Friedl, wie du für Gerechtigkeit kämpfst. Allen Widrigkeiten zum Trotz, egal was die anderen sagen. Du gehst deinen Weg, überwindest jedes Hindernis, scheust keine Schwierigkeiten. Bleibst stark und stehst zu deiner Meinung, wie ein Fels in der Brandung. Ich bin wie du – will von dir lernen – du bist mein Held und Vorbild. Stell mich nicht in die Ecke – das habe ich nicht verdient."

Mit feuchten Augen wandte sie sich ab und aß den letzten Rest von ihrem Teller. Gottfried Buchner trank von seinem Wein. Schweigend kratzte er mit dem Messer den letzten Bissen auf seine Gabel. Diese Worte gaben ihm zu denken. Verena hatte Recht. Es war nicht fair, sie vorher einzuweihen und dann auszuschließen. Was für eine tolle Frau! Nicht nur schön, auch stolz, mutig und klug!

Gottfried Buchner erhob das Glas.

„Gut, dann lass uns anstoßen. Auf gute Partnerschaft! Aber du musst mir versprechen, vorsichtig zu sein, Verena."

„Natürlich", hauchte sie zum sanften Klirren der hochstieligen Weingläser.

„Gehen wir die Fakten noch einmal durch", wurde Gottfried Buchner sachlich.

„Wilhelm Pointner hat jemanden erpresst, das steht fest. Durch seine Notizen wissen wir, dass ihn einer seiner besten Freunde enttäuscht hat. Es liegt die Vermutung nahe, dass diese Enttäuschung der Grund für die Erpressung war. Wahrscheinlich hat er mehr und mehr Geld verlangt, bis der Erpresste beschloss, ihn zu beseitigen. Für uns ist nun Folgendes wichtig: Wer von seinen Freunden war zahlungskräftig genug, um Wilhelm Pointners Geldgier zu befriedigen?"

„Alle drei, Friedl. Es handelt sich um einen Betrag von etwa fünfzigtausend bis sechzigtausend Euro. Das hätte jeder auftreiben können. Der Reichste ist Anton Stain, wie du vielleicht weißt. Aber auch der Alex. Er verdient als Versicherungsangestellter zwar nicht annähernd so viel, doch seine Eltern haben Kohle. Nein, ich bin sicher, auch der Alex hätte genug Geld auftreiben können. Und der Moosbacher Manfred, das ist bekannt, ist ebenfalls wohlhabend. Einerseits ist er als Direktor der Schuhfabrik nicht schlecht bezahlt, andererseits hat er massenhaft geerbt, damals, als seine erste Frau starb."

„Du weißt gut Bescheid über die Leute", war Gottfried Buchner erstaunt.

Inzwischen wurde die nächste Speise serviert. Kalbsbriesravioli mit Flusskrebserl, dekorativ auf einem großen, weißen Porzellanteller angerichtet, sodass allein das Betrachten der Mahlzeit den Mund wässrig machte. Dazu wurde ein Riesling Smaragd in die Gläser gefüllt, gelbgold glänzend mit leichtem Pfirsich-Ananasaroma.

„Du vergisst, Friedl, ich habe einige Jahre lang in Altenbach Dienst getan. Außerdem wohne ich dort. Ich kenne die Leute wie meine Westentasche. Du siehst, ich bin für die Ermittlungen unentbehrlich."

Lächelnd prostete sie ihm zu.

„Und für wen bist du noch unentbehrlich, Verena? Sicher gibt es in Altenbach einen netten jungen Mann, für den du ganz, ganz wichtig bist."

Plötzlich schien Gottfried Buchner der Gedanke unangenehm, würde dieses wunderbare Geschöpf neben ihm von irgendeinem dummen Möchtegern-Casanova angefasst. Was hätte solch ein Halbidiot diesem zauberhaften Wesen schon zu bieten? Ein Alex Hinterbichl womöglich, der glaubte, mit seinem Charme jede betören zu können. Ein typischer Aufreißer ohne Tiefgang. Nein, so etwas hätte Verena nicht verdient.

„Ach, Friedl, wenn du wüsstest!" Verena seufzte tief, legte Gabel und Messer zur Seite. Sie nahm das Glas, nippte, und sah ihrem Kollegen ganz tief in die Augen.

„Warum muss das, was man sich am sehnlichsten wünscht, immer unerreichbar sein? Nein, Friedl. Kein anderer kann eine Chance haben, wenn mein Herz nur dem einen gehört. Dem, der schon einer anderen verbunden ist. Es ist schrecklich – verstehst du, mein Herz blutet und schreit."
Plötzlich sprang sie auf. Tränen quollen aus ihren Augen, als sie leise flüsterte: „Entschuldige bitte, ich muss mich kurz frisch machen." Schon war sie zur Toilette verschwunden.
Gottfried Buchner, was bist du nur für ein Riesenidiot, schalt er sich. Solch ein theatralischer Anfall. Sie neigt zu Gefühlsausbrüchen. Ein junges Ding, das sich in dich verknallt hat. Und du, was tust du? Bestärkst sie auch noch. Nein, das hätte ich wissen müssen! Kennt man doch von den Pop-Konzerten. Wie sie kreischen, diese jungen Mädchen. Die brauchen das Theatralische. Kenne ich nur zu gut von meinen Töchtern. Voriges Jahr, als Eva sich in diesen Kellner verliebt hat. War das vielleicht ein Theater! Und heute Anna. Geheult hat sie wie verrückt wegen dieses verheirateten Kerls. Die Tränen musste ich ihr trocknen. Und nun sitze ich selber da, mit solch einem jungen Ding und mache ihr das Herz schwer. Bin ich noch zu retten? Nein, Friedl, in deinem Alter müsstest du klüger sein!
Verena kam zurück, die Tränen getrocknet, nach einem Weinkrampf auf der Toilette wieder gestärkt. Lidschatten und Wimperntusche frisch aufgetragen. Sie aß weiter, als wäre nichts geschehen.
„Was weißt du noch über die Freunde Wilhelm Pointners?", fragte Gottfried Buchner.
„Nichts Besonderes. Lauter angesehene Männer. Außer dem Alex vielleicht. Der ist als Weiberheld bekannt. Da er jedoch nicht verheiratet ist, kann er schließlich machen, was er will."
Schon wollte Buchner fragen, was sie von solchen Männern halte. Die Gefahr, dass diese Frage wiederum auf die Beziehungsschiene hinführen könnte, war zu groß. Nur alles meiden, was damit zu tun hat, beschloss er daher.

„Dass Anton Stain und Manfred Moosbacher verheiratet sind, weiß ich. Aber du hast erwähnt, dass der Moosbacher von seiner ersten Frau geerbt hat. Ich wusste nicht, dass er bereits zum zweiten Mal verheiratet ist."
„Wie lange lebst du bereits in Neudorf?"
„Ungefähr seit zehn Jahren."
„Eben. Das muss geschehen sein, kurz bevor du in unsere Gegend gezogen bist. Ich bin damals noch zur Schule gegangen. Ein Unfall. In London, soviel ich weiß. Sie ist ausgerutscht und auf die Schienen der U-Bahn gefallen."
Gottfried Buchner wurde nachdenklich.
„Nein", meinte er schließlich, „selbst wenn es kein Unfall war – ich kann mir nicht vorstellen, dass Wilhelm Pointner ihn jetzt damit erpresst hat. Nicht nach zehn Jahren. Trotzdem, vielleicht ist es wichtig, Näheres darüber herauszufinden. In seine zweite Frau scheint der Moosbacher sehr verliebt zu sein."
„Sie soll ihm angeblich jeden Wunsch von den Augen ablesen. Seine ehemalige Sekretärin. Sie verwöhnt und verhätschelt ihn, wie und wo sie nur kann, erzählen die Leute."
Gottfried Buchner zündete sich eine Zigarette an.
„Eigentlich sollte man bei einem so überaus fantastischen Essen nicht rauchen", meinte er, „irgendwann einmal höre ich auf damit, ganz sicher."
„Du schaffst alles, wenn du willst, Friedl. Das weiß ich."
„Schmeichlerin."

Er lächelte und widerstand dem Bedürfnis, ihr über die Wange zu streichen.
Minigrammelknödel auf Weißkraut wurden aufgetragen – zum Trinken ein frisch-pfeffriger Grüner Veltliner Kabinett aus dem Kamptal.
Dann reichte man Weichselsorbet als kleines Intermezzo, und schließlich das Hauptgericht: eine ausgelöste Kalbsstelze mit Trüffelrisotto. Dazu tranken sie köstlichen Rotwein, Cuvée barrique, samtig, tannin- und körperreich.

Gottfried Buchner schwenkte sein Glas, um den holzig-beerigen Duft freizusetzen.

„Wein muss mit Luft in Berührung kommen, damit sich das Aroma entfalten kann", klärte er Verena auf. Er roch am Wein, nahm einen Schluck und ließ ihn sanft in der Mundhöhle kreisen, um alle Geschmacksknospen voll auszukosten. Verena beobachtete ihn genau.

„Du bist ein Genießer", stellte sie fest. „Ich dachte immer, du magst nur Bier. Dass du auch Weinkenner und Gourmet bist, das wusste ich wirklich nicht."

Alles nur eine Frage des Geldes, dachte Buchner, sagte es jedoch nicht. Warum zugeben, dass er sich das Leben als Gourmet nie hatte leisten können? Als Familienvater und Alleinverdiener war er immer zur Sparsamkeit gezwungen gewesen. Jetzt, seit einem halben Jahr, verdiente Gerlinde dazu – da wurde es finanziell etwas leichter. Große Sprünge konnte man sich dennoch nur selten erlauben. Immerhin war Geld die Ursache der lautstarken Auseinandersetzung gewesen, die er heute mit Gerlinde ausgetragen hatte.

Also lächelte er Verena schweigend zu.

„Ich habe noch nie in meinem Leben Trüffel gegessen", sagte sie, „die schmecken wunderbar. Ab sofort, erkläre ich Trüffelrisotto zu meiner Lieblingsspeise. Ich bin dir so dankbar, Friedl. Weißt du, so stilvoll und genussreich essen zu gehen, das wäre Rudi, meinem Exfreund, nie eingefallen. Gut, dass ich Schluss gemacht habe. Ich könnte mir eine Beziehung mit ihm nicht mehr vorstellen. Er war so unreif. Hatte keine Ahnung vom Leben. Eine gute Unterhaltung mit ihm war unmöglich. Heute verstehe ich kaum mehr, was mir an ihm gefallen hat."

„Wie alt war er denn?"

„So wie ich, siebenundzwanzig."

„In diesem Alter hatte ich bereits für zwei Kleinkinder zu sorgen und das dritte war unterwegs", überlegte Gottfried Buchner laut. Mein Gott, ist das lange her, kam es ihm in den Sinn. Was hatte er eigentlich von seiner Jugend gehabt?

War es verwunderlich, dass er manchmal aus dieser enormen Verantwortung fliehen wollte? Dass er manchmal zu viel getrunken hatte? Stimmt, er hatte vieles falsch gemacht. Auch beruflich. Hatte immer mit den Vorgesetzten gestritten und war dadurch nie weiter gekommen.
„Vielleicht würde ich heute manches anders machen", flüsterte er, seufzte und fuhr fort, „nütze deine Freiheit und vor allem deine Jugend, Verena. Es geht alles so schnell vorbei."
„Aber Friedl, jetzt klingst du wie ein alter Mann. So ein Unsinn! Du bist doch im besten Mannesalter! Die Kinder sind bereits groß und du kannst das Leben genießen. Du bist reif, erfahren und noch voller Wünsche. Und dein großes berufliches Ziel, Kriminalkommissar zu werden, ist auch nicht mehr weit entfernt. Wenn du den Mörder Wilhelm Pointners zur Strecke gebracht hast, kann dich niemand mehr an deinem Vorhaben hindern."
„Wie? Moment mal, Verena. Wie kommst du auf die Idee, dass ich Kriminalkommissar werden möchte?" „Etwa nicht? Du bist doch wie geschaffen dafür, oder? Das ist dein innigster Wunsch – das weiß ich einfach. Ich kenne dich."
Sie hatte ihn doch tatsächlich durchschaut, diese junge Frau! Theatralisch veranlagt, unreif und träumerisch – und doch so scharfsinnig. Da saß sie nun – mit glänzenden Augen, roten Wangen, schon ein wenig betrunken und sprach es ganz offen aus: seinen innigsten, verborgensten Wunsch, den er selbst nie wahrhaben wollte. Sie sagte es einfach, laut und klar: „Du willst Kriminalkommissar werden." Warum hatte er sich das selbst nie eingestanden?
„Du hast Recht, Verena", antwortete Gottfried Buchner. Unbewusst schob er den Nachtisch, eine dekorativ angerichtete Vielfalt kleiner Schokoladenhäppchen, beiseite. Auch die fruchtig-süße Beerenauslese nahm er kaum zur Kenntnis. Stattdessen verlangte er vom Kellner noch etwas Rotwein. Ein wenig zittrig nahm er eine Zigarette aus der Schachtel. „Glaubst du nicht, dass ich zu alt bin, um noch bei der Kriminalabteilung anzufragen? Die lachen mich doch aus?

Mir fehlt schließlich die Erfahrung." Er inhalierte tief und gierig.

„Wenn du nochmals einen Mörder entlarvst, können die in Linz gar nicht anders, Friedl. Die müssen dein Talent respektieren. Du bist dann der Gendarm, der bereits zum zweiten Mal ohne Hilfe der anderen einen Mörder gestellt hat. Das erste Mal, das kann Zufall gewesen sein. Aber noch einmal, nein, Friedl, du weißt selbst genau, dass das deine Chance ist. Und du wirst sie nützen. Dass du nicht zu alt dafür bist, das weißt du. Du bist im besten Alter, um dich beruflich zu verändern und dabei einen Aufstieg zu machen. Oder?"

„Verena – du bist eine ganz erstaunliche, wunderbare junge Frau", sagte Buchner spontan. Dabei verspürte er das Verlangen, sie zu küssen.

„Herr Ober, zahlen!" Es klang wie ein Hilferuf.

„Willst du deine Nachspeise nicht mehr essen? Sie schmeckt vorzüglich, Friedl."

„Nein, genug. Es reicht. Wir müssen aufbrechen, es ist schon spät."

„Wie du meinst."

Verena überlegte, ob es ein Fehler gewesen war, ihn mit seinen eigenen, offenbar unbewussten Wünschen zu konfrontieren. Hätte sie lieber schweigen sollen? Hätte sie über ein anderes Thema sprechen sollen? Nein, es war schon in Ordnung so. Nun wusste er, wie gut sie ihn kannte. Wie hatte er sie genannt? Eine wunderbare Frau? Das war vorerst Erfolg genug, wenn auch dieser spontane Aufbruch sie etwas enttäuschte.

Als Gottfried Buchners Wagen vor dem „Zwetschken-Bunker" hielt, um Verena zu Hause abzuliefern, war es bereits nach Mitternacht.

„Willst du noch mit hinauf kommen?", flüsterte sie.

Gottfried Buchner nahm ihre Hände, streichelte sie zart.

„Das hast du nicht verdient, Verena", sagte er, „der Mann, mit dem du schläfst, soll auch mit dir frühstücken können."
„Ja", sagte sie, stieg aus und eilte zur Haustür.
Prüfend blickte Kurt Wiesinger auf das Display seiner Fernsteuerung.
„So, die Servos sind jetzt richtig eingestellt", sagte er, „nun kann uns nichts mehr aufhalten. Morgen wirst du mit deinem eigenen Flieger die Lüfte unsicher machen."
Er setzte sich auf den dreibeinigen Hocker neben seinem Arbeitstisch.
Gottfried Buchner stand neben ihm und betrachtete voll Stolz seinen neuen Elektroflieger.
„Schön sieht er aus", meinte Gottfried Buchner bewundernd, „diese abgewinkelten Tragflächenohren, das wirkt modern und elegant. Und dann die Farbe, lila auf weiß, die ist wirklich gut gewählt. Einfach perfekt! Wenn er so wunderbar fliegt, wie er aussieht – Kurt, ich freue mich auf diesen Jungfernflug."
„Zuerst werde ich ihn allein einfliegen", entschied Kurt Wiesinger. „Du hast zwar die letzten zwei Tage fleißig geübt, aber trotzdem. Sicher ist sicher!"
„Wie du meinst", antwortete Buchner. Kurt Wiesinger wusste, was er tat. Gottfried Buchner war noch blutiger Anfänger. Sicher, gestern hatte er schon sehr geschickt die rechteckigen Landeanflüge geübt. Einen Flug ohne Verbindung mit dem Lehrersender hatte er bisher noch nicht gewagt. Zu schnell konnte ein Fehler passieren. Besser, etwas vorsichtig zu beginnen, als ein Modell zu verlieren, war Gottfried Buchner mit seinem Lehrer Kurt Wiesinger einer Meinung. Bis Freitag wollte er es schaffen, ohne Mithilfe des Lehrersenders zu fliegen und zu landen. Das war sein Ziel. In Stielbergen dann, würde er seinen „Junior Sport" am Hang erproben. Allein. Ohne dabei, wie ein Hund an der Leine, an einer zweiten Fernsteuerung zu hängen.
Mit Gerlinde hatte er Frieden geschlossen. Den ganzen Sonntag lang hatten sie sich angeschwiegen. Am Montag

nach dem Flugtraining endlich bat er sie um Verzeihung. Ein nicht mehr ganz frischer Strauß Feuerlilien und eine Flasche Chianti von der Tankstelle in Altenbach stimmten Gerlinde versöhnlich. Rotwein trinkend sprachen sie sich aus. Gottfried Buchner erzählte von der beabsichtigten Reise nach Stielbergen und bat sie mitzukommen. Die Aussicht auf den lang ersehnten Tapetenwechsel erfreute Gerlinde. Eine willkommene Abwechslung. Genau das, was sie brauchte. Einmal nicht kochen müssen, sich verwöhnen lassen, die mütterlichen Pflichten vergessen dürfen. Gemeinsam, ohne Kinder, ein paar Tage genießen. Eva musste zu Hause bleiben, um Latein zu lernen. Thomas und Anna hatten ohnehin kaum mehr Interesse, mit den Eltern zu verreisen. Außerdem hatte Gottfried Buchner versichert, dass der Aufenthalt in der kleinen Pension besonders günstig wäre und versprochen, künftig weniger Geld auszugeben, um die Auslagen für die Grundausstattung wieder einzusparen.

„Kommst du noch mit zu Alex?", unterbrach Kurt Wiesinger die Gedanken seines Flugschülers. „Ich bringe ihm schnell den Superkleber vorbei, den ich von Molln mitgenommen habe. Dann kannst du dir seinen neuen ‚Secco' ansehen. Das ist vielleicht ein schneller Flitzer, sag ich dir."

„Gerne", antwortete Gottfried Buchner. Jede Möglichkeit musste genützt werden, einen der Freunde Wilhelm Pointners näher kennen zu lernen.

Alex Hinterbichl wohnte, nicht weit vom „Zwetschken-Bunker" entfernt, in einem neu errichteten, zweistöckigen Wohnhaus mit verglasten Stiegenaufgängen an der Vorderfront. Seine Eltern hatten ihm nicht nur eine Eigentumswohnung im Parterre gekauft, sondern auch bei der Einrichtung großzügige finanzielle Unterstützung geleistet. Die Wohnung war riesig und für einen Junggesellen überraschend sauber. Freudig begrüßte er seine Fliegerkollegen, um ihnen sogleich sein neues Modell im Arbeitszimmer zu zeigen. Das Zimmer war geräumig und gepflegt. Der vordere Teil, mit Schreibtisch und PC ausgestattet, diente als Büro. Der Rest des

Zimmers war mit Arbeitstisch und Stellagen als Bastelraum eingerichtet. Das neue Flugmodell, der „Secco", stand zur Besichtigung auf dem Parkettboden.

„Ist das nicht ein Traummodell?", fragte er.

Gottfried Buchner merkte sofort, dass dieser Flieger von keinem Meister geschaffen worden war. Die eingebügelten Staubkörnchen unter der Folienbespannung, die winzigen Bläschen und Dellen zeigten, dass hier eher ein Modellbaulehrling am Werk war.

Kurt Wiesingers Modelle hingegen waren so perfekt gespannt, so fehlerlos und glatt, dass das Auge beim Blick darauf ausrutschte.

Keiner verlor jedoch ein Wort darüber. Man bestaunte den „Secco" anerkennend, wohlwissend, dass eben nicht jeder so vollendet wie Kurt Wiesinger bauen konnte.

„Jetzt werde ich euch einen Super-Cocktail mixen! Ihr bleibt doch noch ein bisschen?", fragte Alex.

Gottfried Buchner hätte einen Schluck Bier oder Wein bevorzugt, fügte sich jedoch. In seiner Jugend hatte er an diversen Mixgetränken noch Gefallen gefunden. Damals waren sie modern und man glaubte, das süße Zeug trinken zu müssen, um „in" zu sein. Heute wusste er, dass guter Wein oder frisches, kühles Bier von keinem anderen „Farbwässerchen" zu schlagen war, sei es auch noch so einfallsreich zusammengemischt oder kunstvoll dekoriert.

„Kommt mit ins Wohnzimmer!", forderte Alex Hinterbichl die Freunde auf, ihm zu folgen. „Ich verschwinde nur noch kurz für zwei Minuten unter die Dusche und ziehe mich ganz schnell um – bin nämlich noch ganz verschwitzt vom Laufen." Dabei zog er sein Jogging-Shirt über den Kopf und enthüllte seinen beneidenswert muskulösen, braungebrannten, behaarten Brustkorb. Gottfried Buchners Blick fiel sofort auf ein unscheinbares Goldkettchen, das er um den Hals trug. Mit einem kleinen Schlüssel als Anhänger. „Ist das dein Tagebuchschlüssel?", fragte er ein wenig spöttisch.

„So etwas Ähnliches." Alex Hinterbichl zeigte sein auf Frauen so unwiderstehlich wirkendes Lächeln. „Meine Mutter ist neugieriger als eine Horde Klatschreporter. Wenn die bei mir sauber macht, durchstöbert sie alles, was nicht niet- und nagelfest ist. In mein Heiligtum, den Schreibtisch, kommt sie nicht rein. Das weiß ich zu verhindern. Und außerdem", dabei grinste er, als würde er für die Titelseite der Vogue fotografiert, „den Girls erzähle ich meist, das wäre der Schlüssel zu meinem Herzen. Das wirkt. Die warten dann immer, dass ich ihn verschenke. Na ja, wenn sie ganz brav sind, bekommen sie später einen kleinen Goldschlüssel. Weißt du, wie die dann schmelzen?"

Gottfried Buchner fand ihn widerlich. Arroganter Wichtigtuer, von den Eltern gesponsert und nicht abgenabelt. Nur mit Mühe konnte er ein gequältes Lächeln auf die Lippen bringen.

„Setzt euch bitte", sagte Alex. Er deutete auf ein mausgraues Ledersofa. „Macht es euch inzwischen bequem. Ich bin sofort wieder zurück." Eilig verschwand er ins Badezimmer. Das Wohnzimmer war groß und man merkte, dass Alex bei der Einrichtung nicht sparen hatte müssen. Wahrscheinlich von einem Innenarchitekten geplant, dachte Buchner, als er den Wandverbau aus Kirschholz betrachtete. Jede Ecke war gekonnt genutzt, nichts wirkte überladen. Vor der Terrassentür endet die Verbauung in einer kleinen Bar mit Theke und integriertem Flaschenbord. Griffbereit daneben der CD-Player, um beim Mixen der Getränke gleich die entsprechende Musik einlegen zu können. Die ideale Wirkstätte eines Frauen-Vernaschers, stellte Buchner fest. Sicher lässt sich das Sofa mit einem einzigen Knopfdruck zu einer breiten Spielwiese verwandeln, überlegte er dabei.

„Ein Leben wie im Schlaraffenland", kommentierte Kurt Wiesinger sichtlich beeindruckt. „Hast du die CNC-Fräse im Arbeitszimmer gesehen? Davon kann unsereins nur träumen."

„Trotzdem", antwortete Buchner, „die Qualität deiner Flieger

wird er nie erreichen. Da nützt das beste Werkzeug nichts. Ich finde es fatal, wenn einem die gebratenen Tauben immer in den Mund fliegen. Das schadet dem Charakter, macht schlampig, seicht und oberflächlich."
„Jetzt klingst du wie der Fuchs, der behauptet, die Trauben seien sauer, weil sie zu hoch hängen."
„Mag sein", gab Buchner zu. Vielleicht war er wirklich etwas neidisch. Er hatte immer sparen müssen und abgesehen von zwei flüchtigen Abenteuern vor der Ehe war Gerlinde die einzige Frau in seinem Leben. Dieser Alex schien tatsächlich auf die Butterseite gefallen zu sein. Sein gutes Aussehen, das Geld, seine zahlreichen Eroberungen. Wie konnte man das bescheidene Leben eines alleinverdienenden Familienvaters mit solch einem glanzvollen Junggesellenleben vergleichen? Hatte er am Ende doch etwas versäumt? Unsinn, warnte sich Buchner, ich grüble zu viel. Eine waschechte Midlife-Crisis, das fehlte noch. Nein, einfach lächerlich, zu banal.
„Hallo, da bin ich wieder", hörten sie Alex rufen, bevor er ins Zimmer kam. Nun trug er ein weißes T-Shirt mit V-Ausschnitt und schwarze Jeans. Buchner bemerkte sofort, dass das Kettchen fehlte.
„Was darf ich euch mixen? Einen Casablanca vielleicht? Oder einen Screwdriver? Kurt, du magst sicher einen Margarita. Ein texanischer Drink mit Tequila."
„Gerne. Texanisches Feuerwasser – könnte mir schmecken."
„Was darf ich dir geben, Friedl?"
„Trockenen Martini, gerührt, aber nicht geschüttelt."
„Oh, James Bond in unserer Mitte. Das ist eine echte Herausforderung!" Lachend begab sich Alex Hinterbichl zu seiner Bar.
Gottfried Buchners Gedanken kreisten um die eine Frage: Wo ist das Kettchen? Bestimmt hat Alex es zum Duschen abgenommen und es liegt nun irgendwo im Badezimmer. Was hat Alex im Schreibtisch versteckt, das die neugierige Mutter nicht finden darf?
„Entschuldige Alex, wo ist hier die Toilette?", fragte Buchner.

Jetzt oder nie. Er musste dem Geheimnis im Schreibtisch auf die Spur kommen.
„Gleich die zweite Tür rechts, neben dem Bad", antwortete Alex, während er hinter seiner Bar weiterwerkte.
„Danke." Schon eilte Gottfried Buchner aus dem Wohnzimmer, vorbei an der Toilette ins Bad. Erwartungsgemäß waren auch hier keine Kosten gescheut worden. Die Accessoires in Blau, Weiß und Chrom harmonierten vorzüglich mit den hellen, pfirsichfarbenen Keramikfliesen. Gottfried Buchner erspähte den kleinen Schlüssel sofort. Das Kettchen samt Anhänger lag auf der Anrichte neben dem beleuchtbaren Spiegel mit Rillendekor. Sogleich huschte Buchner mit dem Kettchen in das dem Bad gegenüberliegende Arbeitszimmer.
Die Klinke brauchte er nicht niederzudrücken, da die Tür noch einen Spaltbreit offen stand. Vorsichtig, um keine verdächtigen Geräusche zu erzeugen, steckte er den kleinen Schlüssel in das Schloss des Schreibtisches. Er zog an der Lade und erblickte eine Hängeregistratur. Zahlreiche Mappen mit Kartenreitern kamen zum Vorschein. Auf den Kärtchen standen Namen, alphabetisch geordnet: Andorfer Gabriele, Auböck Martina bis Zwirn Ulrike.
Gottfried Buchner brauchte einige Sekunden, bis er begriff. Es handelte sich um die zahlreichen Geliebten Alex Hinterbichls. Ohne lange nachzudenken griff er nach der erstbesten Mappe: Aschauer Henriette.
Es waren vier Blätter. Auf der ersten Seite wurde Henriettes Aussehen beurteilt. Ein winziges Passfoto, das ein blasses Mädchengesicht zeigte, war mit einer Büroklammer oben rechts befestigt. Alex fand Henriette niedlich, etwas zu klein, ihre Gesamterscheinung jedoch attraktiv genug, um ihr für ein bis vier Nächte den Genuss seiner Liebeskünste zu gönnen. Ihr kastanienbraunes, kurz geschnittenes Haar hätte er gerne etwas länger gehabt. Außerdem schien er blond zu bevorzugen – unbarmherzig wurde Henriettes Frisur mit einem „Genügend" bedacht. Busen: befriedigend. Beine:

befriedigend. Lippen: sehr gut – sie entschädigten Alex für Henriettes sonstige Mängel.
Gottfried Buchner schüttelte den Kopf und blätterte weiter. Diese Seite war Alex' Verführungskünsten vorbehalten. Henriette hatte es ihm leicht gemacht. Zwei Viertel Wein sowie ein Schinken-Käse-Toast im Cafe Hoof hatten genügt. Schon nach wenigen, seichten Schmeicheleien hatte sie sich bereit erklärt, in seine Wohnung mitzukommen.
„Gleich nach dem ersten Rendezvous flach gelegt, Anstrengungsfaktor gleich Null", hatte Alex hingekritzelt. Die Beschreibung der Eroberung Henriette Aschauers füllte daher kaum ein Viertel des zur Verfügung stehenden Platzes.
Auf dem dritten Blatt wurden die sexuellen Fähigkeiten des Verführungsopfers geschildert. Für diese Rubrik hatte Alex einige Zeilen mehr aufgewandt. Demnach war Henriette ein Durchschnittstyp. Zu wenig Eigeninitiative war als Hauptkritik angeführt. Außerdem wünschte sie kaum Stellungswechsel, ein Vergehen, das ihr die Beurteilung „fantasielos und fad" einbrachte. Lobend erwähnte Alex ihre Hingabebereitschaft. Hier bekam sie ein „Sehr gut". Dass sie ihre schönen, sinnlichen Lippen erst auf Alex' Bitte hin einsetzte, wurde ebenfalls negativ bewertet. Für den Akt selbst, für die Fähigkeit, Alex mit ihren Lippen zu bedienen, bekam Henriette ein „Befriedigend plus".
Ich wusste, dass der Kerl ekelhaft ist, war Buchner empört, aber diese Beschreibungen schlagen dem Fass den Boden aus! Unglaublich! Gottfried Buchner verzog seinen Mund, als müsse er in eine dicke Ratte beißen. Auf dem vierten Blatt gab Alex sein Gesamtresümee bekannt. Insgesamt dreimal hatte er sich mit Henriette vergnügt. Ein weiteres Treffen betrachtete er als Zeitverschwendung. Schließlich mussten noch andere Damen beglückt werden.
Zutiefst angewidert steckte Gottfried Buchner die Mappe zurück. Plötzlich befiel ihn panische Angst. Buchner? Es war doch hier nirgends der Name Buchner zu lesen? Zitternd ging er sie einzeln durch – die vielen Namen mit dem

Anfangsbuchstaben B. Nein. Gott sei Dank. Weder Buchner Gerlinde, noch Anna, noch Eva.

Hatte er wirklich einen Augenblick lang an der Treue seiner Frau gezweifelt? Bei einem so frivolen Kerl weiß man ja nie, rechtfertigte sich Buchner. Der besitzt ein enormes Repertoire an Verführungskünsten. Garantiert werden auch anständige Frauen schwach, wenn er es darauf anlegt. Gottfried Buchners Augen wanderten von B über C zu D bis M. Mittasch Verena. Nein, bitte nicht. Doch! Der Name stand auf dem Kärtchen. Buchner starrte es an. Er wollte es einfach nicht glauben. Wie nach einem heftigen Schlag ins Gesicht schien er einen Moment lang völlig bewegungslos. Seine Verena mit diesem Kerl? Nein, unmöglich! Mit einem heftigen Ruck nahm er die Mappe aus der Registratur und schlug sie auf. Zwei Blätter. Auf dem ersten eine überschwängliche Beschreibung von Verenas Figur. Hastig, mit kaltem Schweiß auf der Stirn überflog Buchner das zweite Blatt. Nur drei Zeilen. Das Treffen am Flugfeld neulich. „Habe sie zu unserem jährlichen Fliegerurlaub nach Stielbergen eingeladen. Dann wird sie fällig", war Alex überzeugt.

Es war noch nichts passiert! Erleichtert atmete Gottfried Buchner auf. Alex Hinterbichls strategisch kalkuliertes Vorhaben, Verena zu verführen, befand sich erst in der Planungsphase. Noch einmal las Buchner die erste Seite durch. Alex bezeichnete Verena als knackigen, süßen Käfer, in den er sich glatt verlieben könnte. Mit etwas Einfühlungsvermögen könne man sie bestimmt bald so weit bringen, „dass sie dasselbe von mir will, was ich von ihr will", hatte Alex voll Eifer hingeschrieben.

„Idiot", sagte Buchner. Erschrocken über die eigene, laute Stimme drehte er sich um. Glück gehabt. Niemand hatte ihn gehört. Er blickte auf die Uhr. Zehn Minuten waren bereits vergangen. Hoffentlich sah niemand nach, wo er so lange blieb.

Egal, er musste weiterlesen. Die wenigen Sätze noch, die Alex über Verena geschrieben hatte.

Endlich einmal eine junge Frau mit tollen Kurven, schwärmte Alex. Nicht zu üppig – und doch genug da – vollkommen geformt – einem echten Mann wie ihm würden beim Anblick dieser Brüste beinahe die Sinne schwinden. Wie herrlich muss es sein, an diesen göttlichen Früchten zu naschen, wurde Alex fast poetisch.
„Du nicht, mein Freund", flüsterte Buchner mit zusammengebissenen Zähnen, „auf dich Dorf-Casanova fällt Verena garantiert nicht herein. Du wirst dich noch wundern, du eiweißverseuchter Kraftkammer-Heini. Mit deinem ausgedörrten Minigehirn bringst du Mauerblümchen-Schänder meine Verena nicht zu Fall, das schwöre ich dir."
Abgestoßen von so viel Geschmacklosigkeit klappte er die Mappe zu.
Als er sie einreihte, fiel sein Blick auf den Namen „Pointner" auf einem der hinteren Kärtchen. Schnell zog er die Mappe heraus. Es war kein Irrtum. Sabine Pointner, auch sie war dem Charme des Alex Hinterbichl erlegen. Im Eiltempo überflog Gottfried Buchner die vier Seiten. Er hatte nur mehr wenig Zeit. Bald würde man sich über seine lange Abwesenheit wundern und nachsehen. Hektisch las er die Zeilen, um sich so schnell wie möglich ein Bild machen zu können. Sechsmal war es passiert. Wie ein lange schlummernder Vulkan soll Sabine Pointner von Alex zur Eruption gebracht worden sein.
Welch maßlose Übertreibung! Dieser verdammte Angeber, fluchte Buchner leise. Mehrmals hatte Alex beschrieben, wie dankbar und unbeschreiblich glücklich Sabine Pointner über seine Liebhaberqualitäten gewesen war. Schließlich hatte sie jedoch Skrupel bekommen, da Alex der beste Freund ihres Mannes war. Tränenüberströmt hatte sie ihm nach einigen Wochen mitgeteilt, dass sie in Zukunft auf diese unsagbar traumhaften Liebesstunden verzichten müsse. Alex war das nur recht gewesen. Irgendwie hatte auch er etwas Reue verspürt. Was bin ich doch für ein mieser Freund, hatte er notiert. Diese für ihn untypische Selbsterkenntnis bewies,

dass er von Gewissensbissen nicht verschont geblieben war. Die ganze Affäre war bereits vergangenes Jahr passiert. Beendet hatten sie ihre Beziehung im November. Hatte Wilhelm Pointner ein Dreivierteljahr später davon erfahren? War das möglich? War das der Grund für die Notizen über den Freund, den er als Schwein bezeichnete?
Gottfried Buchner steckte die Mappe zurück und versperrte die Lade. Leise zog er den Schlüssel ab. Gerade als er aufstand, hörte er Schritte hinter sich. Erschrocken fuhr er hoch und sah Alex an der Tür stehen.
„Friedl? Was tust du denn da? Wo bleibst du so lange?"
„Ach – ich...., ich habe mir den ‚Secco' nochmals angesehen. Wollte ihn noch einmal ganz in Ruhe genießen."
„Tja, das kann ich verstehen. Ein selten schönes Modell, nicht wahr?"
Alex freute sich. Zufrieden gingen beide zurück ins Wohnzimmer. Gottfried Buchner huschte vorher, mit dem Argument, sich noch die Hände waschen zu müssen, schnell ins Bad, um den Schlüssel zurückzulegen.
Als er seinen Martini trank, beschloss er, Sabine Pointner nochmals zu befragen. Hatte die Affäre mit Alex etwas mit dem Tod ihres Mannes zu tun?

※

„Also, jetzt sag schon. Was gibt es so Dringendes, dass wir uns unbedingt heute Mittag treffen müssen? Als stressgeplagte Hausfrau habe ich zwischen Familie und Beruf wenig Zeit, im Kaffeehaus herumzusitzen."
„Jetzt einmal langsam, Gerlinde. Dein Friedl wird nicht gleich verhungern, wenn du ihm das Essen ausnahmsweise eine halbe Stunde später servierst", entgegnete Veronika Fritz lachend. Seit drei Jahren geschieden, bewertete sie jede Hausfrauentätigkeit als reinste Sklavenarbeit. Von ihrem Mann jahrelang betrogen und schließlich wegen einer Jüngeren verlassen, war in ihr mehr und mehr die Erkenntnis gereift,

dass jeder Handgriff für einen Mann die reinste Dummheit war. Gerlinde Buchner und Veronika hatten sich in den letzten Monaten angefreundet. Veronikas Migräne erforderte oftmalige Besuche beim Arzt. Gerlinde, dort als Sprechstundenhilfe tätig, schenkte ihr dabei freundliche Anteilnahme und manch interessante Plauderstunde. Das hatte Veronika gut getan. Nur wenige Frauen schätzten ihren bissigen Witz und schlagkräftigen Humor. Meist wurde dies mit Argwohn betrachtet. Schließlich war sie an keine starke Hand gebunden. Schnell konnte eine solcherart lustige Dame zur Bedrohung der eigenen Beziehung werden. Bekanntlich bleibt die Tugend eines Mannes stets gefährdet – nach Veronikas Worten „mindestens so lange er fähig ist, Schlagobers zu beißen."

Zur Vorsicht neigend, waren sich die Frauen Neudorfs einig, auf eine nähere Bekanntschaft mit Veronika zu verzichten. Gerlinde Buchner war eine Ausnahme. Seit einem halben Jahr dem Dasein einer Nur-Hausfrau entflohen, schätzte sie die Anregungen ihrer emanzipierten Freundin. Auch, wenn Veronikas gut gemeinte Ratschläge in der Praxis kaum durchführbar waren, ein bisschen Nachdenken konnte nie schaden. Gerlinde hatte ein halbes Leben lang damit verbracht, es immer allen recht machen zu wollen. Eigene Bedürfnisse standen nicht auf der Tagesordnung. Kinder, Haushalt, Ehemann, in welcher Reihenfolge auch immer, waren stets ihr alles bestimmender Lebensinhalt gewesen. Die kühnen Ideen ihrer Freundin fielen daher auf fruchtbaren Boden. Genussvoll biss Veronika in ihre Nussschnecke.

„Gerlinde, ich habe eine tolle Überraschung für dich. Du wirst staunen!"

„Jetzt spanne mich nicht so lange auf die Folter!" Ungeduldig klopfte Gerlinde mit ihren Fingern auf den Tisch.

„Du wünschst dir doch schon so lange ein Entspannungswochenende in einem Wellness-Hotel. Was würdest du sagen, wenn heuer der Weihnachtsmann vorzeitig erschiene und dir diesen Wunsch erfüllte?"

„Wie meinst du das?" Fragend forschten Gerlindes Augen in den Gesichtszügen der Freundin.

„Meine liebe Tochter Sabine. Unzuverlässig wie immer. Seit Monaten haben wir dieses Wochenende geplant und jetzt springt sie ab. Hätte ich mir denken können. Madam ist beruflich wieder einmal unabkömmlich. Es ist alles gebucht, Gerlinde. Eine Stornierung würde dasselbe kosten wie der Aufenthalt. Also – du bist herzlich eingeladen. Es ist alles bezahlt. Vollpension plus Wohlfühl-Gesamtpaket. Was sagst du dazu?"

„Vroni, ich bitte dich. Das kann ich niemals annehmen."

„He, warum nicht? Das war mein Geburtstagsgeschenk. Großzügig hat mir Sabine dieses Wochenende geschenkt. Und jetzt soll ich verzichten, nur weil dieses verrückte Huhn diesen schrecklich wichtigen Kundentermin hat? Allein macht das Ganze keinen Spaß. Gerlinde, du schlägst zwei Fliegen mit einer Klappe. Einerseits kannst du dir einen lang gehegten Wunsch erfüllen, andererseits machst du mir eine Riesenfreude. Wir beide. Zwei Tage lang nur faulenzen. Verwöhnen lassen. Schwimmen, Sauna, Massagen. Wie herrlich!"

„Meinst du wirklich?", fragte Gerlinde unsicher. Ihre Freundin klang sehr überzeugend! Schon lange sehnte sich Gerlinde nach genau so einem Wohlfühl-Wochenende. „Wann habt ihr gebucht?"

„Schon dieses Wochenende. Gerlinde, du musst mitkommen. Wir werden es genießen, das garantiere ich dir!"

Das war wieder einmal typisch! Monatelang verliefen die Wochenenden ohne Höhepunkte. Kaum war ausnahmsweise etwas geplant, schon lockte ein zusätzlicher Termin. Stielbergen oder Wellness? Was war wichtiger?

Gerlinde erzählte Veronika von ihrer beabsichtigten Reise mit den Modellflugpiloten. Wie sehr sie sich darauf gefreut hätte, mit ihrem Mann ein paar Tage Urlaub zu verbringen. Friedl wäre enttäuscht, wenn sie einen Rückzieher machte. Gekonnt zerstreute Veronika die Bedenken ihrer Freundin. Gerlinde müsse einsehen, dass es ihrer Ehe gut tun würde,

wenn sie sich etwas rar machte. Sie könne doch am Montag nachkommen. Friedl wäre ohnehin mit dem Modellfliegen beschäftigt. Wenn Gerlinde später erschiene, wäre sein Hunger nach dem Fliegen gestillt und die Sehnsucht nach seiner Frau gewachsen.
Trotz des Scheiterns ihrer eigenen Ehe fühlte sich Veronika Fritz als Partnerschaftsexpertin. Sie liebte es, Beziehungsratschläge zu erteilen und war überzeugt, dass ihre Meinung die einzig richtige sei. Selbstsicher wie sie war, schaffte sie es vortrefflich, ihr jeweiliges Opfer zu beeinflussen. Gerlinde Buchner war ein williges Opfer. Sie hörte gerne, wie unsinnig es sei, den Bedürfnissen der Männer stets nachzugeben. Nach einer Diskussion mit Vroni fühlte sich Gerlinde meist erleichtert. Als hätte sie still und heimlich etwas Verbotenes angestellt, freute sich das Kind in ihr über den gelungenen, zumindest gedanklich ausgetragenen Protest.
Auch diesmal verließ Gerlinde Buchner das Cafe mit einem seltsamen Gefühl der Befriedigung. Sollte Friedl vorerst allein nach Stielbergen fahren. Sie musste diese wunderbare Chance wahrnehmen. Ein Wellness-Wochenende – noch dazu gratis. Warum sollte sie sich immer nach den Wünschen ihres Mannes richten? Doch – der Diplomat in ihr riet zur Vorsicht. Nicht gleich beim Mittagessen mit der Neuigkeit herausrücken. Besser abwarten und die beste Gelegenheit nützen.

Gottfried Buchner reagierte überrascht und erfreut, als Gerlinde endlich Interesse an seinen neu erworbenen Flugkünsten zeigte. Schön, dass sie ihn an diesem Abend zum Flugfeld begleiten wollte. Nun konnte er beweisen, wie schnell er gelernt hatte. Zugegeben, seine Landungen waren noch holprig und ungenau. Ganz zu schweigen von der riesigen Aufregung, die er jedes Mal dabei verspürte. Seit gestern konnte er ohne Lehrersender fliegen. Kurt Wiesinger hatte seine Fernsteuerung kurz entschlossen abgezogen und ihn ohne Hilfe fliegen lassen.

„Du kannst das schon", hatte er gemeint und ihm dabei lässig auf die Schulter geklopft. Ohne sich umzudrehen, entfernte er sich, um mit den anderen Kollegen bei der Hütte zu plaudern. Schwitzend und stöhnend kämpfte Buchner, mit der Luft, dem Modell, vor allem aber mit den Hebeln seines Senders. Einen unbarmherzigen Strömungsabriss gerade noch abgefangen, reagierte der „Junior Sport" plötzlich anders als gewollt.
Der Wind, Erzfeind jedes Anfängers, drückte die rechte Tragfläche nach rechts, während Gottfried Buchner nach links steuern wollte. Nur nicht hektisch werden, sagte er zu sich. Dann fiel der Flieger zu steil in die Kurve. „Dagegen steuern", flüsterte Buchner leise, seinen Lehrer ersetzend. Das Schlimmste aber war die Landung.
Plötzlich schien das Feld von tausenden Bäumen umgeben. Jeder eine riesige Bedrohung für den armen „Junior Sport". Rechteckiger Landeanflug, wie gelernt, nur keine Panik. Er kommt richtig, ja, sanft und in exakter Höhe, nun kann nichts mehr passieren. Und wirklich. Es war geglückt. Ohne Schaden.
Plötzlich stand Kurt Wiesinger wieder neben ihm und klatschte. Die anderen Männer, nur wenige Schritte entfernt, auch sie applaudierten dem neuen Piloten freudig. Natürlich. Alle hatten ihn heimlich und unbemerkt beobachtet, hatten ihre Plauderei nur vorgetäuscht, um ihn nicht weiter zu verunsichern.
„Und, wie fühlst du dich jetzt, Pilot?", fragte Kurt Wiesinger. „Eigentlich ganz gut", bemühte sich Buchner, so gelassen wie möglich zu reagieren. Beim anschließenden Bier hatte er sich gefragt, wie es möglich sei, so glücklich zu sein.
Ungeduldig sehnte er den heutigen Abend herbei. Balgen, in luftigen Höhen mit dem „Junior Sport". Gerlinde endlich dabei, ihn stolz beobachtend. Er freute sich darauf. Doch vorher musste er Sabine Pointner aufsuchen. Gleich nach dem Abendessen.

Wie zu erwarten war Sabine Pointner fassungslos. Versuchte sie vorerst noch, ihr Verhältnis mit Alex Hinterbichl abzustreiten, führte Buchners Hartnäckigkeit jedoch bald zum Einsturz ihres Lügengebäudes. Sie kapitulierte und gab alles zu. Offenbarte, ohne sich zu schonen, ihre verflossene Leidenschaft zu Alex. Sie wäre sich der Widerwärtigkeit dieses Betruges vollkommen bewusst, der Wille jedoch zu schwach, die Versuchung zu groß gewesen, rechtfertigte sie sich.

„Bitte glauben Sie mir, Herr Buchner", sagte sie und legte dabei die rechte Hand auf ihre Brust, um einen Herzschwur anzudeuten, „Willi kann nichts davon gewusst haben, das hätte ich gemerkt."

„Die Eintragung im Notizbuch, Frau Pointner, könnte Ihr Mann damit Alex Hinterbichl gemeint haben?"

„Niemals, nein. Glauben Sie mir, das hatte nichts mit Alex und mir zu tun."

„Wissen Sie, Frau Pointner, möglicherweise war es doch Selbstmord. Ihr Mann entdeckte das Verhältnis und wollte nicht mehr weiterleben." Buchner stellte diese Frage, um ihre Reaktion zu testen.

„Sie glauben jetzt auch an Selbstmord? Nein, Herr Inspektor. Sie wissen, dass der Willi sich nicht selbst umgebracht hat. Ich bin hundertprozentig sicher, dass er von meinem Fehltritt keine Ahnung hatte. Und selbst wenn – selbst wenn er etwas erfahren hätte, Selbstmord hätte er deshalb nie verübt. Immerhin ist er ebenfalls einmal untreu gewesen."

„Wie? Ihr Mann hatte eine Geliebte?"

„Das ist Jahre her. Ich wollte damit andeuten, dass Willi meinen Fehltritt nicht so schlimm genommen hätte."

„Wer war die Dame?"

„Keine Ahnung. Seitdem sind viele Jahre vergangen. Irgendeine vom Club."

„Von welchem Club, Frau Pointner. Bitte lassen Sie sich nicht alles aus der Nase ziehen. Ich dachte, wir seien beide daran interessiert, den Mörder, falls es einen gibt, zu finden."

Sabine Pointner begann zu weinen. Nachdem sie sich die Tränen von den Wangen gewischt hatte, fuhr sie fort.

„Es ist ungefähr vier Jahre her. Irgendwie spürte ich, dass Willi mir aus dem Weg ging. Er war oft unterwegs, kam spät in der Nacht nach Hause. Er schlief nicht mehr mit mir, zumindest seltener. Kurz und gut, ich fing an, in seinen Unterlagen zu spionieren und wurde fündig. Ich fand einen Liebesbrief. Unterschrieben mit ‚deine dich ewig liebende Hexe'. Leider kein Name. Der Inhalt des Briefes war eindeutig. Sie schrieb von herrlichen Nächten und so, und dass sie ihren Mann nicht länger betrügen könne. Es war ein Liebes- und Abschiedsbrief zugleich. Dass sie die Frau eines Fliegerkollegen war, weiß ich deshalb, weil sie von den Clubsitzungen schrieb. Ihr Mann hatte sich bereits beklagt, dass Willi so selten zu den Sitzungen kam, ohne natürlich zu ahnen, dass gerade diese Abende seiner Abwesenheit für den Seitensprung genützt wurden. Mein Gott, Herr Buchner, es war schrecklich für mich, das zu erfahren. Ich stürzte in ein riesiges Loch. Aber ich schwieg. Jetzt wissen Sie auch, warum ich Willi mit Alex betrogen habe."

„Und letztes Jahr mit Dr. Bauer, dem Zahnarzt", ergänzte Buchner forschend.

Irritiert blickte Sabine Pointner ihrem Gegenüber in die Augen. Sie hatte vergessen, dass Gottfried Buchner davon wusste.

„Das mit Richard Bauer war dumm. Zu viel Alkohol, das habe ich bereut", flüsterte sie nach einigen Sekunden des Schweigens.

„Geht mich nichts an", brummte Gottfried Buchner, „aber nun zurück zu der Verfasserin des Liebesbriefes. Haben Sie einen Verdacht, um wen es sich handeln könnte?"

„Leider. Sie können sich vorstellen, wie gerne ich gewusst hätte, wer sie ist. Aber sie bezeichnete ihren Mann immer nur mit ‚Er'. Er frage schon nach, warum Willi nicht bei den Sitzungen erscheine und er würde schön langsam misstrauisch werden. Immer nur ‚Er' – kein Name."

„Warum haben Sie ihren Mann nicht zur Rede gestellt? Ich verstehe das nicht", fragte Buchner.
„Es war ein Abschiedsbrief, Herr Buchner. Hätte ich alles aufwärmen sollen? Vielleicht hätte ihn ein Streit erneut in die Arme dieser ‚Hexe' getrieben. Das wollte ich nicht riskieren. Willi war kein Mensch, mit dem man streiten konnte. Er war gewohnt, dass nur seine Meinung zählte. Widerspruch war verpönt, Zurechtweisung jeglicher Art ebenso. Willi war immer im Recht, wissen Sie."
Ein Lehrer eben, dachte Buchner, behielt es jedoch für sich.
„Gibt es diesen Brief noch, Frau Pointner, oder wurde er vernichtet?"
„Ich habe ihn damals zu den Unterlagen meines Mannes zurückgelegt. Ich müsste nachsehen, vielleicht ist er noch dort."
„Das ist wichtig, Frau Pointner. Lassen Sie mich das Arbeitszimmer Ihres Mannes durchsuchen! Vielleicht finde ich mehr, was uns weiterhelfen kann."
„Wie Sie glauben, Herr Inspektor Buchner. Wenn Sie nur diesen gemeinen Mörder erwischen!"
Gottfried Buchner folgte ihr ins Arbeitszimmer. Etwa eine Stunde lang durchsuchte er Schreibtisch, Kästen und Regale. In der mittleren Schreibtischlade, in einer alten Schuhschachtel fand er den erwähnten Liebesbrief. Er lag unter zahlreichen anderen Kopien von Schreiben, die Wilhelm Pointner verfasst hatte.
Der Liebesbrief war handgeschrieben, jedoch ohne Datumsangabe. Gottfried Buchner las den Brief kurz durch und steckte ihn, ohne Sabine Pointner um Erlaubnis zu fragen, in die Innentasche seiner Jacke.
„Das scheint alles zu sein", meinte er dann mit einem letzten Rundblick durch das Arbeitszimmer, „ich konnte sonst nichts Aufschlussreiches finden. Warum Ihr Mann den Brief aufbewahrt hat, bleibt unverständlich. Damit riskierte er, dass Sie ihn finden könnten. Der Schreibtisch war nicht einmal versperrt."

„Willi hat sicher nicht damit gerechnet, dass ich seinen Schreibtisch durchsuche", antwortete Sabine Pointner. „Sie haben doch gesehen, dass der Brief versteckt lag. Später wird er nicht mehr daran gedacht haben."
„Schwer vorstellbar, Frau Pointner. Wie konnte er einen Brief vergessen, der ihn als Ehebrecher bloßstellen könnte?"
Gottfried Buchner behielt seine Vermutung für sich. Wilhelm Pointner war ein Erpresser gewesen. Somit lag der Verdacht nahe, dass der Brief ebenfalls zu diesem Zweck aufbewahrt worden war. Dadurch hatte er seine verheiratete, ehemalige Geliebte stets in der Hand gehabt.
„Ich habe keine Fotos im Arbeitszimmer ihres Mannes entdeckt, Frau Pointner", sagte Buchner, als sie wieder zurück ins Wohnzimmer gingen, „Sie werden gewiss Fotoalben besitzen."
„Natürlich. Die sind in meinem Nachtkästchen, im Schlafzimmer. Die wollen Sie doch nicht alle sehen oder? Und die Dias? Wir haben auch alte Dias und Videofilme. Herr Buchner, das ist eine Riesenmenge. Das dauert Stunden."
„Richten Sie mir bitte alles zusammen. Ich nehme sie mit, um sie zu Hause in Ruhe durchzusehen. Es ist wichtig, dass ich so viel wie möglich über Ihren Mann erfahre. Wenn ich Fragen habe, werde ich anrufen."
„Wie Sie meinen, Herr Inspektor", flüsterte Sabine Pointner respektvoll, „danke, dass Sie sich so große Mühe machen."
„Wir werden den Mörder finden, das verspreche ich Ihnen", antwortete Gottfried Buchner.

∗

Die letzten Sonnenstrahlen des Tages tauchten das Flugfeld in Altenbach in ein bizarres, herbstlich glänzendes Gold. Neben Gerlinde begleiteten fünf weitere Frauen ihre flugbegeisterten Männer. Bei Kaffee und Kuchen wurde geschäkert, gelacht und geplaudert. Während die anderen Gattin-

nen die Flugkünste ihrer Männer kaum mehr beachteten, saß Gerlinde angespannt am Rande der Bank und sah zu, wie Gottfried Buchner sein Modell durch die Luft schwirren ließ. Einundzwanzig Ehejahre hatten sie zur Expertin werden lassen, was Mimik und Gestik ihres Mannes betraf. Leichtes Herausstrecken der Zungenspitze verriet äußerste Anspannung. Vertieften sich dabei die senkrechten Stirnfalten, befand er sich im Zustand vollkommener Konzentration. Nun entdeckte sie einen zusätzlichen Ausdruck in seinen Augen, den sie nicht sofort deuten konnte. Dieser aufmerksame, gleichzeitig strahlende Blick war neu. Als das Modell, etwas holprig, aber heil, den Boden wieder berührte, wusste Gerlinde Buchner, was es war. Reine Freude war es gewesen, die das Gesicht ihres Mannes verzaubert hatte. Als er, den „Junior Sport" wie eine Trophäe umklammernd, auf sie zukam, hätte sie ihn am liebsten in die Arme genommen. Wie ein kleiner Bub suchte er lächelnd, mit Stolz in den Augen, ihren zustimmenden Blick.
„Na, was sagst du dazu? Fliegt er nicht fabelhaft, der ‚Junior Sport'?", fragte er außer Atem. In diesem Augenblick wusste sie es. Das war genau das Richtige für ihren Mann! Dieser Sport, das Modellfliegen. Es war der Ausgleich, der ihm gefehlt hatte. Das viele Geld, das Geld für die Ausstattung, es hatte sich gelohnt. Wie jedes AHA-Erlebnis kam die Erkenntnis in einem Bruchteil von Sekunden – Gerlinde fühlte die Gewissheit tief in ihrem Inneren.
Später, als Friedl neben ihr saß, Kaffee trank und dabei in einen Kirschenkuchen biss, überlegte sie weiter. Irgendwie war es absehbar gewesen. Friedl hatte sich in letzter Zeit verändert. Es begann, nachdem er voriges Jahr den Mord aufgeklärt hatte. Der Erfolg stärkte sein Selbstvertrauen. Obwohl die Anerkennung der anderen nicht lange anhielt – für ihn war es ein entscheidender Einschnitt. Seither war Alkohol kein Thema mehr. Die Tatsache, dass der Kirchenwirt zum China-Restaurant mutiert war, spielte dabei nur eine Nebenrolle.

Friedl war zufriedener und ausgeglichener geworden. Trotzdem – irgendetwas hatte noch gefehlt. Nun hat er es gefunden, dachte Gerlinde. Der Ausdruck in seinen Augen verriet die Liebe zu diesem Hobby. Kein billiges Vergnügen, zugegeben. Andererseits günstig im Vergleich zu den damaligen Sauftouren.
Kein Geld der Welt kann wichtiger sein als das Glück im Herzen, philosophierte Gerlinde schweigend und drückte sich dabei fest an ihren Kuchen verzehrenden Gatten.
Gottfried Buchner studierte währenddessen das Verhalten der Pilotenfrauen. Wer von ihnen könnte die Geliebte Wilhelm Pointners gewesen sein? Hatte er einen bestimmten Frauentyp bevorzugt? Vielleicht konnten die Fotos oder Dias Auskunft geben? Noch heute, vor dem Zubettgehen, würde er beginnen, die Fotoalben durchzuarbeiten. Was ihm auffiel, war das Verhalten Beate Moosbachers. Mehrmals steckte sie ihrem Mann ein Stück Kuchen zu, schien ihn regelrecht zu füttern. Dann wieder streichelte sie seine Wange, drückte seine Hand oder sah ihm wie ein verliebter Teenager in die Augen. Dabei fragte sich Buchner, wie ein so unscheinbarer Mann zu einer so überaus attraktiven Frau kommen konnte. Gut, Verena hatte erzählt, dass Manfred Moosbacher wohlhabend war. Beate hatte als ehemalige Sekretärin durch ihre Heirat einen gesellschaftlichen Aufstieg geschafft. Mit einer so faszinierenden Schönheit hatte Buchner jedoch nicht gerechnet. Ihr pechschwarzes Haar trug Beate Moosbacher hochgesteckt. Die graugrünen, funkelnden Augen mit den langen, dunklen Wimpern sowie die fein geschwungenen, sauber gezupften Brauen, genauso schwarz wie ihr dichtes Haar, verliehen dem Gesicht einen Ausdruck von rassiger Schönheit. Für Gottfried Buchners Geschmack etwas zu mager, entsprach ihre Figur durchaus den Idealmaßen eines Models: groß, schlank, langbeinig, kein Gramm Fett auf den Rippen.
Sie überragt ihren Mann um mindestens zwanzig Zentimeter, schätzte Buchner. Dabei versuchte er krampfhaft, sich an Alex' Sexualchronik zu erinnern. War der Name Beate

Moosbacher dabei gewesen? Nein, war Buchner überzeugt, dieser Name wäre ihm aufgefallen. Dass Alex niemals versucht hätte, diese bemerkenswerte Frau zu verführen, war unvorstellbar. Hatte sie ihn abblitzen lassen? Alex war heute nicht auf dem Flugfeld erschienen. In Stielbergen werde ich das Verhalten der beiden zueinander genau beobachten, nahm er sich vor. Nach einigen Minuten wandte Buchner seine Aufmerksamkeit einer anderen Frau zu – der Gattin des dritten Kleeblatt-Freundes, Gertrude Stain. Sie schien ein Abbild ihres Mannes zu sein. Wie er, sprach sie leise, langsam, konzentriert.
Jeder Satz war wohl überlegt. Sie wirkte genauso bieder und konservativ wie ihr Gatte. Auch wenn der schillernde Brillantring an ihrem Finger einen gewissen Wohlstand andeutete, die geringe Anzahl ihrer Schmuckstücke sowie die dezente Art, sich zu schminken, entsprachen genau der Besonnenheit, die ihr so wichtig schien. Auch die Tochter des Ehepaares, Sandra, war mitgekommen. Während die beiden Söhne des Clubobmanns, David und Florian, etwa im gleichen Alter wie Sandra, so zwischen zehn und elf, nahe der Hütte herumtollten, saß das Mädchen brav neben seinen Eltern und schwieg. Ein zweites Stück Kuchen war ihr durch den strengen, mahnenden Blick der Mutter verboten worden.
Sicher wird sie einmal genauso kontrolliert und langweilig werden wie ihre Eltern, das arme blasse Ding, ging Buchner durch den Kopf.
„Hallo, die Herrschaften! Die Sonne genießen und faulenzen! Wo bleibt der Sportsgeist?", drängte eine wohlbekannte Stimme an Buchners Ohr.
Stiefbruder Gerald stand vor ihnen, beide Hände in die Hüften gestützt, um gewaltiger zu erscheinen.
Der Abend hätte so schön werden können, seufzte Buchner nach innen, während er Gerald mit einem leisen Hallo begrüßte.
„Habe wenig Zeit, wollte nur kurz mit Anton sprechen",

verkündete Gerald, ohne das befreite Aufatmen seines Stiefbruders zu vernehmen.
Ein kurzer Blick Gertrude Stains genügte, schon sprang Sandra auf, um neben ihrem Vater Platz zu schaffen. Gerald setzte sich nieder und begann sofort, sein Anliegen vorzutragen.
„Hör zu, Anton. Kannst du morgen Vormittag, so um zehn Uhr, im Geschäft sein? Ich möchte mir unbedingt den neuen Peugeot ansehen. Nichts gegen deinen Verkäufer, aber mir wäre lieber, wenn du mich beraten könntest."
Anton Stain antwortete mit leiser Stimme, langsam und bedächtig:
„Sicher, Gerald. Ich weiß, wie wenig Zeit du hast. Ich kann meinen Terminplan nach deinen Wünschen richten."
Während beide begannen, von den Vorzügen des neuen Autos zu schwärmen, suchten Buchners Augen die Frau des Obmanns. Ursula Viehböck saß am unteren Ende der Bank und stickte selbstvergessen an einem Leinentischtuch. Schweigend lauschte sie dabei den Gesprächen der anderen. Das Herumtoben ihrer Söhne schien sie mit der versteckten Aufmerksamkeit einer schlummernden Katze wahrzunehmen. Sie ist bestimmt der ruhende Pol der Familie, urteilte Buchner, zumal ihr Gatte Philipp dazu neigte, rasch nervös zu werden. Etwas mollig und pausbäckig verkörperte die etwa Vierzigjährige den so genannten Hausmütterchentyp.
„Wo ist heute deine hübsche Kollegin, Friedl?", riss Geralds Frage den Gendarmen aus seinen Gedanken.
„Sie hat Dienst, soviel ich weiß", antwortete Buchner mit einem nervösen Blick auf Gerlinde. Sie schien die Frage nicht gehört zu haben. Ohne Unterbrechung unterhielt sie sich mit Obmann Viehböck, der neben ihr saß.
„Ich habe gehört, das schöne Kind fährt mit nach Stielbergen", bohrte Gerald weiter.
„Alex hat sie eingeladen, glaube ich", antwortete Buchner.
„Schade, dass ich keine Zeit habe mitzukommen", meinte Gerald und wusste, wie froh sein Stiefbruder darüber war.

Der Name Stielbergen erweckte Gerlindes Aufmerksamkeit. Das war ihr Stichwort – sie hatte Friedl noch nicht verraten, dass sie erst montags nachkommen würde. Sollte sie gleich beichten?
Am besten sofort, dachte sie.
„Ach übrigens, Friedl", versuchte sie, ruhig zu bleiben, „ich hoffe, du hast nichts dagegen, wenn ich nachkomme. Ich habe eine Einladung von einer Freundin, von der Veronika, du kennst sie ja. Eine wirklich einmalige Gelegenheit in einem Wellness-Hotel. Kostet nichts, weißt du. Aber leider hat sie genau dieses Wochenende gebucht. Ich komme am Montag nach, in Ordnung?"
„Wie bitte?", fragte Buchner, obwohl er jedes Wort verstanden hatte.
„Ich habe es erst heute erfahren", stammelte Gerlinde. Früher hätte sie mit einem Wutanfall gerechnet. Jetzt, nach diesem erfolgreichen Flug, nach dem Strahlen in seinem Gesicht, würde die gute Stimmung seinen Jähzorn besiegen. Und überhaupt. Hatte er sich in letzter Zeit nicht bedeutend gebessert? Hoffentlich. Man konnte ja nie wissen.
„Aber Gerlinde, Vorsicht!" Gerald nutzte die kurze Gesprächspause, um seinen Spott anzubringen.
„Hast du nicht gehört, dass die hübsche Kollegin mitkommt? Gerlinde, Gerlinde! Das könnte ein Fehler sein!" Dabei erhob er nach gewohnter Manier seinen schulmeisterlichen Zeigefinger.
„Lieber Gerald", flötete Gerlinde, „wie sagt man so schön: ‚Wie der Schelm denkt, so ist er!'" Sie bemühte sich, so süffisant wie möglich zu klingen. „Wusste gar nicht, dass du auf junge Mädchen abfährst, geschätzter Schwager. So viel ich weiß, ist Verena Mittasch so jung, dass sie deine Tochter sein könnte." Dabei erhob sie ebenfalls drohend ihren rechten Zeigefinger.
Gerald blieb kurz sprachlos. Gottfried Buchner legte dankbar und erleichtert seinen rechten Arm um Gerlinde.
„Ich halte zwar nicht viel von deiner Freundin Veronika",

sagte er gutmütig, „aber, wenn es für dich wichtig ist, mein Schatz, dann fahr mit ihr. Kommst du dann am Montag nach, werde ich mich umso mehr freuen, dir meine Flugkünste vorzuführen."
„Was höre ich da?", fand Gerald seine Stimme wieder. „Und wann komme ich in den Genuss, dich als Pilot bewundern zu können?"
„Sofort, wenn du wünschst", antwortete Gottfried Buchner und stand auf.
Das wäre geschafft, dachte Gerlinde erleichtert.
Trotz Nervosität gelang Gottfried Buchner an diesem Abend die bisher beste Landung. Voll Stolz stellte er sich breitbeinig vor seinen Stiefbruder hin und fragte triumphierend:
„Na, Bruder, was sagst du nun?"
„Respekt, Respekt!", antwortete Gerald überrascht. Zum ersten Mal in seinem Leben hatte Friedl ihn Bruder genannt.

✳

Konzentriert blätterte Gottfried Buchner im Fotoalbum eine Seite weiter. Wie gut, dass er – endlich allein im Büro – die Gelegenheit hatte, Wilhelm Pointners Aufnahmen anzusehen. Noch zwei Stunden, dann war sein Dienst zu Ende. Andreas Ganglberger würde ihn ablösen. Verena war mit Kneissl auf Streife. Sie hasste es, mit dem Kommandanten gemeinsam Dienst zu tun, hatte sie Buchner einmal anvertraut. Die Gewissheit, dass sie in einer Stunde von dieser Last befreit sein würde, schmälerte Buchners Mitleid. Da muss sie eben durch, verschwendete er keinen weiteren Gedanken an seine arme Kollegin. Nun galt es, die Fotos genau zu studieren. Es waren die üblichen Urlaubs- und Familienaufnahmen. Wilhelm Pointner allein neben dem schiefen Turm von Pisa. Dann gemeinsam mit seiner Frau, grinsend und einander zuprostend, auf einer von Weinranken überwucherten Terrasse einer Pizzeria.

Wilhelm Pointner hatte viele Reisen unternommen. Es war daher mühsam, sich durch die zahlreichen Aufnahmen zu kämpfen. Chronologisch zwar geordnet und fein säuberlich beschriftet, erforderte die Durchsicht der Fotos dennoch enorme Geduld. Gottlob hatte Wilhelm Pointner sich damit begnügt, ein bestimmtes Motiv nur einmal zu knipsen und gehörte nicht zu jener Sorte von Hobbyfotografen, die jede Kleinigkeit mehrmals aufnehmen müssen. Mit Schaudern erinnerte sich Buchner an Geralds letzte Diavorführung.
Drei Stunden lang hatte er sie mit den langweiligen Dias einer Romreise gequält. Gerald neben dem Trevi-Brunnen, vierzehn Mal! Gattin Helene schien im Sekundentakt auf den Auslöser gedrückt zu haben. Doch damit nicht genug. Anschließend waren die Aufnahmen Trevi-Brunnen mit Helene an der Reihe – so an die zwanzig Dias müssen es schon gewesen sein, die allein von dieser Touristenattraktion gemacht worden waren. Nachdem Rom unendlich viele Fotomotive bot, hatte sich ein harmloser Diaabend zu einer Nacht des Grauens entwickelt.
Von der Erinnerung angewidert, blätterte Buchner weiter. Ein frisch gebrauter, starker Filterkaffee sollte ihn dabei wach halten.
Endlich war die Serie „Unsere Nordthailand-Rundreise 1990" beendet. Die ersten Fotos vom Modellflugclub-Altenbach tauchten auf. Das Flugfeld noch ohne Hütte. Der Baum rechts neben der Straße stand damals noch. Er war mehreren Modellflugzeugen zum Verhängnis geworden. Das musste er vor einigen Jahren mit seinem Leben bezahlen. Man erzählte Buchner, dass es ein richtiges „Baum-Fällen-Fest" gegeben hatte, um dem Feind manch schöner Modelle den Garaus zu machen. Sicher würde es davon zahlreiche Fotos geben. „Aber nun der Reihe nach. Erst einmal das Jahr 1991 durchackern", murmelte Buchner leise.
Die nächste Seite war interessant – ein Gruppenfoto vom Verein. Von den elf Männern, die mehr oder weniger lächelnd in die Kamera blickten, waren Buchner drei bekannt: Wil-

helm Pointner, Obmann Viehböck und Manfred Moosbacher. Mit einem leisen Seufzer zündete sich Buchner eine Zigarette an. Tja, dachte er, wir werden alle nicht jünger. Dabei zog er den Rauch tief ein und betrachtete einen Moment lang seinen Bauchansatz. Damals war ich auch noch schlanker, gestand er sich ein, als er Manfred Moosbacher auf dem Bild genauer musterte. Dann nahm er einen Schluck Kaffee, als könne der Genuss etwas Trost spenden.
Nach zwei weiteren Seiten begannen die Aufnahmen von der Londonreise der Modellflieger. Gottfried Buchner richtete sich auf – nun wurde es spannend. Wen konnte er diesmal erkennen? Obmann Philipp Viehböck, mit seiner Frau. Auch sie war damals noch wesentlich schlanker. Sabine Pointner stand neben den beiden und hielt ein grünes Plastiksäckchen von Harrods in die Höhe. Hinter ihnen die Tower-Bridge. Das Wetter miserabel. Nachdem Wilhelm Pointner nicht zu sehen war, dürfte er die Aufnahme gemacht haben. Vier weitere Gesichter, die Buchner jedoch unbekannt waren, grinsten neben den anderen in die Kamera. Manfred Moosbacher und eine dunkelhaarige Frau standen ganz rechts und starrten verkrampft lächelnd in die Linse. Das musste die erste Gattin Manfred Moosbachers sein. Sie wirkte auf jedem Foto verbittert. Eine kleine, etwas pummelige, unauffällige Frau – ihre herabhängenden Falten an den Mundwinkeln zeigten, dass sie wohl selten lächelte.
Was für ein Unterschied zu Manfred Moosbachers jetziger Frau! Das ist ja, als hätte er einen hässlichen Kieselstein gegen einen funkelnden Diamanten eingetauscht, kam es Buchner in den Sinn.
Es folgten die üblichen Touristenaufnahmen. Philipp Viehböck winkend neben der Lord Nelson-Statue. Alle Freunde dicht aneinander gepresst inmitten unzähliger anderer Passanten am Piccadilly-Circus. Fotos aus dem Wachsfigurenkabinett durften auch nicht fehlen. Nachdem Gottfried Buchner noch nie in London war, brauchte er einen Moment, um zu begreifen, dass Wilhelm Pointner nicht wirklich bei Prinz

Charles zu Gast gewesen war. Als er Philipp Viehböck lässig neben Mahatma Gandhi hocken sah, wusste er Bescheid. Über sich selbst lächelnd ging Buchner die nächsten Seiten durch. Bis die Fotoserie der Londonreise mit einem einzigen Bild unvermittelt endete: Es zeigt ein frisches, mit Kränzen und Blumen geschmücktes Grab. „Marias schrecklicher Unfall ließ unsere Reise zu einem Horrortrip werden" stand darunter zu lesen. Verena hatte von dem Unglück erzählt. Maria Moosbacher war von dieser Reise nicht mehr lebend zurückgekehrt. Wenn jemand unter die Räder der U-Bahn kommt, wird wohl kaum mehr viel von ihm übrig bleiben, dachte Buchner, während er zurückblätterte, um die Aufnahmen mit Maria Moosbacher nochmals anzusehen. Wieder fielen ihm die verbitterten Gesichtszüge der Frau auf. Ein Unfall? Oder Selbstmord?

Ein Klopfen unterbrach Buchners Überlegungen. Schnell klappte er das Album zu, um es in die Schreibtischlade zu legen. Nach einem kräftigen „Herein" steckte der Eintretende erst zögerlich seinen dürftig behaarten Kopf durch den Türspalt.

„Kommen Sie nur weiter!", forderte Buchner ihn auf. Gleichzeitig erkannte er den Mann. Hauptschuldirektor Manfred Aichgruber.

„Herr Inspektor, ich will nicht stören", meinte der Schulleiter schüchtern. Leise schloss er die Tür hinter sich.

„Was gibt es denn Interessantes, Herr Direktor Aichgruber?", fragte Buchner, der sich von seinem Sessel erhoben hatte, um den Mann zu begrüßen.

„Nun, wahrscheinlich ist es unwichtig, aber ich dachte, vielleicht können Sie etwas damit anfangen."

„Nehmen Sie bitte Platz", bot ihm Buchner einen Sessel an.

„Nein, danke. So lange dauert es nicht."

Aichgruber blieb stehen und kramte mit der rechten Hand in der Innentasche seines abgetragenen, altmodischen Tweed-Sakkos. Ein kleines, silbernes Edelweiß kam zum Vorschein.

„Sehen Sie, das hat die Reinigungsfrau gefunden", sagte er, während er dem Inspektor das metallene Stück in seinem Handteller entgegenhielt.

„Was ist das?", fragte Buchner und beantwortete seine Frage selbst: „Ein Trachtenhemdknopf nehme ich an."

„Oder eine Schuhspange", sagte Aichgruber. „Sehen Sie, hinten ist ein kleiner verbogener Haken, als wäre das Teil nur an einer Stelle festgemacht gewesen."

Buchner nahm das kleine Edelweiß zwischen Daumen und Zeigefinger, um es von allen Seiten zu betrachten.

„Sie haben Recht, das könnte von einem Trachtenschuh stammen", stimmte er Aichgruber zu.

„Wir haben zuerst geglaubt, dass es jemand von uns im Lehrerzimmer verloren hat. Aber es gehört niemandem. Da es am Tag nach dem Einbruch gefunden wurde, nehme ich an, es könnte dem Einbrecher gehören."

„Sehr gut, Herr Direktor, dass Sie vorbeigekommen sind", lobte Buchner. „Ich werde das Stück behalten. Vielleicht hilft es uns, den Einbrecher zu finden."

„Na ja, viel wurde nicht gestohlen, aber trotzdem. Diese Unordnung, die dieser Verbrecher verursacht hat – es gehört solchen Kerlen einfach das Handwerk gelegt. Sind Sie in den Ermittlungen schon weiter gekommen?"

„Wir arbeiten daran", beruhigte Buchner, „ich bin ganz Ihrer Meinung – diesen Kerl müssen wir schnappen."

„Schön, dass Sie sich so sehr bemühen", meinte Aichgruber. „Mit kleinen Einbrüchen fängt es an und dann kommt als nächstes ein Raubüberfall. Wahrscheinlich waren es irgendwelche Jugendliche, die vor lauter Langeweile nicht wissen, was sie anstellen sollen. Das kennt man ja, die Eltern kümmern sich kaum mehr um ihre Sprösslinge – und die haben nur mehr Unsinn im Kopf. Was glauben Sie, Herr Inspektor, was ich schon alles erlebt habe!", begann der Pädagoge zu klagen.

„Kann ich mir gut vorstellen", antwortete Buchner, „das müssen Sie mir unbedingt einmal erzählen, wenn mehr Zeit ist. Aber jetzt – Sie sehen ja – dieser Berg von Akten", dabei deutete er seufzend auf seinen überfüllten Schreibtisch, „da soll noch einmal jemand sagen, die Beamten wären unterbeschäftigt."

„Hatte nicht vor, Sie länger aufzuhalten", begriff der Hauptschuldirektor, „ich bin schon weg."

„Dieses Edelweiß werde ich vorerst behalten", sagte Buchner, während er Aichgruber die Tür öffnete. „Übrigens, tragen die Jugendlichen heute überhaupt noch Trachtenschuhe?"

Aichgruber, der bereits im Treppenhaus stand, sah etwas verblüfft drein, kratzte sich am Kopf und überlegte laut: „Stimmt! Das kommt eher selten vor. Nun, vielleicht war es doch jemand, der schon älter ist. Und überhaupt – ein Einbrecher, der Trachtenschuhe trägt? Eigenartig. Meinen Sie nicht auch? Egal, Sie werden den Täter bestimmt finden. Grüß Sie, Herr Inspektor!"

Noch immer nachdenklich stapfte der Lehrer langsam Stufe für Stufe nach unten.

Buchner schloss die Tür. Wieder nahm er das kleine, silberne Edelweiß zwischen Daumen und Zeigefinger, drehte es nach allen Seiten und flüsterte ihm schließlich zu: „Vielleicht kannst du mir helfen, den Mörder zu finden."

*

Umgeben von den gewaltigen Bergketten um den Felber Tauern. Auf 1.300 m Seehöhe. Bei strahlendem Sonnenschein. Eine noch schönere Kulisse für einige Tage Entspannung war kaum mehr vorstellbar.

Das renovierte Bergbauernhaus, in dem sie wohnten, bot durch seine Lage nicht nur die idealen Voraussetzungen zum Thermik-Fliegen sondern auch einen herrlichen Ausblick auf das umliegende Gebirge. Die kleine Terrasse vor dem Hauseingang war ein stilles Paradies für jeden, der die Schönheit der Natur zu schätzen wusste. Und Gottfried Buchner gehörte zu diesen Menschen. Vom Anblick der imposanten

Bergriesen und der klaren Luft berauscht, saß er selig mit einer Flasche Almdudler vor dem Haus und beobachtete die Ankunft der Familie des Obmanns. Kaum das Auto am Rande des schmalen Güterwegs geparkt, hüpften die Söhne Philipp Viehböcks aus dem Fond des Wagens.
„Papa, ich! Nein, ich!", hörte man sie schreien. Jeder wollte der Erste sein, die mitgebrachten Modellflugzeuge auszupacken.
„Moment, Moment!", war die sonore Stimme des Obmanns zu vernehmen. „Alles der Reihe nach. Vorerst beziehen wir die Zimmer. Anschließend habt ihr genug Zeit für die Flieger."
Während Ursula Viehböck damit beschäftigt war, die Reisetaschen aus dem Kofferraum zu holen, eilte ihr Mann sogleich zu Gottfried Buchner auf die Terrasse.
„Hallo, bist du schon lange hier? Sind die anderen schon da? Ist das Wetter nicht herrlich? Wie ist die Thermik?", voll Freude stellte er eine Frage nach der anderen.
Gottfried Buchner ließ ihn erst einmal zur Ruhe kommen, bevor er antwortete.
„Willst du etwas trinken?", fragte er schließlich.
„Ursula, du machst das schon mit dem Gepäck, nicht wahr?", rief Viehböck seiner Gattin zu und setzte sich.
„Mein Gott, haben wir Glück mit dem Wetter", wiederholte der Obmann.
Therese, die Inhaberin des Bergbauernhofes, begrüßte Philipp Viehböck herzlich. Der Name Therese, für eine österreichische Bäuerin eher ungewöhnlich, galt als Zugeständnis an die Gäste aus dem Nachbarland. Eigentlich, im kleinen Familienkreis, nannte man sie Resi. Da die norddeutschen Urlauber diese Namenskürzung jedoch kaum über ihre Lippen brachten, hatte man sich für das in Österreich untypische „Therese" entschieden. Schließlich kamen die meisten Besucher aus Norddeutschland. Heute und in den nächsten Tagen aber überwog der Anteil der österreichischen Gäste bei weitem. Eine dreiköpfige Familie aus Berlin im Vergleich

zu vierzehn Erwachsenen und drei Kindern aus Österreich, das gab es selten bei Therese.
Nachdem Obmann Viehböck seinen Kaffee bekommen hatte, erzählte Buchner, dass außer Wiesinger bereits alle eingetroffen waren. Buchner – selbst erst vor kurzem angekommen – hatte dies von Therese erfahren. Die anderen Vereinskollegen waren bereits alle hinter dem Haus und nützten die Thermik am Hang. Für einen Modellflugpiloten bedeutet Fliegen in der Thermik ungefähr dasselbe wie für den Autofreak eine Fahrt mit dem Ferrari.
Beate Moosbacher hatte ihren Mann begleitet, die anderen Frauen waren noch mit dem Auspacken beschäftigt.

Verena war ebenfalls seit einer halben Stunde vor Ort. Sie machte sich gerade frisch. Die dreistündige Autofahrt in ihrem kleinen Fiat hatte sie angestrengt. Sie war keine leidenschaftliche Autofahrerin. Längere Strecken wie diese empfand sie als reinsten Horror. Egal. Für Gottfried Buchner würde sie alles tun.
Ihr Zimmer war klein, doch nett eingerichtet. Der winzige Balkon erinnerte sie an zu Hause. Nur war die Aussicht hier bei weitem beeindruckender. Verena öffnete die Balkontür und ging nach draußen. Tief atmete sie die frische Luft ein. Sie freute sich riesig, hier ein paar Tage verbringen zu können. Sie war sich ihrer Mission, die Leute zu beobachten, bewusst. Trotzdem musste sie sich eingestehen, dass das Hauptmotiv ihrer Anwesenheit ein anderes war. Sie wäre auch mitgekommen, wenn kein Mord geschehen wäre. Wichtig war nur eines: bei ihm zu sein. Ihn zu sehen, ihn zu hören, und vielleicht, wenn das Schicksal es so wollte, ihn auch zu spüren. Verträumt schloss Verena die Augen und stellte sich vor, von Gottfried Buchner in die Arme genommen zu werden. Ganz in diesen Gedanken vertieft, krallte sie sich am dunkelbraun gebeizten Holzgeländer fest.
„Mmmm", stöhnend ließ sie sich mehr und mehr in diese imaginäre Umarmung fallen.

„Wer auch immer der Prinz deiner Träume ist: Ich bring ihn um!", hörte sie jemanden rufen. Erschrocken riss sie die Augen auf. Alex Hinterbichl. Er stand am Balkon neben ihr. Ganz dicht, nur durch das Geländer getrennt. Er hatte also das Zimmer neben ihr bezogen.
„Ich habe die wunderschöne Aussicht genossen", stammelte Verena und fühlte sich ertappt.
„Genießt du immer mit geschlossenen Augen?", fragte Alex anzüglich. Bevor Verena antworten konnte, fügte er hinzu: „Lass uns doch den Beginn dieses herrlichen Urlaubs mit einem Drink auf der Terrasse begießen."
„Einverstanden", antwortete Verena. Sie wollte ohnehin nach unten gehen. Sie musste sich damit abfinden, dass es nicht möglich sein würde, hier mit Gottfried Buchner allein zu sein. Noch nicht. Irgendwann würde sich schon eine Gelegenheit ergeben, tröstete sie sich.

Unten angekommen, gesellten sie sich zu den anderen Gästen auf der Terrasse. Was für ein viel versprechender Tag, dachte Verena, während sie sich gemeinsam mit Alex neben Buchner setzte.
„Was möchtest du denn trinken, schönste Berg-Fee?", flötete Alex. „Therese hat immer diese kleinen Sektflaschen eingekühlt. Wenn dir also nach Sekt ist, kein Problem!" Dabei beobachtete er Verenas seidiges Haar, das, in der Sonne glänzend, wirklich an die wallende Mähne einer Berg-Fee erinnerte.
„Danke, Alex, ein Mineral tut's auch", antwortete die Fee unromantisch, um sich gleich an Gottfried Buchner zu wenden: „Wann wirst du deinen Flieger starten? Das muss ich unbedingt sehen. Du sollst ja dein Modell schon toll beherrschen, hat mir Beate erzählt."
„Danke, danke. Keine Vorschusslorbeeren bitte", schwächte Gottfried Buchner ab, „ich warte auf Kurt. Der müsste in Kürze eintreffen. Mit dem ‚Junior Sport' kann ich fliegen, aber weißt du – ein Modell ohne jeden Antrieb, nur von der

Thermik getragen – so ein Modell hinauszuwerfen und an der richtigen Stelle den Aufwind zu finden, das traue ich mir noch nicht zu."

Alex hatte inzwischen Mineralwasser für Verena und Himbeer-Soda für sich selbst bestellt. Verärgert begann er, mit Gertrude Stain, seiner anderen Sitznachbarin, über das Wetter zu plaudern. Er war es nicht gewohnt, von einer Frau ignoriert zu werden. Während er seiner Gesprächspartnerin nur halb zuhörte, überlegte er krampfhaft, wie er die entglittene Hauptrolle wieder an sich reißen könnte. Er war überzeugt, dass Verenas Interesse am Modellfliegen nur gespielt war. Er kannte die Frauen gut genug, um zu wissen, dass es Gottfried Buchner war, dem Verenas wahre Aufmerksamkeit galt. Mit den eigenen, viel besseren Fähigkeiten als Modellflugpilot würde er sie daher nicht herumkriegen. Doch was war es, das sie an diesem Kerl so interessant fand? Gottfried Buchner war eindeutig weniger attraktiv als er. Dazu älter und außerdem verheirateter Familienvater. Vielleicht war es die Unerreichbarkeit, rätselte Alex. Das allein konnte es aber auch nicht sein. Vielleicht wurde sie von ihrem Kollegen schon einmal im Bett beglückt und ist seither verrückt nach ihm? Alex fragte sich, ob Buchner irgendeine Überlegenheit in sexueller Hinsicht überhaupt zuzutrauen wäre. Gefühl hatte er. Das stellte er beim Modellfliegen unter Beweis. Schließlich hatte er schnell gelernt. Fand gleich die notwendige Balance, entfaltete das Gespür für die feinen Bewegungen der Steuerung, reagierte sofort auf die kleinste Abweichung des Modells. In kürzester Zeit ließ er die richtige Mischung aus Beobachtungsgabe, Beherrschung der Feinmotorik und rascher Reaktion erkennen. War es möglich, durch diese Fähigkeiten auf das sexuelle Können zu schließen?

Unsinn. Wilhelm Pointner war ein fantastischer Modellflieger gewesen, aber ein lausiger Liebhaber. Das hatte Alex von Sabine Pointner erfahren. Und außerdem, niemand konnte besser sein als er – Alex Hinterbichl, der beste Liebhaber weit und breit. Nur zu oft wurde ihm das von den Frauen bestä-

tigt. Was soll das, schüttelte er über sich selbst den Kopf. Voll Kampfgeist und willens, die Herausforderung anzunehmen, flüsterte er Verena ins Ohr: „Ich hätte eine große Bitte an dich, Verena. Könntest du dir nachher ganz kurz für mich Zeit nehmen? Würdest du den Knopf an meinem Hemd annähen?" Dabei zeigte er mit treuherzigem Hundeblick auf die knopflose Stelle seines karierten Leinenhemdes. Auf Hilflosigkeit zu appellieren und dadurch die hausfraulichen Qualitäten des Opfers anzusprechen, das half fast immer.
„Du hast Glück", sagte Verena laut, „ich habe Nähzeug mitgenommen. Das kann ich dir borgen. Annähen darfst du ihn selbst. Als Junggeselle musst du das doch beherrschen. Wenn nicht, wird es Zeit, dass du es lernst."
Diese Verena war tatsächlich eine harte Nuss. Alex konnte es kaum glauben.

Nachdem Kurt Wiesinger endlich erschienen war, stand dem fröhlichen Thermik-Fliegen nichts mehr im Wege. Wiesingers Gattin Marion blieb mit Gertrude Stain und Gitta Rupp, der Frau eines weiteren Modellflugpiloten, auf der Terrasse der Pension. Die anderen Frauen sahen den Männern beim Fliegen zu. Nur wenige Schritte hinter der Scheune befand sich ein ideales Plätzchen für das heitere Toben in der Luft.
Kurt Wiesinger hatte acht Flugmodelle mitgebracht. Obwohl er glücklicherweise einen geräumigen Wagen besaß, war es erstaunlich, dass seine Gattin Marion neben dem vielen Gepäck noch Platz gefunden hatte. Aufwändig und liebevoll geschlichtet lagen die Modellflieger-Teile im Kofferraum. Die Rücksitze waren umgelegt, um auch die langen Flügel der beiden Viermetersegler unterzubringen. Der Beifahrersitz musste weit nach vorne geschoben werden, was für die armen Beine Marion Wiesingers wenig Komfort bedeutete. Als Gattin eines Modellflugpiloten war sie diese Unannehmlichkeiten bereits gewohnt. Nun saß sie neben Gertrude Stain und genoss es, ihre geplagten Beine endlich ausstrecken zu können.

Verena zog es vor, die Männer, vor allem natürlich ihren Kollegen, beim Fliegen zu beobachten. Bevor Buchner es wagte, mit einem Segler ohne elektrischen Antrieb zu fliegen, wollte er lieber noch etwas mit dem „Junior Sport" trainieren. Später würde ihm Wiesinger eines seiner Modelle leihen.
Begeistert feuerte Verena ihren Kollegen an. „Herrlich, wunderbar! – Toll, dieses Looping, traumhaft!", rief sie dabei. Solcherart geschmeichelt fühlte sich Buchner zu immer waghalsigeren Kunstfiguren berufen.
„Nicht übertreiben, Friedl", riet Kurt Wiesinger, als er mit kurzem Seitenblick dem Treiben seines Schülers zusah, „wäre schade, wenn du dein Modell nur mehr mit Besen und Schaufelchen nach Hause transportieren könntest."
„Keine Angst, ich beherrsche das Gerät schon vorzüglich!", rief Buchner seinem Lehrer zu, als es auch schon krachte.
Warum es passiert war, wurde später viel diskutiert. Tatsache blieb, dass der „Junior Sport" mit voller Wucht gegen die Scheunenwand gekracht war.
Hatte Buchner beim tiefen Überflug die Höhe unterschätzt, oder war er von den Ermahnungen Kurt Wiesingers abgelenkt worden? War es vielleicht eine Störung der Fernsteuerung gewesen? Jedenfalls war das Modell kaputt. In Sekundenschnelle hatten sich einige hundert Euro und Kurts hilfreiche Arbeitsstunden in ein trauriges Häufchen verwandelt. Nur mehr nutzlose Holz- und Kunststoffteile. Selbst der Motor und die Ruderservos waren nicht mehr zu gebrauchen. Gottfried Buchner wusste nicht, wie er reagieren sollte. Wut und Trauer waren hier nicht angebracht. Schließlich war er selbst schuld. Was würde Verena von ihm denken? Er musste Manns genug sein, jetzt den Tapferen zu spielen. Nur keine Gefühle zeigen!
Bloß, für solch ein Schauspiel besaß er denkbar wenig Talent. Sein verbissenes Lächeln wurde gleich durchschaut – nicht nur von Verena. Als Kurt Wiesinger ihm schließlich die Hand auf die Schulter legte und meinte: „Nimm's nicht so tragisch, Friedl. Mein ‚Yan', der passt genau, mit dem kannst

du fliegen. Ich hab genug Flieger mit", kämpfte Buchner mit den Tränen.

Verena fühlte sich berufen, Gottfried Buchner zu trösten. Nach dem Abendessen, als alle gemütlich in der Gaststube auf drei Tischen verteilt zusammensaßen, flüsterte sie mitfühlend: „Ach, Friedl, es muss wirklich hart für dich gewesen sein, deinen Flieger zu verlieren. Ich habe fast geweint."
„Weißt du, Friedl", tröstete Kurt Wiesinger auf seine Weise vom Nebentisch herüber, „vielleicht ist es ganz gut so. Wenn du jetzt den ‚Yan' fliegst, kannst du viel lernen. Der ist schneller, wendiger und reagiert nicht so gemütlich wie der ‚Junior Sport'. Schließlich willst du bald mit dem ‚Kranich' fliegen. Da musst du schnell lernen – der fliegt sich nicht so einfach."
Das war echter Trost. Die Aussicht, dieses herrliche Modell bald zu beherrschen, war Balsam für Gottfried Buchners Pilotenseele. Kurt Wiesinger hatte den „Kranich" mitgenommen. Welch Freude, ihm morgen beim Fliegen zusehen zu dürfen! Warum es gerade dieses Modell war, das Buchners Herz höher schlagen ließ, wusste er selbst nicht. Das Foto in Kurt Wiesingers Arbeitszimmer hatte genügt. Es war Liebe auf den ersten Blick gewesen.
Die Söhne Philipp Viehböcks saßen gemeinsam mit der Tochter Anton Stains am Ecktisch und sahen fern. „X-Faktor", eine Sendung, die Buchner nicht kannte. Irgendeine seltsame Geschichte, in der es um übernatürliche Phänomene ging, wurde gezeigt.
Am Nebentisch saßen Marion Wiesinger, Ursula Viehböck und Gertrude Stain. Sie spielten Karten. Rommee. Die Verliererin sollte die bestellte Flasche Rotwein bezahlen.
Kurt Wiesinger, Anton Stain und zwei weitere Männer vom Verein, Konrad Rupp und Fridolin Kirch, bastelten an einem Flugmodell aus Styropor. Buchner bezweifelte, dass bei so vielen verschiedenen Meinungen und derart geballter Besserwisserei etwas Vernünftiges entstehen konnte. Egal, wich-

tig war nur, dass es den Männern Spaß machte, gemeinsam zu bauen.
Gottfried Buchner schätzte es mehr, sich zu unterhalten. Außerdem wollte er die anderen beobachten. Hier, am großen Stammtisch inmitten der Gaststube, war das am besten möglich. Neben ihm saß Verena – und dicht an sie gedrängt, wie könnte es anders sein, Alex Hinterbichl. Manfred und Beate Moosbacher klebten wie ein frisch verliebtes Paar beisammen, ebenfalls am selben Tisch. Obmann Viehböck las in einer einschlägigen Zeitschrift.
„Möchtest du noch ein Glas Wein?", flüsterte Beate Moosbacher ihrem Mann treu sorgend ins Ohr. Auch wenn sie die zweite Frau ist, dachte Buchner, sie sind doch schon einige Jahre lang verheiratet. Diese Turtelei ist nicht normal.
Manfred Moosbacher ließ sich von seiner Gattin ein weiteres Glas Wein einschenken und schien vor Zufriedenheit beinahe zu schnurren.
Auch Alex Hinterbichls Fürsorge begann zu erwachen.
„Verena, darf ich dich jetzt mit etwas Sekt verwöhnen?", fragte er. Dabei berührte er sie sanft am Oberarm.
„Danke, Alex", antwortete Verena, „ein Glas Wein wäre mir lieber. Friedl, du bist doch ein hervorragender Weinkenner! Was würdest du mir empfehlen?"
„Soviel Auswahl wirst du hier nicht haben", antwortete Gottfried Buchner. Er stand auf und steuerte dem kleinen Tresen am Ende der Gaststube zu. Therese hatte ihren Gästen erlaubt, sich selbst zu bedienen. Die konsumierten Getränke mussten auf kleinen Zettelchen notiert werden.
„Darf ich noch jemandem etwas bringen?", rief Buchner laut in die Runde.
„Ein Mineral wäre herrlich", antwortete Ursula Viehböck.
Buchner brachte Verena ein Glas Wein und der Kartenspielerin das Mineralwasser. Dabei blickte er zu den fernsehenden Kindern am Tisch nebenan. Sandra Stain, eben noch gebannt auf den Bildschirm starrend, senkte plötzlich ihren Kopf. Die beiden Buben verfolgten weiterhin mit interessier-

tem Blick das Geschehen im Fernsehen. Es war keine sonderlich blutrünstige Szene am Schirm zu sehen, außer dass ein lebloser Körper auf einem Pferde-Karussell hing.

„Warum siehst du denn nicht hin?", fragte Buchner das Mädchen leise. Verwundert beugte er sich zu ihrem Köpfchen hinab und blickte Sandra in die Augen.

„Ich sehe nur weg, weil es gerade so spannend ist", flüsterte das Kind, „man muss doch Buße tun. Gott verlangt das so."

Wer hat dir diesen Schwachsinn beigebracht, wollte Buchner schon sagen, hielt es dann aber doch für klüger, es zu unterlassen. Wozu sich in die Erziehungsmethoden anderer einmischen – auch wenn sie total unsinnig waren. Armes Kind, dachte er.

„Jetzt kannst du wieder hinsehen, Gott hat bestimmt nichts dagegen", meinte er nur müde lächelnd.

Noch immer in Gedanken bei dem unglücklichen Kind, stellte er das Mineral neben Ursula Viehböck auf den Tisch.

„Hast du das Getränk auf unserem Zettel notiert?"

„Mache ich gerne für dich", antwortete Buchner und ging zurück zum Tresen.

Der kleine Konsumationszettel der Familie Viehböck lag gleich neben seinem eigenen. Ein Mineral, notierte Buchner zum Bier, den zwei Kannen Kaffee, dem Apfelsaft und dem Cornetto. Da erstarrte er. Schnell überflog er den Zettel ein zweites Mal. Es gab keinen Zweifel.

Das B, das f und das r. Es war die gleiche Schrift. Die Handschrift des Liebesbriefes. Zu oft hatte er ihn gelesen, als dass er sich hier noch täuschen könnte. Irrtum ausgeschlossen! Ursula Viehböck hatte den Liebesbrief an Wilhelm Pointner geschrieben.

„He, Friedl, was hast du denn?", holte ihn Obmann Viehböck in die Gegenwart zurück. „Warum starrst du unseren Zettel an? Hab ich schon zu viel Bier getrunken?"

„Nein, ich hab mich nur gewundert, dass auf dem Zettel des Obmanns noch kein Schnaps vermerkt ist", rief Buchner schlagfertig zurück. „Wäre eigentlich Zeit, oder?"

„Okay, stimmt. Eine Runde Schnaps ist fällig", entschied Philipp Viehböck spontan.
Ich muss den richtigen Zeitpunkt abwarten, um mit Ursula Viehböck zu reden, dachte Buchner, während er sich setzte.
„Die Gewinnerin bekommt von mir noch einen Schnaps extra!", rief Buchner den Kartenspielerinnen zu. Irgendwann wird sie gewinnen, spekulierte er. Dann werde ich mit ihr sprechen können.

Kurze Zeit später spendierte Kurt Wiesinger die nächste Runde. Gottfried Buchner verzichtete. Es war wichtig, nüchtern zu bleiben. Schließlich musste er eine Strategie entwickeln, um Ursula Viehböck zum Reden zu bringen. Es fiel ihm schwer, sich zu konzentrieren, da Gitta Rupp ununterbrochen dahinplauderte. Ihre Stimme klang unangenehm schrill, sodass sie alle anderen übertönte.
Dabei maß Buchner ihren Aussagen etwa so großes Interesse bei wie einem Wetterbericht von der Sahel-Zone. Ob ihre Söhne Betriebs- oder Handelswissenschaft studieren sollten oder ob es angesichts deren zahlreicher Talente nicht vielmehr angebracht wäre, eine Kunstakademie zu besuchen, ließ ihn völlig kalt. Es war ihm schlichtweg unverständlich, wie man über ein einziges Thema so lange diskutieren konnte. Gitta Rupps Mann hatte sich auf den Nebentisch zurückgezogen und genoss es sichtlich, einmal von der Mark und Bein durchdringenden Stimme seiner Frau etwas Abstand nehmen zu können.
Verena hatte es inzwischen aufgegeben, mit Gottfried Buchner ins Gespräch zu kommen. Zu kurz und einsilbig waren seine Antworten auf ihre Kommunikationsversuche gewesen. Sie hatte erkannt, dass er über irgendetwas angestrengt nachdachte. Also beschloss sie, die Menschen im Gastzimmer schweigend zu beobachten.
Fridolin Kirch, wie Alex unverheiratet und ebenfalls ohne Partnerin angereist, hatte offensichtlich bereits zuviel Alkohol erwischt. Verena hatte schon gehört, dass Fridolin dies

oft passierte. Lachend torkelte er von einem Tisch zum anderen, setzte sich schließlich doch irgendwo dazu und prahlte damit, sich demnächst eine „Voll-GFK ASW 28" zu kaufen. Jeder im Verein wusste, dass er sich dieses Modellflugzeug nie würde leisten können. Als Bäckergeselle in Neudorf verdiente er gerade einmal so viel, dass er die Raten für seinen neuen VW-Golf abzahlen konnte. Sein von Wiesinger schon mehrmals geflickter „HLG-Flieger" war seit langem das einzige Modell, das er besaß. Er war jünger als Alex, kleiner und schmächtiger als dieser – und nüchtern ein eher unscheinbarer, stiller Bursche. Verena nahm an, dass er den Alkohol brauchte, um seine Komplexe zu überspielen.

Der einzige freie Tisch im Gastzimmer wurde soeben von der dreiköpfigen Berliner Familie besetzt. Der Mann, ein bulliger, rotgesichtiger Hüne mit kurz geschorenem Haar, ließ seine Frau und den etwa fünfzehnjährigen Jungen Platz nehmen, um selbst sofort in Richtung Tresen zu marschieren.

„Schönen jutn Ahmt", rief er laut, „is aber unjewohnt voll heute de jute Stube. So ists recht. Ick hab schon von unserer juten Therese gehört, dat een janzer Fliegerclub hier ist. Nu, schon wat zu Schrott jeflogen? Oder allet noch heil?"

Die laute, donnernde Stimme des Mannes brachte sogar Gitta Rupp zum Schweigen.

„Wir pflegen unsere Modelle schonend zu landen", antwortete Obmann Viehböck. Alle anderen lauschten.

„Watte nich sachst, Junge. Und warum herrscht dann solch ne Friedhofsstimmung hier? Noch zu wenig Korn getankt? Wo bleebt de Humor? Da bin ick als Berliner aber wat anderes jewohnt. Nich wahr, Mutti? De nächste Runde Korn spendier ick. Wär doch jelacht, wenn ma die Stimmung nicht anheizen könnte. Wo Justav auftaucht, bleibt keen Auge trocken. Habt ihr den schon jehört?"

Geschockt, mit Gustav Köpkes Bekanntschaft zwangsbeglückt worden zu sein, ließen die Mitglieder des MFC Altenbach die folgenden Witze kommentarlos über sich ergehen. Zwar waren die Pointen durchaus lustig, doch redete

fortan nur mehr einer im Gastzimmer, während alle anderen schwiegen. Bis auf das gemeinsame Auflachen am Ende jedes Witzes gab sonst keiner einen Laut von sich. Sogar die Kartenspielerinnen hatten aufgehört zu spielen und lauschten den Worten des Berliners.
Die Raucher des Vereins benützten ihre Sucht als willkommene Gelegenheit, dem Mitteilungsdrang Gustav Köpkes zu entkommen. Da vereinbart worden war, das Qualmen in der Gaststube zu vermeiden, schlich einer nach dem anderen hinaus, um seinem Laster zu frönen. Als Gottfried Buchner sah, wie Ursula Viehböck ihren Platz verließ, huschte auch er nach draußen. Bedächtig zündete er sich eine Zigarette an und stellte sich neben die anderen Raucher.
„Ursula, kommst du mal kurz mit mir, ich habe etwas mit dir zu besprechen", flüsterte er ihr zu und wies auf die rechte Terrassenecke. Dort wären sie allein und weit genug entfernt, um von den anderen nicht gehört zu werden.
Sichtlich erstaunt folgte sie seiner Bitte und ging die wenigen Schritte mit ihm.
„Es besteht kein Zweifel, Ursula", kam Buchner sofort zur Sache, „du warst die Geliebte Wilhelm Pointners."
„Wie bitte?" Ursula Viehböck schluckte.
„Du hast richtig gehört. Deine Schrift hat dich verraten. Ich habe deinen Liebesbrief gelesen."
Ursula Viehböck ließ ihre Zigarette fallen. Mit weit aufgerissenen Augen und offenem Mund stand sie einige Sekunden lang regungslos da. Sie rang um Fassung, denn schließlich standen in der Nähe genug Leute, die sie möglicherweise beobachteten.
Gottfried Buchner reichte ihr sein Glas Bier, das er mit nach draußen genommen hatte. Sie nahm einen vollen Schluck.
„So ein Unsinn", fauchte sie endlich, „wie kommst du auf eine dermaßen dumme Idee?"
„Hör zu, Ursula. Ich sage das nicht gern. Aber Leugnen nützt nichts. Dein Mann kann deine Schrift bestimmt identifizieren. Soll ich ihm den Brief zeigen? Willst du das wirklich?"

Während er ihre Reaktion abwartete, ging ihm durch den Kopf, dass er diese hausbackene Frau eigentlich für eine treue Seele gehalten hatte. Sie wirkte so mütterlich, so fürsorglich. Als feurige Geliebte konnte er sie sich bei bestem Willen nicht vorstellen.
„Das würdest du tun?", entgegnete sie empört. „Wozu? Was willst du eigentlich von mir. Warum soll ich mich rechtfertigen. Vor dir? Wie kommst du dazu, mich zu belästigen?"
Sie funkelte ihn so böse an, dass Buchner versucht war, sich abzuwenden.
„Ich bin Gendarm, wie du weißt. Und ich habe Gründe anzunehmen, dass Willis Tod kein Selbstmord war. Ich denke an Mord. Verstehst du?"
Ursula Viehböcks bösartiger Blick wandelte sich zu Erstaunen. Schließlich schüttelte sie den Kopf.
„Aber der Anruf! Wir waren damals auch dabei. Er hat doch seinen Selbstmord angekündigt. Wir waren ebenfalls beim Fest, Philipp und ich. Wir haben das alles miterlebt. Willi hat doch den Lehrer angerufen!"
„Im Zeitalter der Technik ist alles möglich, Ursula. Das war ein guter Trick. Das tut jetzt nichts zur Sache. Ich brauche Informationen von dir. Ich bitte dich aber eindringlich, über das Gespräch Stillschweigen zu bewahren. Niemand soll von meiner Mordtheorie wissen. Ich werde natürlich über dein Verhältnis mit Wilhelm Pointner kein Wort verlieren. Vorausgesetzt, du kooperierst."
Ursula Viehböck hatte begriffen.
„Hör zu, Friedl, da sind so viele Leute", sagte sie leise.
„Ich werde nun kurz verschwinden. So, als würde ich auf die Toilette gehen. Ich werde den Hinterausgang benützen. Du folgst mir dann unauffällig. Hinter dem Haus sind wir ungestört."
„In Ordnung", antwortete Buchner. Er gesellte sich wieder zu den letzten drei Rauchern neben der Tür. Nachdem er seine Zigarette ausgedämpft hatte, ging er zurück ins Haus. Aus dem Gastzimmer hörte er noch Gustav Köpkes laute

Stimme. Prüfend um sich blickend huschte er schließlich durch die Hintertür.
An die Hausmauer gelehnt wartete Ursula Viehböck bereits auf ihn.
„Am liebsten würde ich jetzt da runterspringen", begann sie mit leiser Stimme. Dabei deutete sie auf den tiefen Abgrund, der sich einige Schritte neben dem Haus vor ihnen auftat. Beim Anblick des riesigen, felsigen Schlundes musste Buchner an die beiden Kleinkinder denken, die hier lebten. Thereses Enkelkinder, so um die drei und vier Jahre alt. Welch verantwortungsvolle Aufgabe, sie vor diesem Abgrund zu schützen. Bauernkinder sind oft schrecklichen Gefahren ausgesetzt, sinnierte er.
„Weißt du, Friedl", sprach Ursula Viehböck weiter, „vielleicht ist es gut, dass ich endlich einmal darüber sprechen kann. Wenn meine Kinder nicht wären, glaub mir, ich wäre Willi nur zu gerne in den Tod gefolgt."
„So sehr hast du Wilhelm Pointner geliebt?"
„Nein, so sehr hasse ich meinen Mann."
„Niemand zwingt dich, bei ihm zu bleiben. Auch die Kinder nicht."
„Aber – wie soll ich überleben? Ohne Beruf! Ich habe ja nichts gelernt. Ich bin total abhängig von ihm. Außerdem liebe ich meine Söhne über alles und würde sie nie mit einer Scheidung belasten. Und dann die Leute! Die würden reden. Meine arme alte Mutter! Sie könnte das nicht verkraften. Es gibt tausend Gründe, warum ich durchhalten muss. Doch das ist wohl nicht das Thema. Was willst du von mir wissen?"
„Wann warst du Wilhelm Pointners Geliebte?"
„Das ist schon einige Jahre her. Ich musste endlich wissen, ob mich ein anderer Mann befriedigen kann. Mein angetrauter Gatte kann mir in dieser Beziehung leider gar nichts bieten. Aber ehrlich gestanden, hätte ich mir das Ganze sparen können. Es war genauso langweilig wie mit Philipp."
„Im Brief hast du doch von den herrlichen Nächten geschwärmt", zeigte sich Buchner überrascht.

„Das habe ich Willi zuliebe geschrieben. Ich bin es gewohnt, den Orgasmus vorzutäuschen. Wozu hätte ich ihm die Wahrheit sagen sollen? Er war ein schlechter Liebhaber."
„Warum glaubst du, hat er deinen Brief aufgehoben?"
„Ich denke, er wollte, dass seine Frau ihn findet und liest. Wahrscheinlich wollte er ihr damit beweisen, dass eine andere seine Qualitäten schätzt. Was weiß ich. Heute spielt das keine Rolle mehr. – Aber Friedl", Ursula Viehböck packte Gottfried Buchner fest am Handgelenk, „mein Mann, er darf niemals etwas davon erfahren. Hörst du? Er würde sich sofort scheiden lassen und das Sorgerecht beantragen. Das wäre das Schlimmste, was mir im Leben passieren könnte. Verstehst du?"
„Wir werden beide über dieses Gespräch schweigen, Ursula", antwortete Buchner.
Eindringlich wiederholte sie:
„Wenn der erfahren würde, dass ich ihn betrogen habe, wäre das eine wunderbare Gelegenheit, mich billig loszuwerden. Ich bin ihm sowieso völlig egal. Er bekäme das Haus, die Kinder und würde bald wieder eine Dumme finden, die, ohne zu murren, den Haushalt erledigt."
„Damals, Ursula, bei der Londonreise, seid ihr euch da schon näher gestanden, Willi und du?"
„Nein. Das hat erst später begonnen."
„Der Unfall Maria Moosbachers. Weißt du etwas darüber?"
„Warum holst du diese alten Geschichten hervor? Was soll das? Was hat das eine mit dem anderen zu tun?"
„Ich stelle die Fragen, Ursula", wurde Buchner energisch.
„Okay", sie seufzte und steckte sich zitternd eine Zigarette in den Mund. Buchner gab ihr Feuer.
„Jetzt ist wohl die Stunde der Wahrheit gekommen. Gut. In Ordnung. Also", suchte sie nach den richtigen Worten, „die Maria, Manfred Moosbachers erste Frau, sie war ein sehr unglücklicher Mensch. Sie hat es selbst getan."
„Was selbst getan, Ursula? Werde endlich deutlich", drängte Buchner.

„Sie hat sich umgebracht. Verstehst du? Sie hat es hinter sich. Die Glückliche."

„Sie hat Selbstmord begangen? Sich einfach vor die U-Bahn geworfen? Woher willst du das wissen?"

„Erstens hat sie mir am Vortag verraten, dass sie beabsichtigt, sich das Leben zu nehmen. Und zweitens waren wir alle dabei. Sie stand einfach dort, rief „Lebt wohl" und warf sich vor die herannahende Bahn. Mein Gott, Friedl! Muss das sein? Ich wollte das alles vergessen! Verdammt noch mal! Wir haben damals alle vereinbart, daheim von einem Unglück zu erzählen. Manfred war so dankbar. Aber ich glaube, geahnt haben es viele. Jeder, der Maria kannte, wusste, dass sie an Depressionen litt."

„War Manfred Moosbacher mitschuldig an ihren Problemen? Wie war die Ehe?"

„Du fragst Sachen. Woher soll ich das wissen? Wie wird die Ehe mit einem depressiven Menschen schon sein? Irgendwie ist man selbst Opfer. Ob er schuld war, weiß ich nicht. Ich weiß nur, dass er immer wieder versucht hat, sie aufzuheitern. Er hat gehofft, dass die Reise ihr helfen könnte. Dass sie so enden würde – das konnte niemand ahnen."

„Moosbachers jetzige Frau scheint völlig anders zu sein. Was glaubst du, ist diese übertriebene Turtelei echt?"

„Ach, die Beate!" Ursula Viehböck winkte abwertend mit der rechten Hand.

„Dieses naive Ding wird nie erwachsen. Glaubt noch immer, den Traummann ihres Lebens gefunden zu haben, nur weil er Geld hat. Sie muss erst begreifen, was es heißt, Kinder aufzuziehen und den Mann dabei von vorne bis hinten bedienen zu müssen. Wer weiß, wie es im Bett aussieht. Ich traue diesem Kerl keinesfalls zu, dass er sie glücklich machen kann. Manche Frauen sind diesbezüglich vollkommen anspruchslos. Maria, Manfreds erste Frau, hat sich jedenfalls jahrelang verweigert. Das hat sie mir erzählt. Vielleicht hatte er noch einige überschüssige Reserven, um seine zweite Frau zu beglücken. Die werden sicher bald verbraucht sein. Dann wird auch sie verbittert und mürrisch werden. Du wirst sehen."

Gottfried Buchner begriff, dass eine glückliche Beziehung außerhalb Ursula Viehböcks Vorstellung lag. Diese Frau will nicht zufrieden sein. Sie braucht das eigene Unglück genauso wie das der Mitmenschen. Armer Obmann, dachte er mitfühlend.

„Was hältst du von Alex?", fragte Buchner.

„Dieser Weiberheld ist doch das Letzte! Der läuft jedem Kittel nach", wieder ein abwertendes Winken, „bei mir hat er es zwar noch nicht versucht – wahrscheinlich bin ich ihm zu alt. Bei den Jüngeren lässt er keine aus. Der hat wirklich nur das Eine im Sinn. Den hab ich nie für voll genommen."

Buchner war sicher, ein verstecktes Bedauern herausgehört zu haben.

„Traust du jemandem von unserem Verein einen Mord zu?", fragte er weiter. Vielleicht konnte man ihrer warmgelaufenen Boshaftigkeit ein bisschen Wahrheit entlocken.

„Du stellst Fragen", antwortete Ursula Viehböck mit gespielter Betroffenheit und überlegte. Es schien ihr gut zu tun, über Schwächen anderer nachzudenken. Ein gehässiges Lächeln machte sich in ihrem Gesicht breit. Leise begann sie, ihre Gedanken zu verraten:

„Der Konrad Rupp. Wenn es den nicht gelüstet, seine Frau zu ermorden, ist er nicht normal. Gitta redet jedem ein Loch in den Bauch."

Hier musste Buchner zustimmen.

„Der Fridolin Kirch", sprach sie weiter, „ist ein hoffnungsloser Säufer. Solche Menschen sollte man nie unterschätzen. Die brauchen viel Geld. Außerdem möchte er mehr gelten, als er ist. Lügt, dass sich die Balken biegen. Das wird dir bestimmt schon aufgefallen sein. Wer lügt, kann auch töten. Da bin ich mir sicher. – Der Anton Stain? Heiliger als der Papst. Und schlägt seine Frau."

„Was? Bist du sicher?", wurde Buchner hellhörig.

„Schon zweimal konnte ich beobachten, dass sie ein blaues

Auge hatte. Dann wieder trug sie ihren gebrochenen Arm in der Schlinge. Vor vier Wochen verbarg sie vergebens die zahlreichen Blutergüsse an ihrer linken Hand. Sie hat zwar immer irgendeine Ausrede parat. Ein Sturz von der Fensterbank beim Putzen, zum Beispiel. Mich kann sie nicht täuschen. Wenn die nicht geschlagen wird, kannst du mich ‚Mukki' nennen."

„Interessant", murmelte Buchner.

„Hast du schon mitbekommen, wie streng sie ihre Tochter erziehen? Menschen, die so übertrieben heilig tun und so streng sind, haben etwas zu verbergen. Glaubst du nicht auch?"

„Vielleicht." Buchner hütete sich, solche Pauschalurteile zu bestätigen. Gleichzeitig konnte er nicht umhin, ein Körnchen Wahrheit darin zu erkennen.

„Der Kurt Wiesinger, das ist ein ganz Stiller. Der ist schwer zu durchschauen. Aber solche Menschen sind besonders verdächtig. Seine Frau, die Marion, ich kann mir kaum vorstellen, dass die beiden glücklich sind – ohne Kinder. Außerdem ist die Frau immer auf Achse. Sie arbeitet als Prüferin bei der Krankenkasse. Fährt von Ort zu Ort, von einem Betrieb zum anderen. Ist nie zu Hause. Ich habe gehört, dass sie etwa soviel hausfrauliche Qualitäten besitzt wie ein Bernhardiner. Das muss für einen Mann schrecklich sein, oder?"

Buchner war verwirrt. Hatte er vorher angenommen, Ursula Viehböck hielte jede Frau für ein Opfer männlicher Bequemlichkeit, so musste er nun hören, dass es unerlässlich sei, eine gute Hausfrau zu sein. Dennoch hütete er sich, dazu Stellung zu beziehen. Nichts lag ihm ferner, als eine Diskussion zu beginnen. Es war besser, einfach zuzuhören.

„Weißt du", resümierte Ursula schließlich, „ich glaube, jeder Mann in diesem Verein könnte ein Mörder sein. Mein eigener mit eingeschlossen. Wie der mich oft behandelt – das kannst du dir nicht vorstellen."

„Möchte ich auch nicht", sagte Buchner. „Du sprichst nur von den Männern. Glaubst du, die Frauen sind unfähig zu morden?"

„Die erst recht!", sagte sie ernst. „Wir Frauen hätten wirklich manchmal allen Grund dazu."
Gottfried Buchner sah auf die Uhr. Sie waren schon zu lange weg. Ursula Viehböcks Gehässigkeit war es nicht wert, eine Entdeckung zu riskieren.
„Wir müssen gehen", sagte er deshalb, „ich marschiere hinein und du kommst etwas später nach."
„Einverstanden", sagte sie. Irgendwie tat es ihr Leid. Kann mich nicht erinnern, mich jemals so glänzend unterhalten zu haben, dachte sie.

Trotz der kühlen Morgenluft frühstückte Gottfried Buchner auf der Terrasse. Nur wenige Nebelschwaden verdeckten vereinzelt die Sicht auf das Tal, sonst war alles rein und klar. Den Blick auf die Berge gerichtet, atmete er tief durch. Klare, frische Luft, so, wie er es liebte. Vergnügt strich Buchner etwas Butter auf seine Semmelhälfte, um darauf die hausgemachte Himbeermarmelade zu verteilen. Nach zwei Schnitten Bauernbrot mit Schinken und Pinzgauer Käse war der fruchtig-süße Konfitürengeschmack genau das Richtige.
„Gesund oder nicht", sprach er mit vollem Mund zu Philipp Viehböck, „ein frisches Semmerl zum Frühstück ist und bleibt das Beste. Mit diesem modernen Müsli-Körnchen-Futter kannst du mich echt verjagen."
„Du sagst es", pflichtete der Obmann bei, „dieses Brot, die knusprige Rinde, es ist ein Gedicht." Dabei biss er herzhaft in sein reichlich mit Salami belegtes Frühstücksbrot.
„Wenn man den Tag fit beginnen möchte, ist ein gutes Kraft-Müsli durchaus zu empfehlen", mischte sich Alex in das Gespräch, der vom Nebentisch den Schlemmer-Dialog seiner Freunde belauscht hatte.
„Manche vergessen vor lauter Fitnesswahn, ihr Leben zu genießen", gab Buchner zurück.
Alex hatte auf ein üppiges Bauernfrühstück verzichtet und statt-

dessen warme Milch bestellt. Zwei Äpfel und der mitgebrachte Müsli-Riegel waren seiner Meinung nach ideal, um sich nach dem ausgedehnten Fitnesslauf gesund zu ernähren.
„Bei euch ist ohnehin Hopfen und Malz verloren", meinte Alex resignierend.
„Nein, nein, im Gegenteil", lachte Buchner, „Hopfen und Malz schätzen wir besonders, nicht wahr, Philipp?"
„Und ob", antwortete der Obmann:
„Wie öd wär doch die Welt
ohne unsre Tropfen
aus edlem Malz und Hopfen."
„Jetzt denken die tatsächlich schon frühmorgens ans Saufen", murrte Alex verständnislos.
Sein Gesicht nahm jedoch augenblicklich einen entspannten Ausdruck an, als er Verena an der Terrassentür erblickte. Unschlüssig stand sie da und überlegte, wo sie Platz nehmen könnte. Gottfried Buchners Tisch war voll besetzt. Neben Alex war noch Platz frei. Auch weiter hinten, bei Familie Stain oder am Tisch von Kurt und Marion Wiesinger. Nein, der Platz bei Alex war in Ordnung. Da wäre sie in Gottfried Buchners Nähe.
„Gut geschlafen?", fragte Alex hoch erfreut.
„Hab ich einen Bärenhunger", waren Verenas erste Worte, „ich habe so fest geschlafen wie schon lange nicht mehr. Das muss die Höhenluft sein."
Sie aß ein weiches Ei, zwei Semmeln mit Wurst und Käse, ein Butterbrot und anschließend etwas vom flaumigen Biskuit.
„Selten, dass ich mich so voll stopfe", meinte sie dann, „das muss wirklich an der Bergluft liegen."
„Diese Luft verführt zum Schlemmen." Buchner drehte sich zu ihr. „Hier isst man doppelt so viel wie zu Hause."
„Ein kleiner Frühstücksspaziergang wäre jetzt gut", sagte Alex, „da hinten im Wald ist ein kleiner Wasserfall. Den hab ich beim Laufen entdeckt. Ein wunderschöner, idyllischer Ort, Verena."

„Was habt ihr denn vor?", fragte Verena zum Nebentisch hinüber, ohne auf Alex' Angebot einzugehen.
„Fliegen natürlich", sagte Buchner, „die Thermik ist noch nicht ideal, aber Kurts ,Yan' muss ich unbedingt ausprobieren. Sanyo-Thermik, verstehst du?"
„Was ist das denn?", fragte Verena.
Alex klärte sie auf:
„Sanyo – so heißen die Batterien, Verena, die den Elektrosegler mit Strom versorgen. Spaßvögel wie dein Kollege nennen das Sanyo-Thermik. Die echte Thermik, die warme Luft, die nach oben steigt und dadurch die Modelle in der Luft hält, die kommt meist erst nachmittags."
„Danke, Alex. Ich weiß, was Thermik ist", unterbrach ihn Verena. „Gut, dann werde ich also heute Sanyo-Thermik beobachten. Schließlich bin ich mitgekommen, um beim Fliegen zuzusehen."
„Möchtest du nicht lieber mit uns Frauen ins Tal fahren?", fragte Marion Wiesinger, „etwas shoppen, während die Männer fliegen. Außerdem befindet sich in der Nähe ein interessanter Kräuter-Wanderweg. Lassen wir die Männer ihrem Hobby frönen. Wir Frauen sind da fehl am Platz. Nachmittags sind wir wieder zurück, dann hast du noch genügend Zeit, den Modellen zuzuschauen."
„Wenn du meinst?" Verena überlegte. Sie musste wohl oder übel zustimmen. Während Gottfried Buchner bei den Männern spionierte, könnte sie einiges über die Frauen in Erfahrung bringen. Trotz des immer noch ungestillten Verlangens, ihrem Angebeteten nahe zu sein, gewann Verenas Vernunft. Die Erkenntnisse des Tages brächten bestimmt eine hervorragende Gelegenheit, ungestört mit Buchner zu sprechen. Irgendeine interessante Entdeckung würde sie ihm sicher berichten können. Der gestrige Abend war bereits verloren. Zuerst hatte dieser Witze erzählende Deutsche gestört, dann war Friedl lange Zeit verschwunden. Als er wieder zurückkam, hatte das allgemeine Gelächter bereits Wirkung gezeigt und jeder am Tisch gab nun seinerseits abwechselnd

Witze zum Besten. Sicher, sie lachte viel und die Stimmung war toll. Aber ihre Hoffnung, mit Friedl allein sein zu können, hatte sich nicht erfüllt. Den heutigen Abend würde sie gewiss nicht so nutzlos verstreichen lassen.
„Gute Idee", entgegnete Verena daher, „ich komme gerne mit."

Während Verena die nächsten Stunden mit Einkaufen und Wandern verbrachte, erlebte Buchner diese Zeit so enthusiastisch und aufgeregt wie ein spielendes Kind. Nicht nur das Steuern des „Yan", der sich als schneller Flitzer entpuppte, begeisterte ihn. Auch das Beobachten der anderen Modelle war ein Erlebnis für sich. Obmann Viehböck und Kurt Wiesinger wollten heute zum ersten Mal ihre neu gebauten Viermetersegler fliegen lassen.
Faszinierend, wie nervenaufreibend ein Jungfernflug selbst für einen erfahrenen Piloten sein konnte.
Manfred Moosbacher stand neben Wiesinger, um das vier Kilo schwere Gerät, eine „Alpina 4001", zu werfen. Nur einige wenige Schritte laufend, stieß er das Modell mit einem Ruck nach vor und ließ es los. Wie von unsichtbarer Riesenhand getragen glitt die „Alpina" sanft dahin, unter sich das weite Tal. Für Pilot Wiesinger begann die Phase äußerster Anspannung und Konzentration. Nervös kaute er an seiner Unterlippe. Die Augen starr auf das Modell gerichtet, bediente er die Fernsteuerung.
„Nach rechts", rief Philipp Viehböck, „rechts, ja, da ist die Thermik."
„Ja, wird schon, so ist's recht!", ließ Wiesinger seinen Gedanken lautstark freien Lauf. Mit Schweißperlen auf der Stirn und bebenden Nasenflügeln verfolgte er den Flug seiner „Alpina". Automatisch, ohne hinzusehen vollführten seine Finger die nötigen Griffe. Hinauf – in die ersehnte Thermik, hinauf in den Himmel, hinauf mit der „Alpina", gleiten, schweben, fliegen. Lautlos, ein schwingender, erhabener Riesenvogel, edel und schön.

Die Gefahr, der Flieger könne an Höhe verlieren und damit irgendwo im Tal abstürzen, ließ Wiesingers Knie zittern.
Doch er schaffte es. Mit steigender Höhe des Modells wuchs auch Kurt Wiesingers Gelassenheit.
Er begann zu pfeifen, als wäre es ein Kinderspiel gewesen. Erst bei der Landung verriet sein Gesichtsausdruck erneut, wie viel Nervenkraft der Jungfernflug ihm abverlangt hatte.
Philipp Viehböck sollte mit seiner „Alpina" weniger Glück haben. Gleich, nachdem Kurt Wiesinger sanft gelandet war, wollte auch er seinen Jungfernflug hinter sich bringen. Dass die Thermik nachgelassen hatte, verdrängte er in seiner Euphorie. Jetzt oder nie, dachte er, um die quälende Nervosität zu beenden.
Manfred Moosbacher hatte sich bereit erklärt, auch dieses Modell zu werfen. Schon nach dem Start war es zu erahnen. Zu unbedacht hatte der Obmann seine „Alpina" in die luftigen Höhen entsandt. Es gab kein Entrinnen mehr. Das Modell verlor stark an Höhe. Keine Thermik, nur unkontrollierbares Absinken.
Philipp Viehböck kämpfte mit letzten Kräften. Die „Alpina" war verschwunden, irgendwo im tiefen Tal – gelandet oder abgestürzt. Die Suche konnte beginnen.
Nach einer qualvollen Dreiviertelstunde entdeckte Alex Hinterbichl die „Alpina" inmitten des Geästes einer hohen Fichte.
Nachdem man den zuständigen Bauern aufgesucht, Leiter und Motorsäge ausgeliehen und schließlich einen riesigen Ast abgeschnitten hatte, konnte das Modell behutsam geborgen werden. Viehböck hatte Glück gehabt. Außer einem kleinen Riss im Rumpf und einer harmlosen Beschädigung des linken Flügels war die „Alpina" heil geblieben.
Wieder im Quartier angekommen, spendierte er seinen Freunden erleichtert eine Runde Bier.
„Wat musst ich da eben von Therese hören?", fragte Gustav Köpke, der, gerade von seiner Wanderung zurückgekehrt, die Männer auf der Terrasse sitzen sah. „Is wohl anstrengend,

so ne Landeübung auf dem Baumwipfel, nich wahr? Ja, ja, beim Fliegen. Da biste mitn Herrgott per du."

Ohne aufgefordert zu sein, setzte er sich zu den Modellpiloten. Sie schwiegen, um Köpke keinesfalls zu weiteren Äußerungen zu animieren. Vergebens.

„Wenn ihr weitermacht, darf ich doch n bisschen kieken, Jungs - wa?", sprudelte er los, ohne zu ahnen, wie sehr die anderen genau diese Frage befürchtet hatten.

Es könnte schlimmer sein, tröstete sich Buchner. Immerhin war Köpke nur mit seiner Familie angereist. Wie die Japaner, neigen bekanntlich oft auch die deutschen Bundesbürger dazu, ihren Urlaub in Gruppen, mit zahlreichen Freunden, zu verbringen. Eine ganze Horde neugieriger Zuschauer hätte die Freude am Fliegen gewaltig gestört. Sicher, eine dreiköpfige Familie Köpke mit kommentierfreudigem Familienoberhaupt entsprach nicht den Wünschen eines Modellbaupiloten – aber immer noch besser als eine ganze Invasion von Besserwissern. Achselzuckend traf Buchners Blick den von Kurt Wiesinger, ahnend, dass dieser ähnlich dachte.

Nachdem der Flugbetrieb wieder aufgenommen worden war, musste Gottfried Buchner seine Meinung jedoch revidieren. Gustav Köpke entpuppte sich wider Erwarten als staunender, begeisterter Zuschauer mit Respekt vor fliegerischem Können. Freudig holte er oftmals die zu weit gelandeten Modelle zurück, pfiff anerkennend zu manch akrobatischer Flugfigur und besorgte Getränke. Als die Frauen kurz vor dem Abendessen zurückkamen, gehörte Köpke zu der Gruppe dazu, als wäre er schon immer dabei gewesen.

„Irgendwie sind unsere Männer wie Kinder", sagte Marion Wiesinger zu Verena. „Gestern noch hat Kurt diesen Köpke als Fatzken bezeichnet, den er unbedingt meiden wollte. Jetzt steht er neben ihm und unterhält sich, als wären sie die besten Freunde."

„Ja, wie die Kinder", wiederholte Verena. „Aber liebenswerte Kinder", ergänzte sie, während ihre Augen Gottfried Buchner suchten. Er stand hinter Philipp Viehböck in der Wiese und steuerte den „Yan". Konzentriert beobachtete er sein Modell und freute sich, dass seine Flugtechnik immer besser wurde.

Nach der Landung legte er die Fernsteuerung beiseite und setzte sich ins Gras. Eine Flasche Cola neben sich, genüsslich an einer Zigarette saugend, erforschte sein Blick den Himmel. Die Thermik hatte nachgelassen. Nur mehr wenige Flieger waren in der Luft.
Verena näherte sich.
„Nun, wie war der Flugnachmittag?", fragte sie und setzte sich neben Buchner ins Gras.
„Ich hoffe, du konntest den Tag so genießen wie ich", antwortete er. Seine Wangen waren von der Sonne gerötet.
„Ja, war ganz nett. Ich werde dir am Abend berichten."
„Sieh mal, Verena!" Gottfried Buchner sprang auf. „Der Kurt fliegt jetzt den ‚Kranich'. Das ist ein Modell! Ich habe es auf einem Foto gesehen. Es war wie Liebe auf den ersten Blick. Verstehst du? Ich weiß nicht, warum, aber der ‚Kranich' ist mein Traumflieger. Komm mit! Wir müssen uns das von der Nähe ansehen."
Er packte Verena am Arm, zog sie hoch, nahm ihre Hand und begann zu laufen.
Noch etwas verwirrt von Buchners spontaner Reaktion, folgte sie ihm lächelnd. Schon standen sie neben Wiesinger. Alex hatte den „Kranich" geworfen. Kraftvoll und zügig schoss er in den aquamarinblauen Himmel. Von Gottfried Buchners Begeisterung angesteckt, hielt Verena kurz den Atem an.
„Wie schön", flüsterte sie, „was für ein herrliches Modell!"
Nachdem der „Kranich" an Höhe gewonnen hatte, schaltete Kurt Wiesinger den Elektromotor ab und ließ den Flieger langsam gleiten.
Erhaben und stolz flog er dahin, hinter ihm die gewaltigen Gebirgsketten der Hohen Tauern. Spitze, schroffe Felswände, ein Farbenspiel von Anthrazit bis Silbergrau. Unter

ihnen wellig-weiches Hügelland, die Almen noch grün. Vereinzelte Tupfer in Purpur und Gold, Tribut der wenigen Laubbäume an den fordernden Herbst, sonst überwog das satte, dunkle Grün der Nadelwälder. Abgeschiedene, sanft eingebettete Bauernhöfe, wie winzige Puppenhäuser willkürlich in der Landschaft verteilt, das kleine Kirchlein am Waldrand, wie hingemalt. Alles, Häuser, Hügel, Bäche, Wiesen, Wälder, wirkte wie von den mächtigen Giganten des Gebirges beschützt. Uralte Bergriesen, in Millionen von Jahren von der Natur in vollkommener Schönheit geschaffen. Nun schienen sie eine harmonische Sinfonie anzustimmen, um den Flug des Modells zu begleiten.
„Dieses Flugbild, Verena!" Buchners Stimme bebte. „Wie schwungvoll und edel er den Himmel durchrast!"
Von diesen Worten angespornt, ließ Kurt Wiesinger den „Kranich" aus großer Höhe nach unten schießen, um ihn in voller Fahrt im Tiefflug vorbei pfeifen zu lassen.
„Fantastisch, was für ein Sound!" Gottfried Buchner war überwältigt. Seine Augen glänzten, als er Verena ansah.
„Bald, Verena, bald. Bald werde ich den ‚Kranich' fliegen. Er ist der König aller Modelle. Ich kann dir nicht sagen, wie sehr ich mich darauf freue."
Soviel Leidenschaft für ein Modellflugzeug, dachte Verena traurig. Was bleibt da für mich übrig? Wie kann er nur von einem Flieger so schwärmen! Marion hat Recht. Männer sind wie Kinder. Der „Kranich" – ein Spielzeug, das er unbedingt haben muss. Genau das ist es.
„Du wirst den ‚Kranich' sicher bald fliegen können", antwortete sie. Dabei berührte sie sanft seine Wangen.
„Du hast ja einen Sonnenbrand! Friedl, hast du dich nicht eingecremt?"
„Habe ich vergessen", antwortete er zerstreut. Seine Augen folgten dem „Kranich". Keine Zeit, um an Sonnenschutzmittel zu denken. Sein „Kranich" schoss stolz durch die Lüfte. Konnte es da etwas Wichtigeres geben?

Das Abendessen war wie schon am Vortag ganz nach Gottfried Buchners Geschmack. Gute, solide Hausmannskost. Zwar widersprach dieses Essen den Prinzipien der leichten Küche, doch mit diesen hatte sich Buchner ohnehin noch nie anfreunden können. Sicher hatte er die siebengängige Schlemmerei im Schlüsslberg-Hof vor einigen Tagen genossen – doch bei einem Preis-Leistungs-Vergleich gewann Thereses Kost allemal. Die übersichtlichen Portionen eines Haubenlokals verlangten eine volle Brieftasche. Und damit war Gottfried Buchner noch nie gesegnet gewesen.
Hier gab es Leberknödelsuppe, Rindsroulade mit Beilagen und anschließend einen kleinen Eiscafe – und das zu einem Preis, zu dem auch ein Familienvater mit schmalem Budget noch „Du" sagen konnte. Buchner fühlte sich auf beste Weise versorgt. Schon betrachtete er Thereses Pension als Geheimtipp, den man nicht so schnell verraten sollte.
Nun saß er bei Schnaps und Bier gemeinsam mit den anderen vergnügt am Tisch. Gustav Köpke erzählte Witze.
„Was hältst du vom Luftschnappen?" Verena blinzelte ihrem Kollegen zu.
„Gute Idee, ich wollte ohnehin eine rauchen", antwortete Buchner. Sie gingen nach draußen. Als Buchner sein Bierglas am Terrassentisch abstellte und sich setzen wollte, sagte Verena: „Ein kleiner Spaziergang könnte uns nicht schaden, Friedl. Findest du nicht auch?" Sie beugte sich näher zu ihm. „Außerdem sind wir dann ungestört", flüsterte sie ihm zu.
„Ganz wie du meinst", antwortete Buchner. Er nahm einen letzten vollen Schluck Bier und ließ den Rest stehen. „Dann gehen wir."
Sie spazierten den kleinen Güterweg zum Wald entlang. Vorbei an Tannen und Fichten, Brombeersträuchern und Buchen. Trotz Abenddämmerung war das schimmernde Goldgelb und Purpur der spärlichen Blätter noch deutlich zu sehen. Die untergehende Sonne hatte die letzte Wärme mit sich genommen. Verena fröstelte. Sie hakte sich bei Gottfried Buchner unter.

„Eigenartig", sagte sie leise, „die Blätter welken, sie sterben und sind dabei so unsagbar schön."
„Du frierst, Verena", antwortete Buchner, „sollten wir nicht besser umkehren?"
„Nein, nein, das halte ich schon aus." Dabei drückte sie sich fest an ihn.
„Nun, was hast du bei deinem heutigen Spaziergang mit den Frauen beobachten können?"
„Nicht besonders viel, Friedl. Die Ursula, die Frau des Obmanns scheint nicht sehr glücklich in ihrer Ehe zu sein. Immer beklagte sie ihr armseliges Hausfrauendasein. Sie warnte mich. Ich solle ja niemals heiraten."
„Das ist mir bereits bekannt. Ich habe mich gestern mit ihr unterhalten. Ich habe Philipp Viehböck gedanklich bereits mehrmals mein Beileid ausgesprochen." Gottfried Buchner lachte. „Ich hoffe, sie hat dich nicht wirklich beeinflusst. Die Ehe kann auch etwas sehr Schönes sein, Verena."
Verena spürte einen Stich im Herzen.
„Du bist wohl sehr glücklich verheiratet, Friedl?", fragte sie kleinlaut.
„Nun", schien Buchner nachzudenken, „weißt du, es gibt Höhen und Tiefen. In jeder Partnerschaft kann es auch Streit geben – wenn sie aber auf festem Grund erbaut wurde, übersteht sie jedes Problem."
„Du liebst deine Frau wohl sehr, oder?"
„Meine Familie ist das Wichtigste in meinem Leben, Verena. Aber nun zurück zu den anderen. Konntest du sonst irgendetwas herausfinden?"
Verena war noch zu sehr mit Buchners Aussage beschäftigt, um antworten zu können. Er hat nur von seiner Liebe zur Familie gesprochen. Das war doch ein deutliches Umgehen der Frage. War da noch Platz in seinem Herzen?
„Verena, ist dir sonst noch etwas aufgefallen?", fragte Buchner nochmals.
„Die Gitta Rupp nervt manchmal gewaltig, aber das hast du bestimmt auch schon bemerkt. Die glaubt wirklich, dass

sie zwei Genies geboren hat. Immerzu redet sie von ihren hochbegabten Söhnen. Gertrude Stain dagegen spricht nur wenig. Und wenn, dann weist sie entweder ihre Tochter zurecht oder lässt irgendwelche dummen religiösen Sprüche vom Stapel."

„Was sagt sie denn so?"

„Na ja, als die Ursula zum Beispiel über ihren Mann schimpfte, antwortete Gertrude mit einem blöden Bibelspruch – man müsse sein Schicksal ertragen oder so ähnlich. Im Schweiße deines Angesichtes sollst du dein Brot verdienen, hat sie gepredigt, als Marion Wiesinger über beruflichen Stress geklagt hat."

„Ursula Viehböck hat mir erzählt, dass Anton Stain seine Frau schlägt. Glaubst du das?"

„Bei dieser Schicksalsergebenheit kann ich mir das gut vorstellen. Ja, die gibt eine vorzügliche Märtyrerin ab. Aber ihm hätte ich das nicht zugetraut. Er scheint doch ebenfalls ein Heiliger zu sein, oder?"

„Man kann in die Menschen nicht hineinsehen. Leider. Oder vielleicht sogar: Gut so. Wie auch immer. Was konntest du sonst noch feststellen, Verena?"

„Am sympathischsten war mir die Beate Moosbacher. Die Marion Wiesinger ist ebenfalls ganz nett, aber irgendwie ist sie ein kühler Typ. So eher nach dem Motto: Karriere ist wichtiger als Liebe. Sie hat es zwar nicht direkt gesagt, aber ich schätze sie so ein. Beate dagegen ist ein warmherziger, gutmütiger Mensch. Und dabei eine wunderschöne Frau, die ihren Mann sehr liebt. Das ist ja nicht zu übersehen. Das ist echt. Da bin ich sicher."

„Bist du wirklich davon überzeugt? Mir kommt es manchmal vor wie Show."

„Nein, Friedl, glaub mir: Das ist Liebe. Außerdem besteht kein Zweifel darüber, dass die anderen Frauen sie beneiden. Erstens, weil sie gut aussieht und zweitens, weil sie glücklich ist. Daher macht es ihnen Spaß, über sie zu spotten. Dass sie naiv sei und dumm. Nun, vielleicht ist sie nicht die Intelli-

genteste – aber sie ist ein Bild von einer Frau und liebt ihren Mann abgöttisch. Ist das nichts?"
„Interessant, wie du das siehst", antwortete Buchner, „aber lass uns jetzt umkehren, Verena, es ist schon finster und außerdem ist dir kalt. Ich merke doch, wie du frierst."
Buchner zog seine Jacke aus und schwang sie über seine Begleiterin.
„Nein, lass – du frierst ja auch."
„Nicht so sehr wie du, mein Kind."
„Sag nicht ‚Kind' zu mir. Ich bin eine erwachsene Frau."
„Ist mir nicht entgangen, Verena."
„Manchmal scheint es aber so, Friedl. Ich habe oft das Gefühl, du nimmst mich nicht ganz ernst."
„Wie?", fragte Buchner betroffen. „Deine Meinung ist mir wichtig, Verena. Hätte ich dich sonst in meine Pläne eingeweiht? Jetzt bist du ungerecht. Du weißt, dass das nicht wahr ist. Und du weißt auch, dass du mir sehr viel bedeutest."
„Tue ich das wirklich?"
Schnellen Schrittes gingen sie schweigend zurück. Verena, wieder untergehakt, presste sich dichter an ihn. Sie zitterte vor Kälte. Wie zart und schutzbedürftig sie ist, fühlte Buchner sich verantwortlich. Er schlang seinen Arm um ihren frierenden Körper. Ganz kurz legte sie dankbar den Kopf an seine Schulter, dann marschierten sie etwas langsamer weiter.
Kurz vor der Terrasse blieb Verena plötzlich stehen.
„Sieh nur, Friedl, der Sternenhimmel. So klar. So viele wunderschöne glitzernde Sterne. Wie wunderbar!", rief sie.
Buchner, den Arm noch immer um sie gelegt, sah empor.
„Wirklich! Was für eine herrliche, sternenklare Nacht. Und schau hinunter, Verena, ins Tal – diese vielen strahlenden Lichter, als würde sich der Himmel spiegeln."
Eine eigenartige verträumte Stimmung überkam ihn. Sie standen still nebeneinander. Wieder blickte Buchner nach oben.
„Wie Tausende funkelnder Brillanten, verstreut auf schwarzem Samt – welchen Stern möchtest du, Verena?", hörte er sich leise sagen.

„Nein, Friedl, keinen will ich. Keinen einzigen", antwortete Verena, „ich wünsche mir nur eines, und du weißt, was das ist."
„Ich will es hören, bitte, sag es", flüsterte er. Langsam zog er seinen rechten Arm von ihrer Schulter zurück, um ihn zärtlich unter die Jacke zu schieben. Seine streichelnde Hand wanderte über ihren Rücken bis zum Nacken. Dabei drückte er Verena noch fester an sich. Behutsam glitten seine Finger wieder abwärts bis zur Taille, um unter ihren Pulli zu schlüpfen.
Das sanfte Massieren ihrer nackten Haut erfüllte Verena mit einer Woge berauschender Erregung. Ein noch nie erlebtes, feuriges Kribbeln, fast schmerzlich, zog von ihrer Brust über den Bauch bis hin zu den Knien. Alles in ihr schrie nach mehr – nach Erfüllung.
„Dich will ich, nur dich, Geliebter", stieß sie heiser hervor.
Sie drehte sich zu ihm und schlang die Arme um seinen Hals.
Gottfried Buchner erkannte die Erregung in ihren glänzenden, sternenerleuchteten Augen.
Er küsste sie. Stürmisch und doch zärtlich. Wie elektrisiert erfasste ihn eine fordernde Gier nach mehr.
„Meine wunderbare Elfe", hauchte er immer wieder, während er mit hitzigen, kleinen Küssen ihr Gesicht übersäte.
„Mein Held", antwortete Verena, weinend vor Glück. Sie holte ein rosa Taschentuch aus Buchners Jackentasche, um ihre Tränen zu trocknen.
Buchner erkannte das Tuch sofort. Jäh erwachte er aus seinem Rausch.
Es war Annas Taschentuch. Mit diesem Taschentuch hatte er vor wenigen Tagen die Tränen von den Wangen seiner Tochter gewischt. Gut zugeredet hatte er ihr dabei. Nie mehr sollte sie sich mit dem verheirateten Liebhaber treffen! Und was tat er?
Wie kann ich von meiner Tochter Tugend verlangen, wenn ich selbst gerade dabei bin, die Beherrschung zu verlieren, zog Gottfried Buchner auch gedanklich die Notbremse.

Unbedacht hatte er damals Annas Taschentuch eingesteckt.
Dieses rosa Tuch, mit dem Verena nun ihre Glückstränen
vom Gesicht tupfte.
„Entschuldige Verena", brachte er stotternd hervor, „entschuldige, aber ich muss jetzt gehen."
Ohne weitere Worte ließ er sie stehen und flüchtete.
Verena verstand nicht, stand starr – sah ihm ungläubig nach, bis er in der Haustür verschwand.
Schnurstracks steuerte Buchner auf der Treppe nach oben zu. Nur weg von hier, in sein Zimmer. Er wollte allein sein. Durch die geschlossene Tür des Gastzimmers hörte er die anderen lachen. Er hatte genug von Geselligkeit. Er musste sich befreien von dieser unbändigen Lust, die ihn ergriffen hatte.
Mein Gott, dachte er, wie ein verliebter Primaner, der sich selbst befriedigt, weil die Angebetete ihn nicht erhört hat. Aber besser so, als mit der Schuld zu leben. Was würde es bringen? Noch dazu mit einer Kollegin. Nur Kummer, Frust und Schmerz. Nein, das muss nicht sein.

Eine halbe Stunde später fühlte er sich besser. Frisch geduscht lag er im Pyjama auf dem Bett, nahm einen Notizblock zur Hand, um die neuesten Erkenntnisse zu notieren. Viele waren es nicht.
Buchner schrieb die Namen seiner drei Hauptverdächtigen auf den Zettel. Alex Hinterbichl, Manfred Moosbacher, Anton Stain. Nach jedem Namen zog er einen senkrechten Strich. Unter „Alex Hinterbichl" notierte er Folgendes:
Frauenheld, sammelt und beschreibt seine sexuellen Erlebnisse. Wohlhabend aber nicht reich. Wird von den Eltern unterstützt. Ungebunden. Bisher kein Erpressungsgrund feststellbar. Hatte Verhältnis mit der Gattin des Ermordeten. Das liegt jedoch länger zurück. Mord aus Eifersucht daher unwahrscheinlich. Charakterlich für Mord in Erwägung zu ziehen, jedoch kein Motiv erkennbar.
Buchner überlegte, was er noch über Alex wusste. Er musste

sich beherrschen, um nicht „idiotischer Dorfheini, der Verena nachstellt" in die Spalte zu schreiben. Er wollte sachlich bleiben.
Da ihm zu Alex nichts von Bedeutung mehr einfiel, beschloss er, zur nächsten Spalte zu wechseln. Unter die Überschrift „Manfred Moosbacher" schrieb er:
Glücklich verheiratet – wird von seiner zweiten Frau verwöhnt. Mysteriöser Tod der ersten Gattin – vor zehn Jahren in London. Nach Aussage Ursula Viehböcks handelte es sich um Selbstmord. Wurde Maria Moosbacher von ihrem Mann dazu getrieben? Ist hier Motiv für Erpressung gegeben? Wenn ja, warum erst nach so langer Zeit?
Gottfried Buchner hielt inne. Hier gab es viele Fragen. Vor allen Dingen musste er herausfinden, ob Manfred Moosbacher seine zweite Frau bereits kannte, als er noch mit Maria verheiratet war. Das muss ich morgen irgendwie herausbekommen, sagte Buchner zu sich.
Gerade, als er beginnen wollte, seine Notizen fortzusetzen, vernahm er ein leises Klopfen an der Zimmertür.
Nein, er musste sich getäuscht haben.
Doch, schon wieder, ein leises, hartnäckiges Klopfen an seiner Tür.
Er stand auf, ging hin und öffnete einen Spalt.
Verena stand vor ihm. Demonstrativ hielt sie ihm seine Jacke vor das Gesicht.
„Die wollte ich dir noch zurückgeben", sagte sie verhalten. Dabei merkte er, dass ihre Augen ihn musterten. Es war ihm peinlich, im Pyjama vor ihr zu stehen. Ohne die Tür noch weiter zu öffnen, griff er nach der Jacke und wollte schließen.
„Halt!", rief sie lauter als beabsichtigt.
„Friedl, bitte", wie ein kläglicher Hilfeschrei dröhnte der eigene Name in seinen Ohren.
„Friedl, nein – bitte – so kannst du mich nicht stehen lassen."
Flehend blickten ihn ihre vom Weinen rot geäderten Augen an. Sie war bereits abgeschminkt, wirkte hilflos und zer-

brechlich. Das große Bedürfnis, sie in die Arme zu nehmen, erschreckte ihn – er schlug die Tür zu.
Aus, vorbei. Nein und nochmals nein, flüsterte er. Erschöpft lehnte er sich an die geschlossene Tür, lauschte, presste sein Ohr an das Türblatt. War sie noch da? Schließlich hörte er ihre Schritte, leise und schleppend. Sie ging weg. Gott sei Dank.
Buchner nahm seine Jacke und drückte sie ans Gesicht. Verenas Geruch war noch deutlich zu vernehmen. Ihr Parfum. Mandarinen und Zitronen, er liebte diesen Duft.
„Idiot!", beschimpfte er sich laut. Verächtlich warf er die Jacke in Richtung des Stuhles. Sie fiel zu Boden. Auch recht, dachte er und legte sich wieder aufs Bett.
Weiter, ich muss mich konzentrieren, mahnte er sich. Nahm den Notizblock zur Hand und beschrieb die dritte Spalte, „Anton Stain":
Der Reichste von allen. Sehr christlich. Schlägt seine Frau. Reicht das für eine Erpressung? Bei Stains ausgeprägtem Bedürfnis nach gesellschaftlicher Anerkennung wäre das möglich.

Nachdenklich begann Buchner an seinem Kugelschreiber zu knabbern. Er dachte nicht an Alex Hinterbichl, Manfred Moosbacher oder Anton Stain.
Was wird sie jetzt tun? Ob sie noch weint? Wie brutal ich die Tür zugeschlagen habe! Das wird sie mir niemals verzeihen.
„Ich brauche jetzt etwas zu trinken", sagte er laut und zog sich an. Fünf Minuten später saß er im Gastzimmer. Immerhin war es erst einundzwanzig Uhr. Verena war nicht da. Gustav Köpke erzählte Witze. Er wiederholte sich bereits. Egal, Buchner hörte ohnedies nicht zu. Er trank schweigend zwei Halbe Bier und verabschiedete sich bald wieder.
Als er in sein Zimmer zurückkehrte, war er kurz versucht, ein Stockwerk höher zu schleichen, um an Verenas Tür zu lauschen. Vielleicht konnte man sie schluchzen hören?

Und wenn, was dann – sagte er sich schließlich. Nein, Unsinn. Sie wird es schon überstehen. Buchner ging in sein Zimmer, zog sich aus, legte sich nieder und schlief ein.

*

Das Wetter hatte launisch umgeschlagen. Die sonnige Kulisse vom Vortag war einem nieselnden grauen Nebelschleier gewichen. Für Modellflieger eine schlimme Tatsache. Das Frühstücksgespräch kreiste daher nur um dieses Thema.
Gottfried Buchner war dankbar, dass er einen traumlosen Schlaf gehabt hatte. Er fühlte sich gestärkt und wollte dem miesen Wetter keinesfalls die Macht geben, ihm den Tag zu verderben.
„Morgen wird es sicher wieder besser", tröstete er Kurt Wiesinger, der sich mit der verlorenen Thermik nicht abfinden wollte.
Als Verena das Frühstückszimmer betrat, sah sie zu Gottfried Buchner hin. Ein steifer, nichtssagender Blick. Er glaubte zu erkennen, dass sie stärker als üblich geschminkt war. Verena setzte sich an den Nebentisch und bestellte Kaffee.
„Machst du mit, bei unserem Schlechtwetterprogramm?", wurde sie gleich von Marion Wiesinger in Beschlag genommen.
„Was habt ihr vor?", war Verenas Gegenfrage.
Buchner schien, dass ihre Stimme etwas verschnupft klang. Er lehnte sich zurück, um das Gespräch besser mithören zu können.
„Hier in der Nähe gibt es ein Spielzeugmuseum. Es soll hochinteressant sein. Gertrude, Sandra und ich wollen uns das ansehen. Wir starten in zwanzig Minuten."
„Ach, danke, nein", antwortete Verena, „ich habe ein gutes Buch mit. Endlich habe ich einmal Zeit zum Lesen. Ich werde es mir hier gemütlich machen."

Gottfried Buchner war sicher, dass in Verenas Stimme Niedergeschlagenheit mitschwang. Sie hat tatsächlich die ganze Nacht durchgeweint, befürchtete er. Ich werde ihr das Ganze heute Abend erklären müssen. Ober ist es besser, kein Wort mehr darüber zu verlieren? Die ganze Situation ist einfach lächerlich. Wir sind hier, um dem Mörder Wilhelm Pointners auf die Spur zu kommen und nicht, um irgendwelche kindischen Beziehungsprobleme zu erörtern. Kühl und sachlich bleiben, alter Junge, ermahnte er sich. Gerade heute gibt es genug Gelegenheit, eventuell aufschlussreiche Charakterzüge der Verdächtigen zu studieren. Das verlangt vollste Konzentration.

So verbrachte Buchner den Vormittag mit den anderen Modellbaupiloten in der kurzerhand zum Bastelraum umfunktionierten Garage der Pension. Hier wurde geklebt, geschraubt und geflickt. Gebrochene Flügelrippen, eingerissene Rümpfe, beschädigte Bespannungen, lauter Kleinigkeiten, die zu richten waren. Dabei wurde gefachsimpelt, geplaudert und diskutiert. Obwohl Buchner scharf beobachtete und genau hinhörte, konnte er aus den Gesprächen keine weiteren nützlichen Erkenntnisse gewinnen.

Auffallend war lediglich, dass Fridolin Kirch schon am Vormittag ein Bier nach dem anderen trank.

Beate Moosbacher besuchte ihren Mann sogar beim Dahinwerken in der Garage mehrmals und umarmte ihn. Gottfried Buchner fand das total übertrieben. Während einige der anderen Frauen und die Kinder das Spielzeugmuseum besuchten, blieb sie hier, um ihrem Angebeteten nahe zu sein. So pendelte sie zwischen dem Gastzimmer, wo Verena ihr Buch las, und der Garage hin und her.

Beim Mittagessen wurde wiederum, wie schon beim Frühstück, das miserable Wetter beklagt. Obwohl es in der Garage genug an den Modellen zu reparieren gab, war jeder Pilot enttäuscht, nicht fliegen zu können. Es nieselte noch immer, der Himmel war bewölkt und grau.

Den Nachmittag verbrachten die Frauen mit den Kindern in der Gaststube. Sie spielten Karten, Mühle oder „Mensch ärgere dich nicht".

Auch einige Männer blieben nach dem Essen sitzen, um in ihrem heiligen Buch, dem „Lindhofer", oder in den mitgebrachten Modellbau-Zeitschriften zu schmökern.

Gustav Köpke hatte mit seiner Familie eine zweitägige Italientour unternommen, vielleicht hatte er dort mehr Glück mit dem Wetter. Buchner war froh, dass Köpke nicht anwesend war. Sein Vorrat an guten Witzen war bereits verbraucht und das Anhören der ständigen Wiederholungen äußerst ermüdend gewesen.

Etwa um sechzehn Uhr, Buchner trank gerade Kaffee und blätterte in Kurt Wiesingers Zeitschrift „Aufwind", gesellte sich Alex Hinterbichl zu der lesenden Verena. Buchner saß zu weit weg, um ihr Gespräch belauschen zu können. Er sah, dass Verena ihr Buch zusammenklappte und weglegte. Sie bestellte ein Viertel Rotwein und begann, sich blendend mit dem neben ihr sitzenden Alex zu unterhalten. Immer wieder lachte sie schallend auf.

Hat dieser Heini jetzt Köpkes Part übernommen und erzählt Witze, fragte sich Buchner mürrisch. Ohne es zu wollen, richtete sich seine ganze Aufmerksamkeit dem hintersten Tisch zu, wo die beiden in trauter Zweisamkeit saßen.

Als Verena nach kurzer Zeit ein weiteres Glas Wein bestellte, musste Buchner sich mit ganzer Kraft beherrschen. Aufspringen und ihr den Wein vor die Füße gießen, das wäre jetzt das Richtige gewesen. Merkt sie denn nicht, dass dieser Kerl sie zum Trinken verführt? Reine Taktik. Mit einer Betrunkenen hat er leichtes Spiel. Wie dumm von ihr. Unbegreiflich, dass sie das nicht durchschaut.

Endlich setzten sich Anton und Gertrude Stain zu den beiden. Verena schien den Wein zu empfehlen, da auch Anton Stain, gegen seine Gewohnheit, ein Glas Rotwein bestellte.

Buchner beruhigte sich etwas, als das Abendessen serviert wurde. Schweinsbraten mit Serviettenknödel. Wenn Verena das isst, wird ihr der Alkohol weniger zu Kopf steigen, hoffte er. Nun nahm auch Fridolin Kirch, schon sichtlich angeheitert, neben Anton Stain Platz. Er bestellte gleich eine ganze Karaffe Rotwein. Buchner fiel es schwer zu kontrollieren, wie viel Verena davon trank. Er sah nur, dass Fridolin Kirch die Gläser immer wieder füllte.

Das kommt diesem Casanova Alex gerade recht, schäumte Buchner. Ein Betrunkener am Tisch, der ständig nachschenkt.

Mit wenig Appetit würgte er seinen Schweinsbraten hinunter. Er brauchte Schnaps, um sich zu beruhigen. Die Gespräche seiner Freunde kaum wahrnehmend, beschäftigte ihn nur mehr jener Teil des Gastzimmers, wo der Rotwein jetzt in Strömen floss.

Während Buchner an seinem zweiten doppelten Marillenschnaps nippte, legte Alex Hinterbichl seinen linken Arm um Verena. In trauter Weinseligkeit saßen die beiden eng umschlungen wie ein frisch verliebtes Paar.

Akribisch registrierte Gottfried Buchner jede kleinste Bewegung, die Alex machte.

Was hat der sich nur ins Haar geschmiert, dachte er, dass es derart glänzt. Sicher dieses komische Zeug, so ein Gel, das auch Thomas verwendet. Mein Sohn ist siebzehn, okay, aber dieser Idiot ist doch viel zu alt dazu! Als Dreißigjähriger will er wirken wie ein Teenager. Typisch.

Und dann dieses komische T-Shirt, das er trägt. So eng anliegend, wie ein Trikot, nur damit sich seine Muskeln abzeichnen. Damit jeder sieht, welch fantastischen, durchtrainierten Körper er hat. Mein Gott, was für ein hirnloser Lackaffe! Und Verena fällt auf ihn herein.

Aber, Gottfried Buchners Atem stockte. Wo hat Alex seine rechte Hand? Er wird doch nicht? Doch!

Gottfried Buchner konnte es nicht genau sehen. Der Tisch stand im Weg. Wohl aber konnte er an den typischen Hin-

und Herbewegungen des Armes erkennen, dass Alex Verena streichelte. An der Innenseite des rechten Oberschenkels. Es bestand kein Zweifel – wenn er seinen Daumen dabei spreizte, würde er Verena an der intimsten Stelle berühren. Und das tat dieser Kerl garantiert. Genug.

Gottfried Buchner sprang auf.

„Entschuldigt bitte", stammelte er. Kurt und Marion Wiesinger standen auf, damit er sich herauszwängen konnte. Schnurstracks lief Buchner zum hintersten Tisch. Bemüht, nicht zu brüllen, fixierte er Verena und sagte laut: „Verena, komm bitte nach draußen. Ich habe etwas Wichtiges mit dir zu besprechen."

Gleichzeitig starrte er auf ihren rechten Oberschenkel. Stehend konnte er die Situation besser überblicken. Wie befürchtet, lag Alex' Hand zu nah am Saum ihres Minirockes. Die Fingerkuppen waren bereits unter den Stoff geschlüpft. Nur wenige Zentimeter fehlten. Vielleicht hatte der Kerl seine Finger bereits unter ihrem Slip gehabt. Dieser Gedanke ließ Buchner erschaudern.

Erstaunt wollte Verena sich erheben, als Alex mit einem leichten Druck auf ihre Schulter sie zum Bleiben anhielt. Seine rechte Hand blieb unbewegt, wo sie war.

„Moment mal", grollte Alex los, „das wird auch später Zeit haben, mein Freund. Wir sitzen gerade so gemütlich beisammen, das siehst du doch."

Ohne Worte blickte Buchner Alex so giftig an, dass dieser unwillkürlich seine rechte Hand von Verenas Oberschenkel zog.

„Du kannst gerne Platz nehmen und ein Gläschen mit uns trinken", versuchte Alex die Situation zu retten.

„Nein, es muss jetzt sein", blieb Buchner stur, „komm, Verena!"

Wie ein folgsames Kind stand Verena auf und drängte Alex, sie herauszulassen.

„Wenn's gar so wichtig ist", brummte dieser, kapitulierend die Schulter zuckend.

Instinktiv begriff er, dass keine Chance mehr bestand, Verena festzuhalten.
Buchner reichte Verena die Hand. Schweigend verließen sie das Gastzimmer. Buchner eilte voran, zog Verena einfach nach. Hinaus aus der Pension, quer über die Terrasse, die Stufen hinunter, einige Schritte durch den Nieselregen bis zur überdachten Hauswandecke. Dort blieb er stehen, ließ Verenas Hand los und fauchte sie an:
„Was fällt dir ein, dich so zu benehmen?"
„Was meinst du?", rief Verena zurück.
„Du weißt genau, was ich meine. Lässt dich einfach von Alex befummeln. Verdammt noch mal, Verena, das hätte ich nie von dir gedacht!"
„So ein Unsinn! Niemand hat mich befummelt."
„Lüg nicht, ich habe es genau gesehen!"
„Ich weiß nicht, was du gesehen hast, aber Alex hat mich sicher nicht berührt. Und wenn – was geht dich das an?"
„Ich bin dein Kollege, und dein Freund. Das geht mich wohl was an!"
„Mein Freund, dass ich nicht lache! Ein Freund, der mir die Tür vor der Nase zuschlägt. Was soll ich von so einem Freund halten?" Tränen standen in Verenas Augen.
„Mein Gott, Verena, ich...", Buchner hielt inne und sah sie an.
Plötzlich riss er sie an sich, küsste sie stürmisch.
„Verena, meine wunderbare Elfe", flüsterte er heiser.
Seine Lippen liebkosten Verenas Gesicht, während seine Hände abwärts wanderten.
„Endlich!", war ihr einziger Gedanke.
Wie durch einen Schleier nahm Verena wahr, dass er sie zärtlich aufforderte mitzukommen. Dass sie nach oben gingen, in sein Zimmer. War es der Wein gewesen oder dieses berauschende Gefühl, ihm endlich gehören zu dürfen. Sie erlebte diese Nacht in Ekstase – einer Explosion all ihrer Sinne gleich.

Hatte sie seine Hände, seine Lippen lustvoll herbeigesehnt und er ihre Wünsche wie durch geheimen Zauber erraten, oder war es umgekehrt gewesen? Hatte seine zärtliche Berührung dazu geführt, dass sie sich nichts so sehr wünschte, als genau an jenen Stellen liebkost zu werden? Sie wusste es nicht. Sie wusste nur, dass es die Nacht ihres Lebens gewesen war.
„Ich liebe dich", sagte sie glücklich, als sie am nächsten Morgen gemeinsam von kurzem Schlaf erwachten.
„Ich liebe dich auch, meine wunderbare Elfe", antwortete Buchner. Er wollte nicht daran denken, wie es weitergehen sollte.
Verena räkelte sich. Wohlig schmiegte sie sich an ihren Geliebten.
„Sieh nur, Friedl, die Sonne scheint wieder – das wird ein herrlicher Tag werden."
„Nach dieser Nacht, meine Elfe, werde ich wohl etwas geschwächt sein", antwortete Buchner lachend.
„Aber zum Fliegen bist du bestimmt nicht zu müde, mein Liebster, nicht wahr? Du fliegst schon wunderbar, Friedl."
Verena richtete sich auf, um Buchner in die Augen zu sehen: „Versprichst du mir etwas? Hör zu, Friedl, bitte. Wenn du das erste Mal den ‚Kranich' fliegst, dann nur für mich – ja?"
Buchner küsste sie.
„Es wird noch dauern, bis ich den ‚Kranich' beherrsche, Verena. Aber dann soll er nur für dich den Himmel erobern, versprochen."
Wieder berührten sich ihre Lippen, als Buchner plötzlich inne hielt.
„Hörst du diesen Lärm, draußen? Da ist doch irgendetwas los. Die ganze Zeit schon. Lauter aufgeregte Stimmen."
„Was soll das bedeuten, Friedl?", war nun auch Verena besorgt.
Es klopfte. Wie von der Tarantel gestochen, fuhr Buchner in die Höhe. Gerlinde. Er konnte nur an Gerlinde denken. Was, wenn sie nun draußen steht? Nein, unmöglich, sie kommt erst nach Mittag. Oder doch schon jetzt? Nein. Es darf nicht

sein. Tausende Gedanken schossen Buchner in diesem einen Moment durch den Kopf, bis es abermals klopfte. Fordernd und unablässig pochte jemand an die Tür.

„Friedl, mach auf – schnell!"

Das war nicht Gerlindes Stimme. Es war ein Mann, der schrie.

„Friedl, so wach doch auf, komm!" Es war Philipp Viehböcks Stimme. Das Hämmern gegen die Zimmertür wurde immer lauter.

Gottfried Buchner stand auf, streifte seine Pyjamahose über und ging zur Tür. Mit einem leisen „Psst" deutete er Verena an, sie möge liegen bleiben. Schützend zog sie die Decke bis zu ihrem Kinn. Mit erschrockenem Blick sah sie, wie Buchner die Tür nur einen Spaltbreit öffnete, damit Philipp Viehböcks Blickfeld nicht bis zum Bett reiche.

„Friedl, schnell, du musst kommen", hörte sie den Obmann aufgeregt rufen, „der Fridolin Kirch ist verunglückt. Es ist schrecklich. Er ist tot."

„Ich zieh mich an und bin gleich bei euch", antwortete Buchner. Er schloss die Tür wieder.

„Verena, hast du gehört? Fridolin Kirch ist verunglückt!"

„Mein Gott", flüsterte Verena. Jede Farbe war aus ihrem Gesicht gewichen.

August Fuchs, Postenkommandant von Stielbergen diktierte seinem Kollegen, Inspektor Albert Reindorf die letzen Worte des Unfallberichtes. Die beiden Beamten saßen in Thereses Küche, vor sich die Thermoskanne, um das versäumte Frühstück durch reichlich starken Kaffee zu ersetzen.

„Ich habe schon immer darauf hingewiesen, Resi, dass euer Haus viel zu nahe am Abgrund gebaut wurde", sagte der Beamte zur Pensionswirtin.

Noch immer den Schock in ihren Gliedern, hatte Therese neben den beiden Gendarmen Platz genommen.

„Wir sind Bergbauern, Gustl. Was soll das? Wir müssen mit der Gefahr leben", antwortete sie matt.

„Es war nur eine Frage der Zeit, bis so etwas passiert. Das

habe ich immer befürchtet", sagte August Fuchs und seufzte laut, „ich weiß nicht, wie das die Versicherung sieht. Hoffentlich kommt da nichts Unangenehmes auf euch zu."

„Der Mann war betrunken, Gustl. Voll besoffen. Es muss schon gestern passiert sein. Er hat sein Bett nicht angerührt. Was kann ich dafür, dass er sich das Genick bricht."

„Von wem hat er zu trinken bekommen, Resi? Du hast ihm Alkohol verkauft. Aber ich will den Teufel nicht an die Wand malen. Möglicherweise stellt niemand Ansprüche, der Mann war allein stehend, so viel ich weiß. Tatsache ist jedenfalls, dass ihr etwas gegen die Gefahr tun müsst."

„Und was, bitte, soll das sein?", fragte Therese leicht gereizt.

„Was weiß ich. Vielleicht hilft eine Tafel, die auf die Gefahr hinweist."

„So ein Blödsinn! Was nützt eine Tafel? Glaubst du wirklich, eine Tafel hätte den Mann daran gehindert, in die Schlucht zu stürzen? Außerdem, wie du ja schon im Bericht erwähnt hast, vielleicht war es gar kein Unfall, sondern Selbstmord."

„Das wäre besser für dich, Resi, wenn der Mann Selbstmord verübt hätte", sinnierte der Kommandant, „nach Aussagen seiner Kollegen war er knapp bei Kasse. Außerdem hatte er Probleme mit dem Alkohol. Das wären immerhin zwei Gründe, sich das Leben zu nehmen."

Es klopfte. Gottfried Buchner steckte seinen Kopf durch den Türspalt.

„Herr Kommandant, haben Sie kurz Zeit?", fragte er. Ohne auf Antwort zu warten, betrat er die Küche.

„Ach, Herr Kollege", erkannte der Kommandant den Mann wieder, der sich vorhin, bei der Einvernahme, als Gendarm von Neudorf vorgestellt hatte.

Buchner setzte sich auf den freien Sessel beim Tisch. Therese stand auf, um ihm eine Tasse zu holen.

„Herr Kommandant", begann Buchner, „ich wollte vor den anderen nicht reden. Aber ich muss Ihnen mitteilen, dass der Tod Fridolin Kirchs möglicherweise mit einem anderen Todesfall in Zusammenhang steht."

Buchner hatte lange überlegt, ob er seine Mordtheorie verraten sollte. Schließlich hielt er es für seine Pflicht, darüber zu berichten. Es konnte kein Zufall sein, dass schon wieder jemand gestorben war.
Buchner bemühte sich, alles so detailgetreu wie möglich wiederzugeben. Angefangen von dem Einbruch in der Hauptschule bis zur Erkenntnis, dass Wilhelm Pointner ein Erpresser gewesen war. Ebenso den Umstand, dass er weder Kneissl, seinen Vorgesetzten, noch seine Kollegen von der Mordtheorie hatte überzeugen können und er daher auf eigene Faust ermittelte.
Die gerunzelte Stirn des Kommandanten verriet Buchner, dass auch er seinem Bericht skeptisch gegenüberstand.
„Und das alles, weil der nasse Schirm des Toten im Auto lag?", fragte der Gendarm schließlich.
„Aber – es passt alles zusammen, nicht wahr?", erwiderte Buchner nun etwas kleinlaut.
„Wissen Sie, Herr Kollege, wenn man etwas glauben will, findet man immer irgendeine Bestätigung", resümierte Inspektor August Fuchs. Albert Reindorf, der schweigend zugehört hatte, nickte.
„Heißt das, Sie werden nichts unternehmen?"
„Ihre Theorie scheint mir etwas weit hergeholt, geschätzter Herr Kollege Buchner. In unserem Beruf sind Fakten entscheidend. Kreativität und Fantasie mögen für den Künstler von unschätzbarem Wert sein, aber für einen Gendarmen? Der sollte sich an Tatsachen orientieren und nach Beweisen suchen."
Buchner schwieg betroffen. Man glaubte ihm nicht. Wie hatte er auch etwas anderes erwarten können? Mit wachsendem Zorn registrierte er, wie sich die beiden Männer amüsiert Blicke zuwarfen.
Schließlich fuhr Kommandant Fuchs fort:
„Sollte bezüglich des Todesfalles in ihrem Heimatort eine Erpressung nachzuweisen sein – gut so. Mit dem Unfall hier in Stielbergen hat das nichts zu tun. Ich sehe keinen

Zusammenhang. Deshalb schlage ich vor, Sie besprechen das Ganze mit Ihrem Vorgesetzten. Für uns ist der Fall erledigt, Herr Kollege. Ich sehe keinerlei Hinweise, die auf Mord schließen ließen."

„Wenn man etwas nicht glauben will, ist jeder Versuch zwecklos", konterte Buchner, „wer die Wahrheit nicht erkennen will, wird sie nicht sehen, selbst wenn er mit der Nase daran stößt. Nun gut. Ich habe jedenfalls meine Pflicht erfüllt und Sie informiert", meinte er resignierend. Ohne seinen Kaffee angerührt zu haben, verließ er die Küche mit hängenden Schultern. Seinen Koffer hatte er bereits gepackt. Wie seine Freunde hatte auch er das Bedürfnis, die Pension so bald wie möglich zu verlassen. Der schreckliche Tod Fridolin Kirchs hatte ihren Flieger-Urlaub jäh beendet. Buchner nahm sein Handy, um Gerlinde anzurufen. Sie brauchte nicht mehr nachzukommen. Aufgeregt erzählte er ihr von dem furchtbaren Unglück, ohne seinen Verdacht preiszugeben.

Nach dem Telefonat ging er nach draußen, zu Philipp Viehböck, der seine Flugmodelle in den Kofferraum schlichtete.

„Philipp, wie lange warst du gestern noch auf? Hast du gesehen, mit wem sich Fridolin zuletzt unterhalten hat?"

„Es ist schrecklich. Er war so jung, hatte das ganze Leben vor sich", jammerte der Obmann, ohne auf die Frage einzugehen.

„Hast du gesehen, mit wem er zuletzt sprach?", bestand Buchner auf einer Antwort.

Philipp Viehböck hielt inne. Erstaunt blickte er Gottfried Buchner an.

„Wozu diese Frage? Ist doch egal, mit wem er gesprochen hat. Du weißt, dass niemand gesehen hat, wie er verunglückte."

„Trotzdem, bitte, denk nach, Philipp."

Plötzlich, ohne zu wissen, warum, funkte in Gottfried Buchner ein Erinnerungsblitz, der ihn erstarren ließ.

„Friedl, was ist mit dir?", fragte Viehböck, der die Veränderung an seinem Fliegerkollegen bemerkt hatte.

„Er stand blass in der Ecke, ich entsinne mich jetzt", stammelte Buchner. Fest strich er mit Daumen und Zeigefinger entlang seiner Stirnfalten, als könne er dadurch die Erinnerung wachrufen. Und wirklich, er sah es wieder deutlich vor sich. Im Taumel der Gefühle, als er mit Verena nach oben in sein Zimmer gegangen war – da war Fridolin Kirch bleich und verstört an der Wand gelehnt. Nur instinktiv hatte Buchner ihn wahrgenommen. Zu intensiv war er mit seinen eigenen Gefühlen beschäftigt gewesen. Seine Leidenschaft hatte ihm die bewusste Wahrnehmung geraubt. Was hatte Fridolin Kirch so verstört? Wann war das gewesen? Wie viel Zeit war vergangen, bis er mit Verena nach oben gegangen war? Wie lange waren sie vorher unter der Terrasse gestanden? Eine halbe Stunde, eine Stunde, länger – oder doch kürzer? Er wusste es nicht. Tatsache war, dass zwischen ihrem Verlassen der Gaststube und dem Zeitpunkt, als sie nach oben gegangen waren, etwas passiert sein musste. Was war geschehen?

„Friedl", rief Philipp Viehböck, um sich bemerkbar zu machen. Der geistesabwesende Blick seines Gesprächspartners verunsicherte ihn.

„Hör mir gut zu, Philipp, bitte, das ist wichtig", sagte Buchner, „nachdem ich gestern mit meiner Kollegin das Gastzimmer verlassen habe, was ist da passiert?"

„Nichts, das habe ich schon den Gendarmen gesagt. Einige aus unserer Gruppe machten einen Verdauungsspaziergang, andere zogen sich zurück in ihre Zimmer. Ich und die Wiesingers blieben noch sitzen. Wir waren der harte Kern und gingen so gegen dreiundzwanzig Uhr ins Bett."

„Wann ist Fridolin aufgebrochen?"

„Das habe ich bereits alles für den Unfallbericht erzählt. Etwa eine halbe Stunde nachdem du mit Verena verschwunden warst, leerte sich der hintere Tisch. Fridolin blieb etwa zwanzig Minuten lang allein sitzen, trank den Rest des Rotweines und ging schließlich ebenfalls. Wohin, weiß ich nicht. Später habe ich ihn nicht mehr gesehen. Nicht mehr lebend gesehen, jedenfalls. Wie schrecklich." Der Gedanke an den toten Freund ließ Tränen in Philipp Viehböcks Augen steigen. Beschämt wandte er sich ab.

„Danke, Philipp", sagte Buchner leise. Langsam ging er zurück, um seine Sachen vom Zimmer zu holen. An der Eingangstür zur Pension stand Verena. Schweigend blickte sie Buchner an.

„Hast du schon gepackt?", fragte er. Sie nickte stumm.

„Gute Heimfahrt, Verena."

„Wann, Friedl? Wann sehen wir uns wieder?", flüsterte sie traurig.

„Am Donnerstag habe ich wieder Dienst."

„Das habe ich nicht gemeint, Friedl. Du hast gesagt, dass du mich liebst. Das stimmt doch? Oder war das nur so dahingesagt? Wie geht es jetzt weiter?"

„Ich weiß es nicht, Verena. Bitte, lass mir Zeit. Es ist so viel passiert." Sanft nahm er ihre Hände und führte sie zu seinen Lippen. Ihr trauriger, flehender Blick ließ ihn noch unsicherer werden.

„Lass mir Zeit", wiederholte er, „lass uns darüber schlafen."

„Es tut dir doch nicht Leid?"

„Verena, bitte."

Er wollte nicht darüber nachdenken. Eigentlich niemals darüber nachdenken. Es konnte keine Lösung geben. Nun gab es Wichtigeres. Ein weiterer Mord war passiert. Darüber musste er sich den Kopf zerbrechen. Alles andere hat Zeit, sagte er zu sich und wollte es auch glauben.

„Tschau, Verena", sagte er leise. Etwas schneller als üblich verschwand er durch die Tür.

Flieh nur, dachte Verena, das wird dir nichts nützen. Seinen Gefühlen kann man nicht entkommen. Stolz erhob sie ihren Kopf und wischte sich die Tränen von den Wangen.

*

Gerlinde Buchner konnte sich nicht erinnern, ihren Mann jemals so schweigsam erlebt zu haben. Mühsam hatte sie ihm vorgestern jedes Wort regelrecht „aus der Nase" ziehen müssen, um Näheres über den Unfall in Stielbergen zu erfahren.

Sein sonst so reger Appetit hatte nachgelassen. Freudlos stocherte er seit einer Ewigkeit an seinem Mittagessen herum. Fleischlaibchen, früher in kürzester Zeit genussvoll verschlungen, lagen nun verkrümelt und missachtet auf dem Teller.

Selbst wenn Fridolin Kirchs Tod ihn arg erschüttert hatte, war dieser depressive Zustand nicht normal. Er hatte den Mann zu wenig gekannt, um eine so tiefe Trauer zu empfinden. Zudem lag der Unfall bereits zwei Tage lang zurück. Irgendetwas schien Friedl zusätzlich zu belasten. Aber was?

„Heute ist das Wetter endlich wieder besser", versuchte sie, ihren Mann aus der Reserve zu locken.

„Hmm", war alles, was sie zur Antwort erhielt.

„Heute könntest du endlich wieder fliegen. Es hat aufgehört zu regnen. Schließlich ist es dein letzter Urlaubstag", blieb Gerlinde hartnäckig.

„Hmm, vielleicht", murrte Buchner.

„Friedl, hörst du mir überhaupt zu?"

„Doch", antwortete Buchner leise.

„Gut. Was habe ich eben gesagt, kannst du das bitte wiederholen?", sagte Gerlinde laut. Dabei stemmte sie die Fäuste in die Hüften.

„Wie?" Gottfried Buchner schien aus tiefem Schlaf gerissen. Mit großen Augen erwiderte er Gerlindes wütenden Blick. „Siehst du nicht, dass ich nachdenke? Ich muss mich konzentrieren, verstehst du?"

„Und worüber zerbrichst du dir gerade deinen Kopf, wenn man fragen darf?"

Gottfried Buchner schob sein malträtiertes Mittagessen von sich. „Ach", seufzte er deutlich vernehmbar. Dabei verzog er sein Gesicht zur Mitleid erregenden Grimasse.

„Du hast ja keine Ahnung", jammerte er, „niemand will begreifen, dass bereits der zweite Mord passiert ist. Alle belächeln mich. Die Verantwortung erdrückt mich – verstehst du? Nein, das kannst du nicht verstehen. Wie solltest du auch?"
„Friedl, bitte, behaupte jetzt nicht, Fridolin Kirchs Unfall war auch gemeiner Meuchelmord."
„Siehst du – das meine ich. Niemand glaubt mir. Und dann wunderst du dich, dass ich schweige."
„Ich glaube es einfach nicht, Friedl", wurde Gerlinde lauter, „du fängst an zu fantasieren. Das ist krank. Du hältst jeden Unglücksfall für Mord. Ich werde dich zu Doktor Weinberger schicken. Reinste Paranoia. Das musst du behandeln lassen."
Früher wäre Gottfried Buchner bei solchen Wortspenden wutentbrannt aufgesprungen. Diesmal fühlte er sich so elend und ausgebrannt, dass er nur mehr verbittert: „Und das sagt meine Frau", flüstern konnte.
Langsam, als trage er alle Last der Welt auf seinen Schultern, hievte er sich hoch. Sollte sie nur sehen, wie schlimm er litt. Sein Kopf war voll mit Gedanken, die er ordnen musste. Die letzten beiden Nächte hatte er kaum geschlafen. Wo war der Schalter, um all das auszuknipsen, was sein Gehirn zermarterte? Dass sein schlechtes Gewissen und vor allem die Frage, wie es mit Verena weitergehen sollte, eine wesentliche Rolle spielten, gestand er sich nicht ein. Nur die Morde konnten der Grund für seinen elenden Zustand sein. Immerhin war er der Einzige, der diese schrecklichen Mordfälle aufzuklären hatte. Welch großer Druck doch auf ihm lastete. Er war allein.
„Ich muss mit Kurt Wiesinger reden", sagte er. Ohne Gerlinde Näheres zu erklären, schnappte er seine Jacke, griff nach dem Autoschlüssel und verließ die Wohnung.
Jetzt mache ich mir langsam Sorgen, dachte Gerlinde. Sitzt seit zwei Tagen bekümmert herum, spricht kaum und ignoriert sogar Evas Schulerfolge. Thomas' Bitte, den Urlaub

dafür zu nützen, sein Zimmer zu tapezieren, hatte er mit lapidaren Worten abgewürgt. „Ein anderes Mal", hatte er gequält gemurmelt. Wo er doch sonst liebend gerne mit seinem Sohn dahinwerkte und herumbastelte. Ohne Begründung den Wunsch seines Sohnes einfach wegzuwischen, war nicht Friedls Art. Dass er sogar vergessen hatte, sich nach Annas Befinden zu erkundigen, war noch merkwürdiger.
Er steigert sich in diese Mordtheorie hinein, dass es wirklich krankhaft ist, stellte Gerlinde resümierend fest. Wenn sich das nicht bald bessert, braucht er tatsächlich einen Arzt.

Schon wieder eine SMS von Verena, entdeckte Buchner, als er das Display seines Handys betrachtete. Es war bereits die vierte, seit sie Stielbergen verlassen hatten.
Immer nur ein einziges Wort. Immer wieder dasselbe Wort: „Sehnsucht".
Wehmütig lächelnd löschte er die Mitteilung. Es fiel ihm schwer, nicht zu antworten. Einer musste stark bleiben, hatte er schweren Herzens entschieden. Und das war er – wer sonst?
Diese wunderbare Nacht in Stielbergen, sie musste eine einmalige Entgleisung bleiben. Sicher würde es schwierig werden, ihr im normalen Dienstalltag in die Augen zu sehen und sie so emotionslos wie möglich zu grüßen – wie man eben einer Kollegin „Guten Morgen" wünscht. Aber dann würde sie verstehen. Und wenn nicht – nach einiger Zeit wird sie es begreifen. Sie wird es akzeptieren müssen. Bestimmt ist sie klug genug, um einzusehen, dass es am besten ist, die Situation nicht zu verkomplizieren.
Seufzend schloss er diese Gedankengänge ab und rief Kurt Wiesinger an, um seinen Besuch anzukündigen. Gottlob war er zu Hause. Wie Buchner hatte auch Kurt Wiesinger noch Urlaub.

Als Gottfried Buchner seinen Toyota vor dem „Zwetschken-Bunker" parkte, sah er Verenas dunkelgrünen Fiat sofort.

Zwischen den beiden riesigen Autos der Nachbarn wirkte das kleine Fahrzeug irgendwie verloren. Sie ist also daheim, dachte er. Hoffentlich lugt sie nicht aus dem Fenster und sieht meinen Wagen. Sie würde sich falsche Hoffnungen machen. Würde bestimmt glauben, mein Besuch gelte ihr und nicht Kurt.

Ein Kontrollblick nach oben auf die Balkonreihe im siebenten Stock beruhigte ihn. Niemand sah herunter. Alles war ruhig.

Ohne den Lift zu benützen, hastete Buchner die Stufen hinauf bis zum zweiten Stock. Er läutete bei Kurt Wiesinger.

„Ich habe nur ein paar Fragen", wiederholte er die schon beim vorangegangenen Telefonat gebrauchte Formulierung, als Kurt seine Wohnungstür öffnete.

„Gerne, bitte komm herein."

Wieder bestaunte Gottfried Buchner Wiesingers sauberes, adrettes Arbeitszimmer.

„Was wird das für ein wunderschöner Riesenflieger?", fragte er, als er den langen Flügelteil auf dem Tisch liegen sah. Kurt war gerade dabei, ihn mit weißer Folie zu bespannen.

„Ein ‚Ventus' – ein Viermetersegler. Ein tolles Gerät, sag ich dir", begann Wiesinger zu schwärmen.

„Ich brauche einige Auskünfte über den Verlauf des Abends vor Fridolins Unfall", wechselte Buchner das Thema schlagartig.

„Ich verstehe nicht", antwortete Wiesinger, „ich dachte, du wolltest Informationen über den Modellbau. Was willst du noch wissen und warum beschäftigt dich das überhaupt?"

„Weißt du Kurt, ich glaube nicht an einen Unfall."

„Wie? Nimmst du etwa an, es war Selbstmord?"

„Nein, ich vermute etwas viel Schlimmeres."

Verblüfft ließ sich Wiesinger unsanft in den Sessel neben dem Arbeitstisch fallen. „Nein – du denkst doch nicht an Mord?"

„Ist es nicht eigenartig – innerhalb kürzester Zeit zwei Selbstmorde in unserem Club?"

„Ein Selbstmord und ein Unfall", berichtigte Wiesinger. „Ein vermeintlicher Selbstmord und ein unglaubwürdiger Unfall. Aber nun genug. Bitte sprich mit niemandem über meinen Verdacht. Ich bin allein mit meiner Theorie. Keiner meiner Kollegen oder der Gendarmen in Stielbergen hält sie für möglich. Ich habe das nur erwähnt, damit du weißt, warum ich nach dem letzten Abend in der Pension frage. Aber bitte, Kurt – wie gesagt, kein Wort an die anderen. Es bleibt alles unter uns. Ich kann mich doch auf dich verlassen?"
Mit offenem Mund hatte Wiesinger Buchners Ausführungen vernommen. Er brauchte einen Moment, um zu antworten: „Also, jetzt bin ich wirklich platt. Niemals hätte ich an Mord gedacht. Andererseits, wenn ich so überlege. Willi und Selbstmord, das hat mich damals auch überrascht. Das passte nicht zusammen. Aber er hat doch seinen Tod selbst angekündigt. Wie kannst du da an Mord denken?"
„Bitte, Kurt, ich möchte nicht alles zu wiederholtem Male durchkauen. Ist jetzt auch egal. Außerdem bleibt es ein Verdacht. Bitte, nimm es als gegeben hin, dass ich diesbezüglich ermittle und schweige darüber! Können wir es dabei belassen?"

Buchner sprach in einem Ton, der keinen Widerspruch duldete. Kurt Wiesinger nickte wortlos.
„Also, was konntest du am Abend vor Fridolins Tod beobachten?"
„Du hast ebenfalls gesehen, dass er zu viel getrunken hat."
„Was ist passiert, nachdem Verena und ich den Raum verlassen haben?"
„Ich habe nicht aufgepasst. Irgendwann war der Tisch leer. Lass mich überlegen." Kurt Wiesinger dachte nach. Plötzlich schien er sich zu erinnern.
„Also, zuerst bist du mit Verena nach draußen gegangen. Dann, kurz danach, verließ Alex den Tisch. Ich nehme an, er war sauer. Immerhin hatte er sich bei Verena Chancen

ausgerechnet, und du hast dazwischen gefunkt. Das ist er nicht gewohnt."

Buchner war überrascht. Er hatte angenommen, dass niemand bemerkt hätte, was zwischen Verena und ihm passiert war. Womöglich wissen sie alles, argwöhnte er. Er hatte sich noch keine Gedanken darüber gemacht, wie die anderen sein und Verenas Fernbleiben interpretiert haben könnten. Man soll die Beobachtungsgabe seiner Freunde nicht unterschätzen, lernte er daraus.

„Wer hat den Tisch als Nächster verlassen?", fuhr Buchner zu fragen fort.

„Dann gingen die Stains. Ich nehme an, sie sind in ihr Zimmer gegangen – oder Moment mal!" Kurt zog seine Stirn nachdenklich in Falten. „Gertrude Stain kam anschließend nochmals kurz ins Gastzimmer. Sie wollte mit den anderen Frauen noch einen kleinen Verdauungsspaziergang machen."

„Und Fridolin saß dann allein am Tisch?"

„Ja, aber nicht mehr lange. Er trank den übrigen Wein und sprang plötzlich auf."

„Er sprang auf? Heißt das, du hattest den Eindruck, dass er den Tisch fluchtartig verließ?"

„Wenn ich überlege – warte mal – es war, als wäre ihm plötzlich etwas eingefallen. Eine Idee oder so. Er benahm sich nicht wie ein Betrunkener, sondern es war eher so, als hätte er einen Geistesblitz gehabt."

„Interessant", sagte Buchner, „jetzt sollte man wissen, was ihm da so plötzlich in den Sinn gekommen ist. Jedenfalls ist er dann kurze Zeit später total verstört an der Wand gelehnt. Das war das Letzte, was ich von ihm gesehen habe. Du kanntest ihn schon länger, Kurt. Was war er für ein Mensch?"

„Über einen Toten sollte man nichts Schlechtes sagen, Friedl", antwortete Wiesinger, „ehrlich gestanden, war er nicht gerade das Musterbeispiel eines Gewinners."

„Er hatte Schulden, soviel ich weiß."

„Er war einfach ein Angeber, der mehr gelten wollte, als

er war. Das Geld floss ihm durch die Finger, ohne damit wirklich etwas zu schaffen. In letzter Zeit dürfte ihm das Wasser bis zum Hals gestanden sein. Früher versuchte er oft, sich dadurch Anerkennung zu verschaffen, indem er Lokalrunden schmiss. Das hat er schon lange nicht mehr getan. Ich nehme an, dass ihm die Schulden bereits über den Kopf gewachsen sind. Wenn jemand ein Selbstmordkandidat war, dann eher er als Willi. Weißt du, Friedl, ich glaube, deine Mordtheorie ist nicht so weit hergeholt. Vielleicht war jemand tatsächlich geschickt genug, Willis Selbstmordankündigung zu fingieren. Heute ist alles möglich. Aber das Motiv? Wer hätte Grund, Willi umzubringen? Und warum sollte jemand Fridolin ermorden wollen? Irgendwie ergibt das Ganze keinen Sinn."

„Diesem Sinn bin ich auf der Spur", antwortete Buchner, „du kanntest Willi besser als ich. Hast du in der letzten Zeit vor seinem Tod eine Veränderung an ihm bemerkt?"

„Er war seltener am Flugplatz. Mir schien, als wäre er weniger unbeschwert als früher. Irgendetwas bedrückte ihn. Aber dass er dermaßen deprimiert war, um Selbstmord zu begehen, nein, das kann ich nicht glauben."

„Seit wann hast du diese Veränderung an Willis Verhalten feststellen können?"

„Etwa ab dem Zeitpunkt, als er sich das neue Auto gekauft hat. Ich habe mich damals gewundert, dass er die Freude über seinen neuen Wagen doch ziemlich im Zaum hielt. Es hätte zu Willi gepasst, uns zu einer Probefahrt einzuladen. Zumindest jedoch, dass er mehr darüber spricht. Stattdessen erwähnte er die Neuanschaffung kaum. Hätte Anton ihn nicht gefragt, wie er mit seinem neuen Renault zufrieden sei, hätten wir vielleicht gar nichts davon erfahren."

„Das habe ich vollkommen anders erlebt", sinnierte Buchner laut, „er hat seinen neuen Renault mit Hingabe und oft gewaschen. Wie eine langweilige Autoreklame schien mir diese übertriebene Wagenpflege. Ein richtiges Zur-Schau-Stellen seines neuen Fahrzeuges."

„Bei uns hat er jedenfalls nicht damit geprahlt. Mir schien überhaupt, dass er sich in letzter Zeit zurückzog. Er nahm kaum mehr an den Clubsitzungen teil. Vorbereitungen für den Schulbeginn, war seine Ausrede gewesen. Unsinn. In den Jahren zuvor war das nie der Fall gewesen.
„Wie reagierten seine besten Freunde auf Willis Verhalten?"
„Das kann ich nicht sagen. Jedenfalls kamen wir alle bei der Clubsitzung überein, ihn in Ruhe zu lassen. Er würde schon wieder der ‚Alte' werden. Ich für meinen Teil vermutete, dass es etwas mit seiner Frau zu tun haben könnte. Überarbeitet konnte er als Lehrer nicht wirklich sein, oder?"
„Sehe ich auch so", stimmte Buchner zu und dachte dabei an seinen Stiefbruder, seines Zeichens Hauptschuldirektor in Altenbach. „Andererseits bringst du mich auf eine Idee. Vielleicht ist es kein Zufall, dass sein eigenartiges Verhalten mit dem Schulbeginn zusammenhängt. Ich werde mich noch einmal mit seinem Vorgesetzten unterhalten. Was fiel dir sonst noch auf? Hat sich Fridolin ebenfalls verändert?"
Kurt Wiesinger dachte angestrengt nach.
„Der Fridolin war wie immer. Seit ich ihn kenne, trinkt er zuviel. Das war nichts Neues. Und wie gesagt, Willi habe ich vor seinem Tod kaum gesehen."
„Ist dir an Willis Freunden, an Anton, Alex oder Manfred etwas aufgefallen?"
„Friedl!" Wiesingers Stimme klang warnend. „Du wirst doch nicht einen von uns verdächtigen? Jetzt gehst du zu weit."
Als würde ihm allein der Gedanke daran einen kalten Schauer über den Rücken jagen, schüttelte er sich ab. „Moment einmal", plötzlich weiteten sich Wiesingers Augen, „hast du nur deshalb in unserem Verein begonnen – um Nachforschungen anzustellen? Um uns auszuhorchen?"
„Kurt", beschwichtigte Buchner, „du weißt genau, wie viel mir dieser Sport bedeutet. Das eine hat mit dem anderen nichts zu tun. Meine Recherchen sind mit ein Grund, dass ich mich euch angeschlossen habe, aber früher oder später wäre meine Leidenschaft für den Modellflug ohnehin ausgebrochen."

„Jedenfalls vermutest du den Mörder in unserem Club."
„Keine Ahnung, Kurt. Ich hoffe zumindest, hier eine Spur zu finden. Deine Reaktion zeigt mir, wie heikel dieses Thema ist. Deshalb nochmals. Bitte! Das Ganze muss unter uns bleiben, ja?"
„Keine Angst, ich schweige. Mit solchen Fragen würdest du dir im Club gewiss viele Feinde machen. Für mich zählt deine Menschenkenntnis. Du hast damals meinem Schwager aus der Patsche geholfen. Ich weiß, dass du ein guter Gendarm bist. Besser als die anderen. Daher nehme ich deinen Verdacht auch sehr ernst. Andererseits musst du verstehen, dass mich die Vorstellung, in unserem Verein könnte ein Mörder sein Unwesen treiben, fast umwirft."
„Es ist vielleicht besser, du vergisst unser Gespräch gleich wieder", riet Buchner.
„Nein, im Gegenteil. Ich werde mir alles nochmals durch den Kopf gehen lassen. In Ruhe darüber nachdenken. Wenn mir etwas Zusätzliches einfällt, werde ich dich verständigen. Momentan jedoch fühle ich mich wie gelähmt. Vielleicht kann ich dir später hilfreichere Hinweise geben."
„Danke, Kurt", sagte Buchner. Er fühlte, dass es nun besser wäre, Wiesinger allein zu lassen. „Denk in Ruhe darüber nach. Wenn du dich an etwas Wichtiges erinnerst, ruf mich an. Meine Handy-Nummer hast du ja."

Etwas unsicher, ob es vernünftig gewesen war, Kurt Wiesinger so viel verraten zu haben, verließ Buchner die Wohnung. Waren es diese wenigen Aussagen wirklich wert, ihn eingeweiht zu haben? Nein, das war schon okay, sagte sich Buchner schließlich. Wenn ich jemandem vom Verein wirklich vertraue, dann Kurt. Er wird sicherlich nichts preisgeben. Er ist charakterlich in Ordnung. Vielleicht kann er mir helfen. Unten an der Haustür angekommen, starrte Buchner kurze Zeit auf den Lift. Ohne lange zu überlegen, stieg er ein. Drückte auf die Taste für den siebten Stock.
Es war nicht Buchners Art, gedankenlos zu handeln. Dies-

mal tat er es. Dachte nicht an das Warum oder Wozu? Wollte sich über die Folgen seines Tuns nicht den Kopf zerbrechen. Wie ferngesteuert schien sein Handeln nicht mehr seinem Willen unterworfen.

Als er an der Wohnungstür läutete, rechtfertigte er sich vor sich selbst mit nur einem Satz: „Am besten, ich sage ihr gleich, dass Schluss ist." Ob er tatsächlich daran geglaubt hatte, konnte er später nicht mehr sagen.

Verena öffnete und fiel ihm sofort um den Hals.

„Ich wusste, dass du kommst", stammelte sie, während sie ihn mit Küssen übersäte. Es blieb nicht viel Zeit für Worte. Hatte Buchner mit Vorwürfen gerechnet, so wurde er von Verenas überschwänglichen Gefühlen total überrascht. Kein Fragen, warum er ihre SMS nicht beantwortet hatte. Kein Nachbohren, warum er sich nie gemeldet hatte. Nur Freude über sein Erscheinen. Wie hätte er da einen Ansatzpunkt finden können, um vom Ende der Beziehung zu sprechen, beruhigte er sich später. Wie hätte er dieser selbstlosen, überwältigenden Woge ihrer stürmischen Leidenschaft entfliehen können?

Mit der Raffinesse einer erfahrenen Konkubine schälte sie ihm die Kleidung vom Leibe. Presste sich in pulsierender Erregung an ihn. Der vertraute Duft ihrer frischen Haut raubte ihm jede Vernunft. Ihrem vibrierenden, fordernden Körper völlig verfallen, musste er ihr jeden Wunsch erfüllen. Mit gierigem Verlangen entblößte er sie, um ihren Leib mal zärtlich, mal wild zu liebkosen.

Der Weg bis zum Bett war zu weit gewesen. Noch vor der Schwelle zu Verenas Schlafzimmer hatten sie ihre Lust aneinander befriedigt. Am Boden des winzigen Wohnzimmers mit angrenzender Kochnische.

Erstaunt über den eigenen Gefühlsausbruch, trug Buchner seine Geliebte lächelnd zum Bett.

„Kleine Elfe, was machst du mit mir?", flüsterte er ihr ins Ohr.

„War es nicht schön?", fragte sie herausfordernd.

„Wo hast du das denn gelernt, kleines Biest?"
„Das muss man nicht lernen, mein Schatz. Das liegt im Blut."
„Ein Naturtalent also!" Buchner lachte und drückte Verena fest an sich. Sie wirkte so glücklich und entspannt. Wie eine schnurrende Katze schmiegte sie sich an ihn. Zärtlich streichelte er ihr Haar.
„Ist Fridolin ermordet worden?", fragte sie plötzlich.
„Ich vermute ja", antwortete Buchner. „Verena, hast du ihn damals auch gesehen? Als wir nach oben gingen, in mein Zimmer, in Stielbergen. Hast du gesehen, dass Fridolin bleich an der Wand lehnte?"
„Wie?" Verena richtete sich auf, um ihrem Geliebten in die Augen zu blicken. „Nein, ich habe nichts gesehen. Wie konnte ich auch", fügte sie hinzu, „es war wie ein Rausch damals, Friedl."
Als hätte sie die Erinnerung an diese Nacht total umgeworfen, ließ sie ihren Kopf nach hinten ins Kissen fallen. Gleich darauf kuschelte sie sich wieder an Buchners Schulter.
„Irgendetwas muss Fridolin total aus der Fassung gebracht haben. Das will mir nicht mehr aus dem Kopf gehen, Verena. Hier liegt der Schlüssel begraben. Ich war eben bei Kurt. Er hat erzählt, dass Fridolin wirkte, als hätte er plötzlich eine Idee gehabt. Wie von der Tarantel gestochen, soll er vom Tisch aufgesprungen sein."
„Du warst eben bei Kurt?" Verena hob den Kopf. „Du warst vorher bei Kurt Wiesinger und hast dann erst bei mir geläutet?" Fragend sah sie Buchner an und setzte sich auf.
„Hör zu, Verena!" Nun richtete sich auch Buchner auf. Er ergriff mit beiden Händen ihre Oberarme und sah ihr in die Augen.
„Eigentlich wollte ich gar nicht zu dir kommen." Die Worte fielen ihm schwer. Es musste sein, jetzt.
„Plötzlich stand ich im Lift und fuhr zu dir in den siebten Stock. Warum, weiß ich nicht. Eigentlich hatte ich vor, dir zu sagen, dass alles sinnlos ist. Verena – ich bin verheiratet.

Das weißt du. Ich bin Familienvater und bis jetzt immer treu gewesen. Es darf nicht sein. Verstehst du?"
Sofort füllten sich ihre Augen mit Tränen. Sie sah ihn an und schwieg. Dann, nach einer kleinen Ewigkeit berührte sie sanft seine Wangen.
„Ich weiß", flüsterte sie, „aber was verlange ich denn? Die wenigen Nächte, die wir gemeinsam verbringen werden, kann mir deine Familie nicht versagen. Ich nehme ihr doch nichts weg."
„Verena, du musst mich teilen. Das kann nicht gut gehen!"
„Besser, ich habe dich ein bisschen als gar nicht. Friedl, ich liebe dich so sehr. Ich kann warten. Ich bin auch nicht böse, dass du zuerst bei Kurt warst. Du brauchtest eben Zeit. Ich weiß das. Aber ich kann es nicht verkraften, wenn du mich ganz aus deinem Leben streichst. Du bist das Wichtigste in meinem Leben, verstehst du?" Dicke Tränen liefen über ihre Wangen.
Gottfried Buchner war überfordert. Wie sollte er reagieren? Sie bot ihm tatsächlich an, die duldsame Geliebte zu spielen. Das konnte nur schief gehen. Er wusste das. Mögen andere Männer mit solchen Situationen zurechtkommen, für ihn war das undenkbar. Ewige Heimlichkeiten. Bald würde sie ihm Vorwürfe machen, wenn er nicht oder zu spät käme. Nein, niemals! Darauf durfte er sich nicht einlassen. Viel zu tief steckte er schon drinnen. Wieso hatte er es so weit kommen lassen? Doch jetzt mit ihr darüber zu diskutieren, war zwecklos. Sie würde immer wieder nach einem Ausweg suchen.
Er nahm sie in die Arme, trocknete ihre Tränen.
„Ich muss jetzt gehen", sagte er leise.
„Wann kommst du wieder?", fragte Verena.
„Wir sehen uns morgen im Büro", wich er aus.
Ich muss ihm Zeit lassen, dachte Verena. Er ist wie ich von den Gefühlen überwältigt. Nur nicht zu fordernd werden. Ich bin noch jung und habe alle Zeit der Welt. Irgendwann wird er begreifen, dass er zu mir gehört.

Die nächsten Tage verbrachte Gottfried Buchner in einem noch nie erlebten melancholischen Gemütszustand. Hin und her gerissen zwischen Sehnsucht nach Verena und schlechtem Gewissen, war er zu Hause unausstehlich. Dazu kam, dass er bei seinen Ermittlungen auf der Stelle trat. Auch die Aufklärung des Einbruchs in der Hauptschule kam nicht voran. Unter dem Vorwand, nochmals Details nachzufragen, hatte Buchner den Direktor erneut aufgesucht. Er wollte wissen, ob Wilhelm Pointner möglicherweise mit beruflichen Schwierigkeiten konfrontiert war. Wie erwartet, verneinte der Direktor. Ganz im Gegenteil. Wilhelm Pointner war ein äußerst beliebter Lehrer gewesen. Die Schüler hatten ihn als Vertrauensperson geschätzt. Und überarbeitet war er kurz nach Schulbeginn garantiert nicht.

Auch bezüglich des Unfalls von Fridolin Kirch steckte Buchner in einer Sackgasse. Beim Begräbnis waren nur wenige Angehörige und die Kollegen vom Fliegerclub dabei gewesen. Welche Entdeckung Fridolin gemacht haben könnte, blieb ein Rätsel. Jedenfalls hatte sie ihn das Leben gekostet. Und immer und überall war Verena anwesend. Zufällig hatten sie meist zur selben Zeit Dienst. Dann beim Begräbnis. Immer wieder der gleiche anklagende Blick. Man sah sich, sprach miteinander und doch versuchte Buchner ein Näherkommen zu vermeiden. Verenas Augen zeigten große Qual. Immer wieder musste er in diese Augen blicken, um sich dabei wie ein Schuft zu fühlen. Und dann zu Hause. Gerlindes Augen. Er versuchte, ihnen auszuweichen. Zu tief saß sein schlechtes Gewissen. Schweigen, knappe Antworten, griesgrämiges Maulen waren das Ergebnis. Ohne es zu wollen, quälte er die gesamte Familie. Man einigte sich schließlich hinter seinem Rücken, ihn lieber in Ruhe zu lassen. Papa mache eben eine Krise durch, aus welchem Grund auch immer. Irgendwann, so hofften alle Familienmitglieder, würde er schon wieder zu sich finden. Am besten war, man ging ihm vorerst aus dem Weg. Und das war Gottfried Buchner recht. Zu sehr war er mit sich selbst und seinem

Fall beschäftigt. Der einzige Ausgleich, das Einzige, was ihm noch Freude bereitete, war das Fliegen. In der dienstfreien Zeit stand er stundenlang am Flugplatz, um seinen „Yan" durch die Lüfte schwirren zu lassen. Er hatte Kurt den Flieger billig abgekauft. Modellbau und Modellflug wirkten jetzt wie Medizin. Ohne dieses Hobby, glaubte er zu wissen, hätte er seinen Zustand nicht ertragen können.

Verena erschien oft am Flugfeld. Da viele andere Piloten anwesend waren, konnte Buchner es einrichten, die traute Zweisamkeit mit ihr zu vermeiden. Er kam sich dumm und feige vor. Dennoch. Er wollte jeder Konfrontation aus dem Weg gehen. Jede Diskussion wäre zwecklos. Mit der Zeit würde sie aufgeben, hoffte er. Doch Verena blieb hartnäckig. Wie Gottfried Buchner. Ihr Flirten mit Alex, diese weibliche Geheimwaffe, versuchte er, so gut wie möglich zu ignorieren.

„Ich werde schon einen Weg finden, dass du mich allein sprechen willst", lautete ihre letzte SMS. Dass sie sich dafür diesen dummen, riskanten, lebensgefährlichen Plan ausdenken würde, konnte Buchner nicht ahnen.

∗

„Auch wenn uns der schreckliche Unfall Fridolins noch immer in den Gliedern steckt", verlautete Obmann Viehböck, „müssen wir uns überlegen, ob wir nächstes Frühjahr wieder nach Stielbergen fahren wollen. Ist jemand der Meinung, wir sollten uns ein anderes Hangflug-Eldorado suchen?"

Schweigen. Jeder der Anwesenden brauchte Zeit zum Überlegen. Neun Modellbaupiloten waren zu der wöchentlichen Clubsitzung erschienen. Vierzehn Tage waren seit dem Unfall vergangen. Gottfried Buchner saß zwischen Alex Hinterbichl und Anton Stain. Vielleicht konnte er bei seinen Modellflugkollegen etwas Zerstreuung finden. Zu Hause wurde die Luft immer dicker. Er gab zwar zu, dass er selbst

an dieser miesen Stimmung schuld war, dennoch schaffte er es nicht, sich zu einer besseren Laune aufzuraffen.
„Ich finde es irgendwie pietätlos, wenn wir dort, wo unser lieber Kamerad gestorben ist, jemals wieder Spaß hätten", antwortete Anton Stain leise, „außerdem würden wir stets an dieses furchtbare Unglück erinnert werden."
Zustimmendes Kopfnicken einiger Mitglieder ersetzte die mündliche Antwort.
„Gut, dann müssen wir uns jetzt überlegen, wo wir nächstes Jahr unseren Cluburlaub verbringen werden", forderte Viehböck zum Nachdenken auf.
Gottfried Buchners Handy schrillte. Schon wieder Verena. Genügte es nicht, dass er ständig an sie denken musste? Wozu hatte er ihr gestern eine SMS mit dem Wortlaut „Bitte ruf nicht mehr an!" gesandt? Immer wieder der Name Verena auf dem Display seines Handys. Warum gab sie nicht auf? Gottfried Buchner schaltete sein Handy ab. Aus, dachte er, jetzt ist es genug.
Gleich darauf läutete das mobile Telefon Alex Hinterbichls. Die Melodie des Songs „Je t'aime moi non plus" ertönte, typisch Alex, ärgerte sich Buchner.

„Hallo, Verena! – Ja, der ist da", rief Alex, um gleich darauf voll Erstaunen zu verstummen.
„Was soll ich ihm ausrichten? Bist du sicher? Sag das noch mal."
Alex' offensichtliche Verwunderung führte dazu, dass sich die Aufmerksamkeit aller Anwesenden auf ihn richtete. Gespannt begannen sie zu lauschen.
„Verena!", schrie Alex. „Weißt du, was du da sagst?"
„Gut!" Er nickte. „Ja, ich habe verstanden. Ich werde alles wortwörtlich wiederholen." Dann drückte er den Knopf, um das Gespräch zu beenden.
Acht Augenpaare blickten ihn erwartungsvoll an. Was hatte Verena ihm Interessantes mitgeteilt? Gottfried Buchner zitterte vor Aufregung. Was war los?

„Also, Friedl", begann Alex langsam und deutlich, „ich soll dir von Verena Folgendes ausrichten."
Er machte eine kurze Pause, schluckte und sprach weiter.
„Sie weiß, wer der Mörder Wilhelm Pointners ist. Sie hat eindeutige Beweise, dass er ermordet wurde. Kein Selbstmord."
Alex schluckte abermals, bevor er fortfuhr:
„Du sollst sofort zum alten Lindenbaum am Ortsende kommen. Dort, wo ihr immer auf Streife steht, hat sie gesagt. Sie wird dich dann zum Mörder führen."
Alle Blicke klebten auf Alex' Lippen. „Das war alles, was sie gesagt hat", meinte er abschließend. Kurze Stille. Dann redeten alle wild gestikulierend durcheinander. Buchner vernahm nur einzelne Wortfetzen, wie: „Was – der Willi? Kein Selbstmord? Wie? Mord?"
Unfähig, einen klaren Gedanken zu fassen, sprang Buchner auf. Er musste zu Verena. Hatte sie wirklich Beweise? Warum hatte sie Alex angerufen? Natürlich, sein Handy war ja abgeschaltet. Sie musste es ausrichten lassen. Hatte gewusst, dass Clubsitzung war und Alex in der Nähe sein würde. Instinktiv griff er in seine Jackentasche, holte sein Handy heraus und schaltete es wieder ein.
„Fährst du hin?", hörte er Alex rufen. „Friedl, ich begleite dich. Du darfst nicht allein dorthin fahren."
Wie benommen blickte Buchner Alex an. „Doch, ich fahre allein", entschied er.
„Nichts da, ich komme mit", beharrte Alex und folgte ihm zum Auto.
Mein Gott, sie ist in Gefahr, war Buchners nächster Gedanke. In Lebensgefahr. Alle haben es gehört. Alle wissen, wo sie ist. Mit den Beweisen.
Nervös nestelte er in seinen Taschen, um den Autoschlüssel zu suchen. Wo war er nur? Endlich. In der Hosentasche. Zitternd versuchte er, die Fahrertür aufzusperren. War gar nicht versperrt, merkte er, als er mehrmals vergebens am Türschloss werkte.
Endlich saß er im Wagen und startete. Alex war schon neben

ihm. Ohne zu fragen, hatte er die Beifahrertür aufgerissen und sich ins Auto gehievt.

„Fahr schon los!", rief Alex.

Der Kies unter den Rädern spritzte. Buchner raste los. Was hat Alex vor, fragte er sich. Warum sitzt er neben mir? Will er uns beide umbringen? Verena und mich? Wir sind die Einzigen mit den Beweisen. Fährt er deshalb mit? Greift er mir gleich ins Lenkrad? Unfall. Dann kommt Verena dran?

Die Angst im Nacken, seinen Beifahrer aus den Augenwinkeln beobachtend, raste Buchner durch die Nacht. Nur drei Kilometer. Dann habe ich es geschafft.

„Schneller, Friedl!"

„Ich fahre so schnell ich kann", rief Buchner.

Panik erfasste ihn. Da vorne, die scharfe Kurve. Was wird Alex tun? Unsinn, er kann keinen Unfall provozieren. Er sitzt selbst im Auto. Unzählige Gedanken schwirrten durch Buchners Kopf. Unmöglich, bei klarem Verstand zu bleiben.

Endlich die lange Gerade. Endlich war das Ziel erreicht. Es war finster. Wo war Verena?

Dort. Die Umrisse einer Gestalt. Die Scheinwerfer seines Autos spendeten genug Licht, um Verenas Silhouette erkennen zu können. Sie stand beim großen Lindenbaum neben dem Felsvorsprung.

Buchner blieb auf der gegenüberliegenden Straßenseite stehen und stellte den Motor ab.

„Da drüben steht sie", schrie Alex.

„Ich sehe sie", antwortete Buchner und stieg aus dem Wagen. „Verena!", rief er und wollte die Straße überqueren. Plötzlich hielt er inne. Was war das? Ein Wagen raste mit enormer Geschwindigkeit heran. Auf der linken Straßenseite. Direkt auf Verena zu. Buchner sah, dass Verena wie hypnotisiert da stand und ins Licht der nahenden Scheinwerfer starrte.

„Verena, spring zur Seite!", brüllte Buchner. Er lief, so schnell seine Beine es zuließen, über die Straße. Einen Augenblick bevor das daherjagende Auto sein Ziel erreichte, hatte er Verena an der Jacke zu fassen bekommen. Er packte sie und ließ sich gemeinsam mit ihr nach hinten fallen. In den Graben neben der Straße. Reifen quietschten. Das rollende Ungetüm auf vier Rädern schleuderte. Gerade noch dem Baumstamm ausgewichen, haarscharf am Felsvorsprung vorbei, gab das Auto Vollgas. Der Lärm des aufheulenden Motors verklang in der Finsternis. Der Wagen war weg.

„Verena, hast du dir weh getan?", fragte Buchner besorgt und stand auf.

„Was, was war das?", stotterte Verena. Sie erhob sich ebenfalls. Langsam schüttelte sie ihre Beine aus, betrachtete ihre Hände. „Nein, ich bin heil", sagte sie. „Friedl, was war das?" Erst jetzt fühlte Buchner den Schmerz in seinem rechten Bein. Die Hose war an der Naht gerissen. Blut tropfte von seinem Oberschenkel.

„Du hast dich verletzt", schrie Verena, als sie sah, dass Buchner seine Wunde abtastete.

„Nein, halb so schlimm", versicherte er, „nur etwas aufgeschürft." Seine Augen hatten sich bereits an das spärliche Licht gewöhnt, das der Scheinwerfer seines Wagens auf der gegenüberliegenden Straßenseite spendete. Erst jetzt bemerkte er Alex, der schreckensbleich über ihnen am Straßenrand stand. Trotz Finsternis konnte er das Entsetzen in Alex' Gesicht erkennen.

„Ist euch etwas passiert?", erkundigte sich Alex und ging in die Hocke, um besser nach den beiden sehen zu können.

„Alles in Ordnung", sagte Buchner. Er nahm Verena an der rechten Hand, um zusammen mit ihr nach oben zu klettern. Alex half, indem er Buchner am Arm packte und hochzog.

„Was war das denn?", fragte Alex ungläubig, als beide neben ihm standen. „Verdammt! Fast hätte mich das Auto erwischt."

„Nicht nur dich", antwortete Buchner und betrachtete nochmals seine Wunde am Oberschenkel.

Verena schwieg und zitterte.

„Der wollte euch eindeutig überfahren", stellte Alex fest.

„Konntest du erkennen, was es für ein Auto war?", fragte Buchner.
„Es ging alles so schnell, ich glaube es war rot. Ja, ein rotes Auto."
„Ein roter Passat", flüsterte Verena. Ihre Stimme klang wie von weiter Ferne. „Es war ein roter Passat", wiederholte sie.
„Das Kennzeichen?", fragte Buchner, als sie die Straße überquerten.
Verena schüttelte den Kopf.
Ein Auto hielt neben Buchners geparktem Wagen. Zwei Männer sprangen heraus. Obmann Philipp Viehböck und Kurt Wiesinger.
„Was ist passiert?", rief einer der beiden. Buchner war noch zu geschockt, um feststellen zu können, wer von beiden diese Frage gestellt hatte. Er sah zu Verena und bemerkte, wie schrecklich sie zitterte. Schützend legte er seinen Arm um ihre Schultern.
„Alex, bitte erkläre du den beiden, was geschehen ist", sagte er, „ich bringe Verena nach Hause."
Bevor Alex antworten konnte, ging Buchner mit Verena zu seinem Wagen. Die fragenden Blicke der Freunde wehrte er mit einem Wink zu Alex hin ab. „Er erzählt euch alles", murmelte er kaum hörbar.
Wie betäubt ließ sich Verena auf den Beifahrersitz fallen.
Buchner startete den Wagen. Plötzlich fiel es ihm wie Schuppen von den Augen, dass Verenas Anruf nur dazu gedient hatte, ihn herzulocken. Natürlich hatte sie keine Beweise für den Mord an Wilhelm Pointner. Woher auch? Es war nur ein dummer Plan gewesen. Ein Plan, der nun tatsächlich den Mörder aufgeschreckt hatte.
„Was hast du dir dabei gedacht?", fragte er in die Stille.
Verenas Zittern war lautlos.
„Ich wollte, dass du zu mir kommst", hauchte sie.
Gottfried Buchner bremste. Lenkte das Auto an den Straßenrand, um sie anzusehen.
„Verena", rief er lauter als gewollt, „du hast dein Leben aufs

Spiel gesetzt. Dafür." Wie das Mensch gewordene Elend kauerte sie neben ihm. Sah ihn an, nickte.
„Es war mir klar", flüsterte sie schließlich, „dass es gefährlich ist. Aber ich wollte niemals, dass ich auch dich in Gefahr bringe."
„Verena, mein Gott! Das Auto hätte dich um Haaresbreite erfasst!"
„Du hast mein Leben gerettet", sagte sie und ihre Stimme klang endlich gefasster, „du bist sofort losgeeilt, um mir zu Hilfe zu kommen. Das wusste ich. Nur, indem ich mich in Gefahr brachte, konnte ich dich dazu bewegen, zu mir zu kommen."
„Verena, was für eine verrückte Idee. Einen Moment lang glaubte ich wirklich, du hättest Beweise."
„Nun wissen wir, dass der Mörder einen roten Passat fährt. Er wollte mich töten." Mehr und mehr wurde Verena die Tragweite ihres Handelns bewusst. „Mein Gott", stammelte sie, „beinahe hätte er uns beide umgebracht."
Buchner fuhr wieder los. Sie hatte ihr Leben riskiert, nur um mit ihm allein sein zu können. Was war das für eine Liebe? War sie ihm wirklich so verfallen, dass sie alles für ihn gab? War das selbstlos oder berechnend? Er wusste es nicht. Wusste nur, dass auch er sie liebte. Nicht auszudenken, wenn ihr etwas zugestoßen wäre.
Als sie angekommen waren, brachte er Verena nach oben. Vor der Wohnungstür schlang sie ihre Arme um seinen Hals.
„Du bleibst doch?", fragte Verena. Er konnte sie nicht allein lassen. Sein Blick verriet, dass sie gewonnen hatte. Diese Nacht würde ihr gehören. Vielleicht auch alle folgenden Nächte.
Voll Begehren küsste er sie immer wieder. Die furchtbare Angst um sie hatte ihm die Augen geöffnet. Hatte ihm gezeigt, wie viel Verena ihm bedeutete. Seine Geliebte, seine Freundin, die tief in seine Seele blicken konnte. Die seine Begierde ins Unermessliche steigern konnte. Die ihr Leben

für ihn aufs Spiel setzte. Die alles für ihn tat. Seine starke, kleine Elfe, die so wild und doch so zärtlich sein konnte. Die ihn brauchte. Ihn über alles liebte. Seine junge Geliebte, deren frischer Körper ihn bis zum Wahnsinn trieb.
„Jetzt brauche ich etwas Starkes", sagte Verena, nachdem sie die Tür hinter sich geschlossen hatte. Rasch eilte sie zur Vitrine und holte zwei Schnapsgläser.
„Marille oder Birne?", fragte sie Buchner.
„Egal."
Verena stellte die Gläser auf den Tisch und schenkte ein. Als Buchner sich setzen wollte, läutete sein Handy.
Gerlinde – sah Buchner am Display. Instinktiv blickte er auf die Uhr. Einundzwanzig Uhr dreißig. Was wollte sie um diese Zeit? Eigentlich müsste er noch bei der Clubsitzung sein. Sie konnte nicht wissen, was passiert war. Wozu also rief sie an? Nein, jetzt nicht. Er ließ es läuten.
„Deine Frau?", ahnte Verena.
„Ich hebe nicht ab", antwortete Buchner und war froh, als der schrille Ton verklungen war. Schon begann das Handy erneut zu klingeln.
Wieder Gerlinde. Was war los? – Einerlei.
„Vielleicht ist es wichtig", meinte Verena kleinlaut.
„Nichts kann jetzt wichtiger sein als du", antwortete Buchner, stand auf und küsste sie. Sanft liebkoste er ihren Hals.
Zweimal noch piepste das Handy kurz auf, er hatte also eine SMS bekommen. Gut, dachte er. Das werde ich mir später ansehen.
Abermals begann das Handy zu läuten.
„Jetzt reicht es aber", rief Buchner und wollte es ausschalten. Da sah er, dass der Anruf diesmal von Thomas kam. Vom Handy seines Sohnes.
Da muss etwas passiert sein, schoss ihm durch den Kopf.
„Hallo, Thomas, was ist los?", rief er in sein Mobiltelefon.
„Papa, endlich!" Die Stimme seines Sohnes klang ungewohnt hoch und aufgeregt. „Schnell, du musst kommen. Anna – sie wurde ins Krankenhaus eingeliefert."

„Was? Anna? Im Krankenhaus? Ein Unfall?"
„Sie hat versucht, sich das Leben zu nehmen. Papa, bitte schnell, du musst kommen!"
Sie hat versucht, sich das Leben zu nehmen. Buchner stand starr und konnte es nicht fassen. Diese Worte waren die schrecklichsten, die er je in seinem Leben gehört hatte. Anna hat versucht, sich das Leben zu nehmen. Seine Anna. Sein Kind. Seine vernünftige große Tochter. Sie hat versucht, sich das Leben zu nehmen. Wie ins Gehirn eingebrannt, wiederholten sich die grausamen Worte immer wieder.
„Meine Anna", sagte er zu Verena, „meine Tochter, sie wollte sterben. Ich muss zu ihr."
„Wo ist sie?", fragte Verena.
„Im Krankenhaus. Ich muss zu ihr. Ich muss nach Kirchdorf."
„In deinem Zustand – du bist total fertig! Kannst du überhaupt Auto fahren? Soll ich dich hinbringen, Friedl?"
„Nein, nein", wehrte er ab. „Das schaffe ich schon. Meine Anna. Ich muss zu ihr." Wie in Trance verließ er Verenas Wohnung. Eilte zum Auto. Fuhr los und dachte nur mehr an sein armes Kind.

Stöhnend eilte Buchner durch den kahlen Gang der Intensivstation. Der typisch fahle Geruch nach Desinfektionsmittel und abgestandener Luft stieg in seine Nase. Hier irgendwo musste Anna liegen, Zimmer siebzehn.
Als er um die Ecke bog, sah er Gerlinde, Thomas und Eva vor der Tür stehen. Ihre Gesichter waren bleich. War er zu spät gekommen? Ein stummer Schrei drückte ihm die Kehle zu. Drohte ihn zu ersticken. Nein – das durfte nicht sein. Lass mein Kind leben, flehte er – wie schon während der Fahrt – an eine ihm unbekannte Macht.
Gerlinde. Sie ging auf ihn zu. Ihr von Gram gezeichnetes Gesicht ließ ihn erschaudern.
Fragend blickte er in ihre müden Augen. Gerlinde berührte seine verkrampfte, zur Faust geballte Hand.

„Sie schläft jetzt", sagte sie.
„Sie kommt doch durch?", flüsterte Buchner.
„Es wird alles wieder gut", antwortete Gerlinde und drückte seine Hand. Mit einem befreiten Aufatmen erwiderte Buchner die Berührung, öffnete die geballte Faust, um das Gesicht seiner Frau zu streicheln.
„Gott sei Dank", stöhnte er. Dann umarmte er sie schluchzend. Auch Gerlinde weinte.
Die Anspannung der letzten Stunden löste sich. Endlich konnte auch sie loslassen. In den Armen ihres Mannes. So standen sie da, eng umschlungen, schluchzend, sich gegenseitig Stütze gebend.
„Du bist ja verletzt", sagte Gerlinde plötzlich und starrte auf Buchners rechten Oberschenkel.
„Nicht der Rede wert", beschwichtigte Buchner, „habe mich in der Eile an einem Zaun aufgerissen. Kann ich jetzt zu Anna?"
„Komm", sagte Gerlinde, zog ihn an der Hand bis zur Tür. Thomas und Eva standen da und sagten kein Wort.
„Papa und ich gehen nochmals zu Anna rein", erklärte Gerlinde, „dann fahren wir alle gemeinsam nach Hause."
Thomas nickte. Buchner konnte an den glasigen Augen seines Sohnes erkennen, dass er geweint hatte. Eva liefen noch immer Tränen über die Wangen.
„Wie konnte sie das nur tun?", fragte Buchner leise.
„Psst", antwortete Gerlinde. Eine Schwester erschien an der Tür und reichte beiden einen grünen Labormantel zum Überziehen. Dann führte sie das Ehepaar zum Bett ihrer Tochter.
Tief schlafend lag Anna in den weißen Laken ihres Krankenbettes. Als würde sie sich schämen, hatte sie ihr Gesicht tief im Polster vergraben. Nur der Schopf ihres rot gefärbten Haares war zu sehen. Buchner beugte sich tief zu ihr hinab, um ihren Atem zu hören. Sie drehte sich etwas zur Seite und endlich sah er ihr Gesicht.
Bleich, aber entspannt. Friedlich schlummerte sie dahin. Was

konnte so schlimm gewesen sein, dass sie sterben wollte? Ihr junges Leben einfach wegwerfen? Gottfried Buchner wollte es nicht glauben. Liebe und Mitleid mischte sich mit Zorn und Enttäuschung. Gerade Anna, die er für so vernünftig gehalten hatte. Warum gerade sie?

Später, zu Hause, nachdem Thomas und Eva zu Bett gegangen waren, sprach er noch lange mit Gerlinde darüber. An Schlaf war ohnehin nicht zu denken.
Sie hatte Probleme mit ihrer Vorgesetzten, hatte Gerlinde von Annas Freundin erfahren. Dazu kam der tiefe Schmerz über ihre unglückliche Beziehung.
„Sie war mit ihren Nerven bereits total am Ende", erklärte Gerlinde. „Als sie dann von der Oberschwester wegen irgendeines dummen Fehlers gerügt worden war, kam es zur Kurzschlusshandlung. Sie griff in den Medikamentenschrank, entwendete einige Päckchen Schlaftabletten und lief davon. Stundenlang muss sie irgendwo mit den Tabletten in der Tasche umhergeirrt sein, hat sich betrunken – bis sie schließlich den Mut fand, das Zeug zu schlucken. Aber gottlob war ihr Wille zu überleben stärker. Letztendlich hat sie ihre Freundin angerufen. Gott sei Dank."
„Das Leben unserer Tochter hing an einem seidenen Faden und wir haben es nicht bemerkt", meinte Buchner vorwurfsvoll.
„Sie war in Kirchdorf, weit weg von uns, Friedl."
„Trotzdem. Ich habe das Gefühl, dass wir als Eltern versagt haben."
„Du vergisst, dass sie erwachsen ist."
„Egal, wir hätten es merken müssen. Ihr helfen müssen, bevor sie in Panik geriet und keinen Ausweg mehr sah. Stattdessen mühten wir uns mit den eigenen Problemen herum, ohne an unser armes Kind zu denken."
„Das siehst du falsch, Friedl", antwortete Gerlinde. „Ich weiß nicht, was dir in letzter Zeit derart viel Kummer bereitet hat. Du hast dich irgendwie vergraben, ohne deine Familie daran

teilhaben zu lassen. Und genauso war es bei Anna. Sie wollte und musste da ganz allein durch. Es gibt Sorgen, bei denen kann niemand helfen."
„Sie ist an diesen Sorgen zerbrochen, Gerlinde."
„Sie wäre beinahe daran zerbrochen, sie wäre – Friedl. Ihr Überlebenswille war stärker."
Es war gut, mit Gerlinde darüber zu sprechen. Wenn sie auch das bereits Gesagte immer wieder neu durchkauten, es half. Gegen drei Uhr früh gingen sie zu Bett. Buchner fiel in einen seichten, unruhigen Schlaf. Immer wieder schreckte er hoch – der Gedanke an Annas Tat verfolgte ihn wie ein riesiger, unheimlicher Schatten. Und doch hatte ihm dieser schreckliche Schicksalsschlag die Augen geöffnet. Er begriff, wie sehr er noch gebraucht wurde. Als Familienvater und Ehemann. Wie hatte er auch nur einen Moment lang glauben können, bei seiner Geliebten zu bleiben? Niemals. Er gehörte zu Gerlinde und den Kindern. Das wusste er nun. Was für ein hoher Preis für diese Erkenntnis.
Als er um neun Uhr morgens seinen Dienst antrat, fühlte er eine bleierne Müdigkeit. Er hätte sich frei nehmen können. Unter den gegebenen Umständen wäre das kein Problem gewesen. Er wollte es nicht. Wollte sich beschäftigen, um den zermürbenden Gedanken zu entfliehen. Sich ablenken, das war es, was er nun brauchte.

Postenkommandant Hans Kneissl und Kollege Andreas Ganglberger standen neben dem Schreibtisch, als Buchner den Raum betrat. Es dauerte einen Moment, bis er begriff, dass etwas passiert sein musste. Kneissl hatte heute eigentlich dienstfrei. Außerdem konnte er ihren Gesichtern und ihrer Körpersprache entnehmen, dass etwas Schreckliches vorgefallen sein musste. Steif standen sie da und sahen Buchner schweigend an. Dann kam Ganglberger auf ihn zu. Ohne Vorwarnung sagte er einen kurzen Satz, dessen Bedeutung Buchner nicht gleich erfassen konnte: „Friedl, Verena ist tot."

Obwohl er die Worte deutlich vernommen hatte, sah Buchner seinen Kollegen fragend an.
„Unsere Kollegin, Verena Mittasch, sie ist tot."
Starr blickte Buchner den Gendarmen an. Hans Kneissl fühlte sich verpflichtet, das Wort zu ergreifen:
„Wir wissen noch nicht, ob sie gesprungen ist oder ob es ein Unfall war. Sie wurde gestern Nacht gefunden. Sie fiel vom Balkon ihres Wohnhauses. Vom siebten Stock. Direkt auf den Parkplatz. Sie hatte keine Überlebenschance."
„Wir wollten dich gleich verständigen", sprach Ganglberger weiter, „haben aber von der Nachbarin erfahren, dass du bei deiner Tochter im Krankenhaus warst."
„Nein", würgte Buchner hervor. Er wollte mehr sagen, doch seine Stimme versagte. Ein Schwindelgefühl erfasste ihn. Zitternd hielt er sich mit beiden Händen am Schreibtisch fest.
„Mir ist schlecht", rief er plötzlich und lief nach draußen. Gerade noch die Toilette erreicht, übergab er sich. Noch über die Klomuschel gebeugt, schloss er kurz die Augen.
Verena ist tot. Sie ist tot. Tot. Tot.
„Nein!", schrie er laut, richtete sich auf und begann zu laufen. Nur hinaus, irgendwo hin. Er musste allein sein. Sich den Schmerz von der Seele schreien.
Er rannte auf die Straße, hinunter zur Bäckerei Käfer, vorbei an staunenden Passanten. Er lief ohne Ziel, als könne man der Wahrheit entfliehen. Schließlich stand er keuchend vor dem stattlichen Portal der Pfarrkirche. Ohne zu überlegen hetzte er hinein. Eilte nach vorne und setzte sich in eine Bank vor dem Marienaltar.
Jahrelang war Gottfried Buchner nicht mehr in der Kirche gewesen, wenn man von Begräbnissen und anderen Feierlichkeiten absah. Jetzt war sie seine Zufluchtsstätte. Hier vor dem Barockaltar mit den Marmorsäulen und dem mächtigen Marienbild – hier konnte er endlich losheulen. Wie ein reuiger Sünder fiel er auf die Knie, ließ den Kopf auf die Kirchenbank sinken und schluchzte laut und hemmungslos.
Verena ist tot. Ermordet. Und ich habe sie allein gelassen.

In schlimmster Todesgefahr war sie allein. Wie lange musste sie mit ihrem Mörder kämpfen? Verena. Meine geliebte Verena. Dieses junge, blühende Leben, einfach ausgelöscht. Warum?
Fragend erhob er seinen Kopf. Blickte auf das Marienbild vor sich.
„Warum?", wiederholte er stumm. Warum gerade sie? Seine Verena?
Das sanfte Lächeln der rotwangigen Mutter Gottes schien ihm plötzlich wie ein hämisches Grinsen. Hier gab es keine Antwort, wurde ihm schlagartig bewusst. Was in aller Welt mache ich hier, dachte Buchner.
Gut. In Ordnung. Wenn ich schon da bin: Ich schwöre bei Gott. Ich schwöre, dass ich deinen Mörder finden werde. Ich werde dich rächen, Verena. Trauern kann ich später, jetzt muss ich handeln.
Mit geballten Fäusten erhob sich Buchner von der Bank. Als hätte der Altar ihm Kraft gespendet, schritt er zielstrebig aus der Kirche.

Zurück im Büro erklärte er Kneissl und Ganglberger, dass Verenas Tod kein Unfall war. Keinen Widerspruch duldend, erzählte er von den vorangegangenen Vorkommnissen. Ohne Verenas wahres Motiv zu erwähnen, berichtete Buchner von ihrem Versuch, den Mörder in die Falle zu locken. Nachdem alles kein klares Bild ergab, holte er weiter aus und gestand seine gesamte bisherige Ermittlungstätigkeit.
„Buchner, Buchner", fiel ihm Kneissl bald warnend ins Wort, „wenn Sie sich da nur nicht ein riesiges Hirngespinst zusammengebraut haben!"
Später musste er freilich zugeben, dass Buchners Bericht ein sinnvolles Ganzes ergab.
„Glauben Sie wirklich, dass alles Zufall ist?", fragte Buchner seinen zweifelnden Vorgesetzten. „Innerhalb kürzester Zeit kommen drei Menschen, die mit diesem Fall zu tun haben, durch Selbstmord oder Unfall ums Leben."

„Zwar bin ich nicht restlos von Ihrer Wahnsinnstheorie überzeugt, Kollege Buchner", lenkte Kneissl schließlich ein, „doch scheint es sinnvoll, einen Ermittler aus der Landeshauptstadt mit diesem Fall zu betrauen."
„Tun Sie, was Sie für richtig halten", antwortete Buchner, „ich werde jedenfalls dranbleiben."
Ohne sich weiter um seine Kollegen zu kümmern, griff er entschlossen zum Telefon und rief Kurt Wiesinger an.
Leise seufzend zog sich der Kommandant zurück in sein Büro, um sich alles durch den Kopf gehen zu lassen. Andreas Ganglberger setzte sich an seinen Schreibtisch. Rege Tätigkeit vortäuschend, durchwühlte er einen Aktenberg, belauschte in Wirklichkeit aber Buchners Telefonat.
„Hallo Kurt."
„Friedl", antwortete Wiesinger betroffen am anderen Ende der Leitung.
„Es ist so schrecklich", fuhr er nach kurzer Schweigepause fort, „als ich heute Morgen zur Arbeit fahren wollte. Die Rettung, die Gendarmerie, die vielen Menschen. Ich wusste vorerst nicht, was geschehen war. Bis man es mir erzählte."
Wieder Pause.
„Höre mir gut zu, Kurt", unterbrach Buchner das Schweigen, „du musst jetzt nachdenken. Versuche, dich genau zu erinnern. Nach Verenas Anruf gestern, als Alex und ich spontan die Clubsitzung verließen. Was ist dann geschehen?"
„Du weißt doch, dass Philipp und ich euch gefolgt sind."
„Ihr seid einige Minuten später gekommen. Ist jemand vor euch aufgebrochen? Waren die anderen Clubmitglieder noch anwesend, als ihr gegangen seid?"
„Es war ein ziemliches Durcheinander. Alle waren total geschockt. Keiner konnte glauben, dass Willi umgebracht worden war. Lass mich nachdenken. – Nein. Niemand hat vor uns die Sitzung verlassen. Jedenfalls kann ich mich nicht daran erinnern. Wir waren bestimmt die Ersten und Einzigen, die euch gefolgt sind."
„Fährt jemand von den Clubmitgliedern einen roten Passat?"

„Einen roten Passat?"
„Ja, genau. Einen roten Passat. Bitte, denk nach."
Kurt Wiesinger schien zu überlegen. Schweigend kaute Buchner an seinem Daumennagel.
„Nicht, dass ich wüsste", ließ Kurt schließlich wissen.
„Vielleicht irgendeine andere Marke? Fährt jemand ein rotes Auto, das einem Passat ähnelt?", setzte Buchner nach.
„Nur der Konrad, der Konrad Rupp, der fährt einen roten Mazda."
„Ja, stimmt. Ich erinnere mich. Konrad Rupp fährt ein rotes Auto. Weißt du, ob er noch da war, als Philipp und du die Sitzung verlassen habt?"
„Alle waren noch da, Friedl. Andererseits – beschwören kann ich nichts. Wir waren zu aufgeregt."
„Danke, Kurt, das genügt einstweilen." Buchner legte auf.
„Kann man einen Mazda mit einem Passat verwechseln?", fragte er Ganglberger am Schreibtisch vis-à-vis.
„Kann ich mir schwer vorstellen", antwortete der Kollege.
„Eine Frau vielleicht schon", sagte Buchner mehr zu sich selbst, „und im Schock erst recht. Ich fahre zu ihm."
Er sprang auf, griff ohne Erklärung nach dem Gürtel mit der Dienstpistole, schnallte ihn um und eilte zu seinem Wagen.

Konrad Rupp arbeitete in einem Fotolabor in Piebach, wenige Kilometer von Neudorf entfernt. Während der Fahrt überlegte Buchner, wie er mit dem Verhör beginnen sollte. Ich muss Konrad ausquetschen, ohne die Katze gleich aus dem Sack zu lassen, sinnierte er. Vielleicht ist es besser, ich überlege mir vorerst eine Strategie. Nicht gleich loslegen. Einen kühlen Kopf bewahren.
Buchner parkte sein Auto neben der Straße und zündete sich eine Zigarette an. Nach dem vierten tiefen Lungenzug schlug er sich plötzlich mit der flachen Hand auf die Stirn.
„Ich bin ein Narr", sagte er laut, „Konrad Rupp kann es nicht gewesen sein."
Kopfschüttelnd lehnte er sich zurück und schloss die Augen.

Konrad Rupp war damals unter den Gästen der Geburtstagsfeier, entsann er sich. Natürlich, Frau Rupp war ihm damals schon aufgefallen. Ihre penetrante Stimme war nicht zu überhören gewesen, und obwohl er damals Konrad Rupp noch nicht gekannt hatte, hatte er ihn schon zutiefst bedauert. Jetzt fiel es ihm wieder ein. Der arme Wicht in Begleitung der Quasseltante war Konrad Rupp. Wenn er bei der Geburtstagsfeier des Arztes dabei gewesen war, konnte er demnach unmöglich der Mörder Wilhelm Pointners sein.
Gottfried Buchner zündete sich mit dem Stumpf der Zigarette eine neue an und dachte nach.
Der rote Passat. Das war der Schlüssel, der zum Mörder führte. Buchner ging in Gedanken die Autos der Clubmitglieder durch. Keiner, den er kannte, fuhr einen Passat. Weder in Rot noch in einer anderen Farbe.
Urplötzlich fiel es ihm wie Schuppen von den Augen.
Natürlich! Wie konnte er das vergessen? Die Ereignisse der vergangenen Stunden hatten seinen Scharfsinn getrübt.
Anton Stain! Der Autohändler. Ihm stehen eine Menge Autos zur Verfügung, gewiss auch ein roter Passat.
Buchner warf seine Zigarette aus dem Seitenfenster und fuhr los. Zum Autohaus Stain in Altenbach.
Vorerst mal feststellen, wie Anton Stain auf meine Frage nach dem Passat reagiert, plante Buchner.

*

„Schönen guten Morgen, Herr Inspektor Buchner", grüßte der korpulente junge Mann im ölbefleckten, marineblauen Arbeitsoverall. Es war Matthias Reichl, der Chefmechaniker des Autohauses. Buchners Sohn Thomas hatte oft von ihm erzählt. Der braucht ein kaputtes Auto nur zu sehen, ganz kurz das Heulen des Motors zu hören und schon weiß er, was repariert werden muss. Er ist der Wunderheiler aller Autos, schwärmte Thomas oft von seinem Vorbild. Nur zu gerne wäre er bei diesem begnadeten „Autodoktor" in die Lehre gegangen. Leider hatte das Autohaus Stain damals keinen Bedarf an Lehrlingen gehabt. Buchners Sohn hatte deshalb bei der Reparaturwerkstätte Reiffner in Neudorf seine Mechanikerlehre begonnen.

„Interessieren Sie sich für einen neuen fahrbaren Untersatz?", fragte Matthias Reichl. Buchner hatte gerade die Gebrauchtwagen am weitläufigen Außengelände besichtigt, als ihn der Mechaniker entdeckte.

„Der Chef und die Chefin sind leider momentan nicht da", erklärte Matthias Reichl, „aber wenn Sie sich für einen Wagen interessieren, kann ich Sie gerne beraten."

„Habt ihr einen roten Passat?"

„Einen roten Passat?" Die präzise Wunschvorstellung überraschte den Chefmechaniker. „Lassen Sie mich nachdenken. Doch. Ja, natürlich. Der rote Passat, den uns der alte Fleischhauer Brunnmeier dagelassen hat. Ein Spitzenauto, sage ich Ihnen. Der muss irgendwo da drüben stehen. Kommen Sie mit!"

Buchner folgte ihm. Zielstrebig schlängelte sich der junge Mann durch die verschiedenen Autos mit den Preisschildern an der Windschutzscheibe. Bei einigen waren an den Dächern Täfelchen mit der Aufschrift „Topangebot der Woche" oder „Preishit des Tages" angebracht. Ohne die Autos genauer zu betrachten, klebte Buchners Blick auf dem breiten Rücken des Chefmechanikers. Er würde ihn zu dem roten Passat führen. Doch wo war er?

Matthias Reichl blieb stehen. Verwundert fuhr er durch sein dichtes, gelocktes Haar.

„Das ist jetzt aber merkwürdig", sagte er, „ich könnte schwören, dass er hier gestanden hat. Den muss der Chef verkauft haben, ohne mir Bescheid gesagt zu haben. Normalerweise weiß ich, welches Auto wir verkaufen."

„War der Wagen gestern noch da?", fragte Buchner.

„Keine Ahnung", antwortete Reichl, „aber vorgestern war er bestimmt noch hier. Da habe ich die Autos mit dem

Schlauch abgespritzt. Wer will schon einen schmutzigen Wagen kaufen?"

„Wann wird der Chef wieder hier sein?", wollte Buchner wissen.

„Kann länger dauern", antwortete Matthias Reichl, „die sind nach Linz gefahren. Heute Vormittag kommen sie garantiert nicht mehr zurück."

„Danke, dann schaue ich später wieder vorbei." Buchner verzog sein Gesicht zu einem Lächeln, wobei er nur ein holpriges Grinsen zu Stande brachte.

Während er das Gelände verließ, überlegte Buchner, wo Familie Stain wohnte. Es war nicht weit entfernt. Entschlossen ließ er sein Auto am Parkplatz stehen und machte sich zu Fuß auf den Weg. Zum Altenbacher Villenviertel.

Prächtige Häuser mit kunstvoll verzierten Balkonen, großzügigen Erkern und Wintergärten säumten bald die Straße. Das war die Siedlung, in der Anton und Gertrude Stain ihr Domizil errichtet hatten. Buchner suchte nach einem Haus mit Biotop im Vorgarten. Anton Stain hatte mehrmals davon erzählt, wie sehr ihn dieses natürliche, schilfumwachsene Gewässer mit Sumpfpflanzen, Fröschen und Libellen erfreute.

Als er vor einer einstöckigen Villa mit aufwändiger Dachkonstruktion, weißem Mauerwerk und zahlreichen Sprossenfenstern stand, wusste er, dass es nur dieses Haus sein konnte.

Ein kleiner Laubengang führte zur Eingangstür neben der säulenumrahmten Terrasse. Obwohl Gottfried Buchner sicher war, dass keiner öffnen würde, klingelte er. Erwartungsgemäß meldete sich niemand. Das Haus war leer. Wie sollte er hineinkommen?

Kurz entschlossen ging Buchner zum Haus gegenüber, um dort anzuläuten.

Möglicherweise besaß der Nachbar einen Zweitschlüssel. Gewiss war Anton Stain ein Mensch, der sich um gute nachbarschaftliche Beziehungen bemühte.

Eine ältere, zierliche Dame mit weißem, dauergewelltem Haar öffnete und blickte Buchner erschrocken an. Ein Gendarm in Uniform vor ihrer Haustür war nicht gerade alltäglich.
Das kleine Türschild neben der Glocke hatte Buchner ihren Namen verraten.
„Guten Tag, Frau Ecker", grüßte er freundlich.
„Sie wünschen bitte?", piepste sie, ihre fragenden Augen weit geöffnet.
„Ich bin Inspektor Gottfried Buchner. Frau Stain, Ihre Nachbarin, schickt mich. Sie kennen mich zwar nicht, Frau Ecker, aber ich bin ein guter Freund der Familie. Anton Stain ist wie ich Mitglied des Modellflugclubs."
„Ach so", meinte die zierliche Dame erleichtert, „ich dachte schon, es wäre etwas passiert."
„Keineswegs, Frau Ecker. Frau Stain hat mich telefonisch gebeten, einige Unterlagen aus dem Haus zu holen, da sie selbst momentan verhindert ist. Wenn Sie so nett wären und mir den Schlüssel geben könnten?"
Mehr wollte Buchner nicht erklären. Die Uniform würde dazu beitragen, dass die Frau ihm vertraute. Blieb nur zu hoffen, dass sie den Schlüssel auch hatte. Tatsächlich! Er hatte sich nicht geirrt. Sein Instinkt hatte ihm den richtigen Weg gewiesen. Leichtfüßig, wie ein junges Mädchen, huschte Frau Ecker zurück ins Haus, um kurze Zeit später mit dem Schlüssel wieder an der offenen Tür zu erscheinen.
„Herzlichen Dank", sagte Buchner.
„Wo ist die Gertrud denn?", wollte Frau Ecker wissen.
„Die Geschäfte, Sie wissen…", rief Buchner nur, während er bereits davoneilte.

Als er den Schlüssel ins Schloss steckte, blickte Gottfried Buchner auf seine Armbanduhr. Zwanzig vor zehn. Er würde genug Zeit haben, alles zu durchsuchen. Vor Mittag kämen Stains wohl nicht mehr nach Hause, hatte der Chefmechaniker gemeint. Möglicherweise hatten sie den ganzen Tag in Linz zu tun.

Die große Eingangshalle mit dem Treppenaufgang erinnerte Buchner an einen alten Hollywood-Film. Zwar nicht ganz so nobel wie in dem Streifen, dessen Name ihm jetzt nicht einfallen wollte, aber doch erstaunlich großzügig angelegt. Über eine wuchtige Eichenholztreppe gelangte man – vorbei an zahlreichen Jagdtrophäen – zu einer Galerie im ersten Stock, die in Form eines Rundganges zu den einzelnen Wohnräumen führte.

Die Ölbilder mit ihren pompösen, goldfarbenen Rahmen in der Halle, allesamt Imitationen alter Renaissancemaler, wirkten verblüffend echt. Wer nimmt sich heute noch Zeit und Mühe, solch wunderschöne Bilder zu kopieren, dachte Buchner, während er nach oben ging. Neben der Eingangstür zum Wohnzimmer stand ein kunstvoll verzierter Waffenschrank. Anton Stain war auch Mitglied beim Jagdverein, fiel Buchner ein.

„Als Geschäftsmann muss man eben auf vielen Hochzeiten tanzen", sagte er leise zu sich.

Obwohl riesig dimensioniert, wirkte das Wohnzimmer durch die Stuckverzierung, die Holzvertäfelung und weiche Perserteppiche gemütlich. Der alte Bauernschrank neben der modernen Vitrine war keineswegs ein Stilbruch sondern bestach als harmonisches Miteinander von alt und neu. Hier war ein begabter Innenarchitekt am Werk gewesen, mutmaßte Buchner.

Schnurstracks steuerte er der Audio-Videoanlage zu. Wie zu erwarten, besaß Anton Stain ein Tonbandgerät, mit dem man sowohl abspielen als auch aufnehmen konnte. Wo waren die Kassetten? Fein geordnet neben den CDs in der untersten Schublade. Es waren nicht viele, doch alle gewissenhaft beschriftet. Alte Schnulzen wie „Mit siebzehn hat man noch Träume" bis zu Aufnahmen des „Traummännleins" vom Radio, die man einmal vor langer Zeit der Tochter des Hauses vorgespielt hatte. Absurd, hier nach Beweisen zu suchen, schalt Buchner sich selbst. Anton Stain ist kein Narr. Die Kassette mit den Aufnahmen Wilhelm Pointners war gewiss schon vernichtet worden. Trotzdem verschwendete Buchner fünfzig Minuten, um alle CDs, Kassetten und Videos genau durchzusehen.

Seufzend verließ er das Wohnzimmer und kehrte zur Galerie zurück. Dann öffnete er nacheinander Tür um Tür. Ein geräumiges, pink-lila verfliestes Badezimmer mit Whirlpool, eine Toilette, zwei Gästezimmer mit separaten Nasszellen, Tochter Sandras Zimmer, zwei Schlafzimmer, eine weitere Toilette, ein Abstellraum.

Buchner beschloss, zunächst den Kleiderschrank im ersten Schlafzimmer zu begutachten. Die Abendkleider, Pelzmäntel und Kostüme zeigten, dass hier Gertrud Stains Garderobe untergebracht war. Später, flüsterte Buchner und ging in das andere Schlafzimmer – Anton Stains Bereich. Buchner griff in die Brusttasche seiner Uniformjacke. Vorsichtig zog er das kleine Edelweiß, das ihm Direktor Aichgruber gegeben hatte, heraus und betrachtete es. Jedes Kleidungsstück Anton Stains wurde einer genauen Kontrolle unterzogen. Passte irgendwo das Edelweiß? Als Hemdknopf, als Teil einer Gürtelschnalle oder Trachtenjacke? Nein, nirgends. Auch an den fein säuberlich in einem Schuhschrank abgestellten Schuhen – darunter drei Paar Trachtenschuhe – fehlte nirgends ein Edelweiß.

Frustriert begann Buchner, anschließend den Kleiderschrank Gertrude Stains zu durchsuchen. Ohne sich bewusst zu sein, was er eigentlich finden wollte, betastete er langsam Kleidungsstück für Kleidungsstück.

Als er die Schuhe inspizierte, hielt er plötzlich inne. Er hatte ein paar Trachtenschuhe mit Spangenverzierung entdeckt. Neben der silbernen Schnalle waren bei jedem Schuh zwei winzige Löcher im Leder. Kaum sichtbar – aber es schien, als hätte jemand die Zierknöpfe entfernt. Könnten es Edelweiß gewesen sein? Buchner hielt sein Edelweiß hin, um die Größe zu überprüfen. Das könnte passen.

War es möglich? War es möglich, dass sie – die Frau? Gertrude Stain?

Buchner, vor dem Schuhschrank hockend, ließ sich unsanft nach hinten fallen. Starr nach vorne blickend, saß er am Boden und dachte nach.

Die Frau? Nicht er? War das möglich? Hatte sie den Diebstahl begangen, vielleicht sogar die Morde?

Warum? Warum sollte sie? Immer wieder fragte Buchner nach dem Warum.

Warum die Frau? Bis er schließlich mit diesem Wort ein anderes in Verbindung brachte. Die Frau – das Kind.

Warum, wusste er nicht – eine Eingebung? Seine innere Stimme schrie. Eine schreckliche Ahnung durchfuhr ihn wie ein Blitz. Er sprang auf und eilte ins Kinderzimmer.

Kein typisches Jungmädchenzimmer mit Postern an den Wänden und Stofftieren auf dem Bett. Wie bei den Elternschlafzimmern war alles sauber und ordentlich auf seinem Platz. Nur das Einzelbett und der Schreibtisch in der linken Ecke ließen erkennen, dass es Sandras Zimmer war. Ein riesiges Ölbild, die Porträts Gertrude und Anton Stains abbildend, hing über dem Bett. Bedrohlich und düster schien das Gemälde das Kind sogar im Schlaf an die Allgegenwart der Eltern zu erinnern.

Erschüttert wandte Buchner sich ab, um sich dem Wandschrank gegenüber zu widmen. Wo waren Sandras Schulhefte? Die vom vergangenen Unterrichtsjahr. Wo waren Sandras Deutschhefte mit den Aufsätzen?

Bald wurde er fündig. Im untersten Schubfach lagen Sandras Schulsachen säuberlich sortiert. Grüne Umschläge für die Mathematik-Hefte, rot für Englisch, blau für Deutsch. Vier Mathematik-Hefte, Buchner war nicht ganz sicher, glaubte aber, dass Direktor Manfred Aichgruber dieses Fach unterrichtete. Die Englischlehrerin kannte er nur flüchtig. Drei Hefte vollgeschrieben mit Englischübungen und Vokabeln, 1. Klasse b, Hauptschule Neudorf. Sandra besuchte wie viele andere Kinder die neuerbaute Neudorfer Hauptschule, nachdem das alte Gebäude in Altenbach aus allen Nähten platzte.

Deutsch war Wilhelm Pointners Fach gewesen. Warum gab es für dieses Unterrichtsfach nur ein Heft? Rechtschreibübungen und Diktate.
Buchner blätterte es durch. Wie vermutet. Lauter schlechte Noten. Deutsch war Sandras Schwäche.
Wo waren die Hausübungshefte mit den Aufsätzen? Vernichtet? Weg mit den Beweismitteln, die dem Deutschlehrer langsam die Augen geöffnet hatten?
„Mein Gott", entfuhr es Buchner. Tief im Inneren spürte er, wie sich sein Verdacht bestätigte. Es war grauenhaft, daran zu denken – an so etwas denken zu müssen. Was hatte Wilhelm Pointner in sein Notizbuch gekritzelt?
„Dieses dreckige Schwein. Und ich dachte, er wäre mein bester Freund."
Wie konntest du nur schweigen, hielt Buchner im Geiste Zwiesprache mit dem toten Lehrer. Wie konntest du dem Kind das antun? Angeekelt schüttelte er seinen Kopf. Nun ergab alles einen Sinn.
Das eigenartige Verhalten Wilhelm Pointners. An einem Freitag war es gewesen, hatte seine Frau erzählt. Eine Woche vor Schulbeginn. Die Nachhilfe in Deutsch. Wie hatte das Thema des Übungsaufsatzes wohl gelautet? „Meine Erlebnisse in den Ferien" vielleicht? Das Kind hatte sich endlich alles von der Seele geschrieben. Wilhelm Pointner war ein guter Lehrer gewesen. Er hatte all ihren Schmerz aus den Zeilen herausgelesen. Hatte alles begriffen und das Kind zur Rede gestellt. So muss es gewesen sein. Das Kind hat seinem Lehrer schließlich die Wahrheit erzählt. Und er? Er hatte nichts Besseres zu tun gehabt, als den Vater zu erpressen! Nach kurzer Betroffenheit dachte er nur mehr ans Geld. Mein Gott. Wie konnte er das tun?
Von der schrecklichen Erkenntnis wie betäubt, verließ Buchner langsam das Zimmer. Bleich und apathisch schritt er hinunter in die Eingangshalle. Mit dem Blick zur Eingangstür setzte er sich auf die unterste Stufe der Eichenholztreppe. Dann nahm er seine Dienstpistole aus dem Gürtel. Die vie-

len Gedanken, die auf ihn einströmten, ließen nur einen Wunsch zu – ihm Aug um Aug gegenüber zu stehen – ihm die dreckige Wahrheit ins Gesicht zu schleudern – mit der Waffe in der Hand.

*

Seit mehreren Minuten schon lehnte Franz Bogner am Balkongeländer und starrte in die Tiefe.
„Meine Jüngste wird heuer dreißig", murmelte er, „drei Jahre älter als Verena. Warum müssen manche Menschen in der Blüte ihrer Jugend gehen? Glaubst du, dass es vorherbestimmt ist, wie alt man wird?"
„Keine Ahnung", antwortete Andreas Ganglberger, der neben seinem Kollegen in einem ausgebleichten Korbsessel saß. Matt erhob er sich, um wieder seiner traurigen Pflicht nachzugehen. Der Kommandant hatte ihnen aufgetragen, die Wohnung der verunglückten Kollegin zu untersuchen. Etwa zwei Stunden bereits weilten sie hier, ohne irgendwelche Spuren eines Kampfes entdeckt zu haben.
„Sie hat es selbst getan. Das denkst du doch auch?", fragte Bogner.
„Hattest du den Eindruck, dass sie unglücklich war?", entgegnete Ganglberger.
„Wer lässt sich schon ins Innerste blicken. Man weiß doch nie, was in einem anderen Menschen wirklich vorgeht – oder?"
„Unser Kollege Friedl glaubt an Mord. Du hättest ihn hören sollen, Franz. Wie überzeugt er mir und Kneissl von seiner Theorie erzählt hat. Irgendwie hatte das Ganze Hand und Fuß, verstehst du?"
„Ihr seid bereits alle von Friedls Mordwahn infiziert. Solch ein Unsinn! Unsere Kollegin wollte nicht mehr leben. Glücklich mit ihrem Beruf war sie ja nie. Das hast du sicherlich auch gespürt. Da genügt oft ein kleiner Liebeskummer und

alles gerät durcheinander. Wenn man dann auch noch so hoch wohnt. Ein kleiner Sprung genügt und alle Sorgen sind vergessen."
„Tja", war alles, was Ganglberger sich dazu entlocken ließ. Zu lange schon hatten sie über die Todesursache ihrer Kollegin spekuliert. Es gab keinen Hinweis auf einen Kampf. Andererseits war es bestimmt nicht schwierig gewesen, die junge Frau vom Balkon zu stoßen. Das Geländer war niedrig. Vielleicht hatte sie sogar darauf gesessen, in blindem Vertrauen zu ihrem Gesprächspartner. In der Spüle hatten sie zwei Schnapsgläser entdeckt. Sie muss vor ihrem Tod noch Besuch gehabt haben. Streit? Möglich. Eine geöffnete, fast volle Flasche Rotwein stand auf dem Tisch. Daneben ein Glas – halb voll. Wollte sie sich nach dem Besuch betrinken? Hatte sie bereits vor Genuss des ersten Glases beschlossen, vom Balkon zu springen? Oder aber wurde sie gestört, bevor sie sich betrinken konnte? Von ihrem Mörder gestört? Möglicherweise war sie betrunken, hatte sich auf das Balkongeländer gesetzt und war in die Tiefe gestürzt. Man musste den Alkoholgehalt im Blut erst untersuchen. Vielleicht würde das Ergebnis manch offene Frage klären können.
Kollege Bogner hatte Recht. Wahre Liebe zu ihrem Beruf war bei Verena nicht spürbar gewesen.
Ganglberger wusste, warum sie Gendarmeriebeamtin geworden war. Ihr Großvater, Ignaz Mittasch, war Gendarm mit Leib und Seele gewesen. Verena war bei ihm aufgewachsen. Einen Vater hatte sie nie gekannt. Ihre Mutter war mit irgendeinem Kerl verschwunden, als sie noch ein Baby gewesen war. Ohne ihren Großvater wäre sie bestimmt im Heim gelandet.
Ignaz Mittasch war ein echter Haudegen. Ganglberger konnte sich noch gut an ihn erinnern. „Was ist dir lieber?", hatte der alte Mittasch ihn einmal gefragt, als er ihn verbotenerweise beim Mopedfahren erwischt hatte. „Soll ich deinen Vater strafen, der einen Knirps wie dich fahren lässt, oder ziehst du eine Ohrfeige vor?"

Natürlich war ihm die Ohrfeige lieber gewesen, zumal sein Vater ja ahnungslos war.
Gebührenden Respekt hatte man dem alten Mittasch entgegengebracht. Jeder im Ort schätzte ihn. Wie sehr musste ihn seine Enkelin geliebt haben. Ihm zu Ehren ergriff sie denselben Beruf. Der Alte war sehr stolz auf Verena. Damals, als sie – nur wenige Monate vor seinem Tod – zum ersten Mal in Uniform vor ihm stand.
Wahrscheinlich hatte Verena einen anderen Beruf niemals in Erwägung gezogen.
Gedankenversunken setzte sich Ganglberger auf den Hocker neben der kleinen Kochnische.
Was war das? Stand der Sockel des Geschirrschrankes etwa schräg? Das war ihm vorhin nicht aufgefallen. Andreas Ganglberger stand auf und stieß mit seinem Fuß unten gegen den Sockel. Tatsächlich! Er fiel nach vorne und gab einen kleinen Hohlraum frei.
Der Gendarm bückte sich. Ein schmaler Aktenordner kam zum Vorschein.
„Augenblicke" stand auf dem Ordnerrücken. Als Ganglberger seinen Fund herauszog und aufschlug, erkannte er sogleich, dass es sich um ein Tagebuch handelte. Lesend ließ sich Ganglberger wieder auf den Hocker sinken. Er begann mit der letzten Seite:

„Mein Gott", stand da, „was war das für ein aufregender Tag. Ich kann kaum schreiben, so heftig zittere ich noch. Zuerst dieses schreckliche, selbstverschuldete Erlebnis und dann der Selbstmordversuch von Friedls Tochter. Wie konnte sie das nur tun? Hoffentlich ist sie bald wieder gesund. Natürlich, jetzt braucht sie ihren Vater. Das verstehe ich. Trotzdem, mein Geliebter, auch wenn deine Familie das Wichtigste in deinem Leben ist – eines Tages wirst du begreifen, dass du zu mir gehörst. Ich liebe dich wahnsinnig, mit jeder Faser meines Herzens. Ich kann warten. Eines Tages..."

Der Satz hörte abrupt auf. Sie musste gestört worden sein. Das waren nicht die Worte eines Menschen, der sterben will. Schnell musste sie ihr Tagebuch wieder versteckt haben, als es läutete. Das erklärte, warum der Sockel des Geschirrschrankes noch schief stand. Verena hatte überraschend Besuch bekommen. Von ihrem Mörder.

※

Eineinhalb Stunden lang hatte Gottfried Buchner warten müssen. Eineinhalb Stunden lang war er da gesessen und hatte die Tür angestarrt.
Endlich hörte er das leise Schnarren des Haustorschlüssels. Wie in Zeitlupe schien die Eingangstür geöffnet zu werden. Er blieb sitzen, die Pistole geradeaus gerichtet.
Da standen sie, alle drei. Gertrude, Sandra und Anton Stain.
Sie hatten das Kind von der Schule abgeholt und mitgenommen. Verstört und fragend blickten ihn drei Augenpaare an. Buchner stand auf und ging langsam auf sie zu. Mit der Pistole in der Hand.
„Schickt das Kind weg!", sagte er laut.
Die erschrockenen Augen des Mädchens stachen wie Pfeile in Buchners Herz. Und doch schien es, als hätten alle drei diese Situation irgendwie erwartet. Bildete er sich das ein? Nein. Im Blick Anton Stains war ein eigenartiger Funke, ein Ausdruck des Wissens, als würde er sagen, jetzt ist es soweit. Ich hab es gespürt, befürchtet, geahnt.
Nur die Augen der Frau – sie waren wie versteinert. Ohne jedes Gefühl. Undurchdringliches Eis.
Sie war die Erste, die sprach.
„Geh zu Frau Ecker, Sandra!", befahl sie der Tochter mit monotoner Stimme. „Papa und ich kommen gleich nach."
„Aber", flüsterte Sandra.
„Geh!", wiederholte Gertrude Stain energisch.
Wie ein unsichtbarer Schalter setzte der Ton ihrer Stimme

die gewohnte Folgsamkeit in Gang. Sandra tat wie befohlen. Hinter ihr fiel die Tür ins Schloss.

„Du Schwein! Vergehst dich an deinem eigenen Kind!", schrie Buchner.

Anton Stain wich einen Schritt zurück. Er schwieg.

„Bist du verrückt geworden?", rief Gertrude Stain. „Wie kommst du auf diese absurde Idee?"

„Sandra hat alles ihrem Lehrer erzählt. Sie konnte nicht mehr schweigen. Wie sollte sie auch?"

Buchner stand nah vor der Frau. Ihr schweres Parfum raubte ihm beinahe den Atem.

„Sandras Aufsätze. Ihre tiefsten Gefühle haben alles verraten. Wilhelm Pointner war ein guter Lehrer. Er hat alles begriffen und das Kind zum Sprechen bewegt."

„So ein Unsinn!" Gertrude Stain blieb völlig ruhig. Wie eine Säule stand sie da. Eiskalte Augen widerstanden Buchners Blick.

Plötzlich, nach einer kleinen Ewigkeit, begann sie zu schreien: „Was fällt dir ein? Mit diesem Hirngespinst ehrbare Leute zu denunzieren!"

Buchner schritt noch näher an sie heran:

„Es gibt zu viele Beweise. Leugnen ist zwecklos. Wilhelm Pointner hat euch erpresst. Das lässt sich beweisen. Selbst, wenn ihr Sandras Aufsätze und Schulhefte vernichtet habt. Es gibt genug Hinweise, die euch entlarven. Hier, erkennst du das wieder?"

Er öffnete die Faust. Das Edelweiß lag in seiner flachen Hand.

„Das hast du verloren, als du die Tonbänder in der Schule gestohlen hast. Man wird nachweisen können, dass das Stück von deinem Schuh stammt."

„Was für ein Unsinn! Du fantasierst ja! Du bist abnormal!", bellte sie zurück.

Buchner setzte die Pistole an ihre Brust.

„Was geht in deinem Kopf nur vor – im Kopf einer Mutter. Wie ist das möglich? Fridolin Kirch musste sterben, weil

er deinen Mann mit Sandra erwischt hat! In Stielbergen! Stimmt's? Wahrscheinlich wollte er Geld von ihm leihen, egal. Was immer er vorhatte, jedenfalls hat er euer Zimmer betreten. Du warst mit den anderen Frauen spazieren – und dein Mann? Was hat dein Mann getan? Er hat sein eigenes Kind vergewaltigt. Hörst du? Sich an ihm vergangen, dieses Schwein! Ich habe Fridolin gesehen. Er war totenbleich, entsetzt! Konnte das, was er gesehen hatte, kaum fassen, geschweige denn verarbeiten. Konnte nicht glauben, was er mit seinen eigenen Augen entdeckt hatte. Darum musste er sterben, nicht wahr? Weil er Zeuge dieser schrecklichen Tat geworden war. Und du? Du hilfst diesem Schwein? Wie kann das sein? Gegen dein Kind? Wie kann eine Mutter so handeln? Sag es mir! Es geht nicht in meinen Kopf hinein. Ich begreife das nicht."
Die Mündung der Pistole drückte hart gegen die Brust der Frau. Sie wich keinen Schritt zurück. Starrte nur in die Augen ihres Gegenübers.
„Alles Unsinn", stieß sie hervor, laut und schrill, „du Bastard! Willst ehrbare Leute mit deinen Lügen ins Verderben stürzen. Wer bist du denn, dass du es wagst, uns zu beschimpfen?" Sie zeigte keine Furcht. Sie zitterte vor Wut, nicht aus Angst.
„Ist es das?" Buchner ballte seine Linke zur Faust. Erhob sie drohend und rief: „Ja, das ist es, nicht wahr? Die gespielte Ehrbarkeit vor den anderen Leuten. Das willst du schützen. Um jeden Preis. Dafür opferst du sogar das Leben deiner Tochter. Um gut dazustehen. Um gesellschaftlich das Spiel zu spielen, das dir passt. Das ist das Wichtigste in deinem Leben. Dafür gehst du über Leichen. Jetzt begreife ich. Dafür muss deine Tochter diese Qualen ertragen – dafür mussten drei Menschen sterben. Für deine gesellschaftliche Anerkennung! Das Spiel ist aus, du Bestie! Wir werden den roten Passat finden. An den Reifen werden wir feststellen können, dass du damit beim Lindenbaum warst. Wir haben in Verenas Wohnung Fingerabdrücke gefunden. Wir wer-

den feststellen, dass sie von dir sind. Dieser dritte Mord, du Hexe, er wird dich Kopf und Kragen kosten."
Gertrude Stain spuckte ihm ins Gesicht.
„Verschwinde", zischte sie, „lass mich in Ruhe! Nichts kannst du beweisen. Nichts. Dazu seid ihr viel zu blöd. Wer bist du denn? Ein Nichts! Was hast du dir im Leben schon geschaffen? Du hast nichts zu verlieren, du Narr! Du nicht! Genauso wenig wie dieser Idiot von Fridolin oder das farblose Geschöpf – dieses dumme Mädchen, mit ihrem ‚Räuber und Gendarm-Spielen'."
Gottfried Buchner konnte seinen Finger am Abzug kaum mehr kontrollieren. Ein kleiner Ruck und das Ungeheuer ist weg. Die Augen zu und abdrücken. Für Verena. Die gerechte Strafe für dieses grauenhafte Weib.
Er steckte die Waffe weg und erfasste gleichzeitig den Hals dieser Bestie in Menschengestalt. Schüttelte und würgte sie. Immer heftiger.
„Warum Verena? Warum sie? Warum das Mädchen, warum?", schrie er aus Leibeskräften.
„Lass sie los", hörte er jemanden hinter sich. Anton Stain. Buchner hatte ihn total vergessen.
„Lass sie los, und Hände hoch", schrie der Mann. Dann spürte Buchner den Lauf eines Gewehres in seinem Rücken. Anton Stain musste die Waffe irgendwo hinten in der Garderobe versteckt gehabt haben.
Langsam löste Buchner seine Finger vom Hals der Frau. Sah, wie sich ihre Augen voll Genugtuung weiteten.
„Sie hat das Auto wiedererkannt, das dumme Ding", antwortete Gertrude Stain. „Wenn sie es nicht so offensichtlich gezeigt hätte. Was war sie? Gendarmeriebeamtin? Dass ich nicht lache! Ein dummes, kleines Mädchen war das."
Der Schmerz in Gottfried Buchners Augen bereitete ihr Freude. Höhnisch grinsend fuhr sie fort: „Ich wollte nur überprüfen, ob sie mich erkannt hatte. Also besuchte ich das naive Gör. Erzählte ihr eine rührende Geschichte von Eheproblemen und so. Sie hörte brav und aufmerksam zu.

Hatte keine Ahnung, die Kleine. Aber dann, als wir den Balkon betraten – sie sah hinunter und erkannte das Auto. Sie erblickte den geparkten Passat und ich wusste Bescheid – es war so einfach, sie vom Balkon zu stoßen."
Gottfried Buchner ballte seine erhobenen Hände zu Fäusten. Hass, Zorn, Trauer schnellten in ihm hoch, gleichzeitig, sodass er daran zu ersticken meinte.
Obwohl er den Lauf des Gewehres im Rücken spürte, fühlte er keine Angst.
„Es wird ein Unfall sein", hörte er Anton Stains Stimme, ruhig und beherrscht wie immer, „wir hatten einen Einbrecher vermutet, ich schoss und traf ihn leider tödlich. Wie konnte der Gendarm einfach so unbegründet in unser Haus eindringen? Die Trauer um seine geliebte Kollegin muss seinen Verstand verwirrt haben."
„Damit kommt ihr nicht durch", antwortete Buchner, seine Fassung wieder gewinnend.
„Das lass unsere Sorge sein! Fridolin Kirchs Unfall war genauso ein Kinderspiel. Zarte Frauenhände haben genügt, ihn in den Abgrund zu stoßen. Musste mir nicht einmal selbst die Hände schmutzig machen. Ich befürchte, Gertrude hat es sogar genossen, ihn in die Tiefe fallen zu sehen, diesen Nichtsnutz."
„Meine Kollegen wissen bereits alles", sagte Buchner.
„Das glaube ich nicht. Ihr habt nur zu zweit Detektiv gespielt. Du und diese Verena. Warum ihr an Wilhelm Pointners Selbstmord gezweifelt habt, bleibt uns ein Rätsel. Ich habe meine Frau sofort angerufen, als dieses dumme Mädchen erklärte, Beweise für den Mord zu besitzen. Wir wissen bis heute nicht, warum deine Kollegin im Clublokal anrief und eine derartige Behauptung aufstellte. Dabei war Gertrudes Plan großartig gewesen. Der perfekte Mord. Wir konnten schließlich unser sauer verdientes Geld nicht immer an diesen idiotischen Lehrer verschwenden."
„Aber dein Kind kannst du immer schänden, du Schwein!", rief Buchner.

„Gott prüft die Menschen eben", antwortete Gertrude Stain anstelle ihres Mannes, „leider hat er Anton eine immens schwere Last aufgebürdet. Er arbeitet daran. Es wird nicht wieder passieren. Was weißt du denn, wie tapfer er dagegen ankämpft!"
„Nein! – Das ist nicht wahr!" Erneut starrte Buchner in die kalten Augen dieser Frau. „Du nimmst tatsächlich Gott in den Mund? Eine Versuchung nennst du dieses grauenhafte Verbrechen? Damit glaubst du, dein Gewissen beruhigen zu können? Eine gottgewollte Prüfung? Du bist geistesgestört, Gertrude Stain. Vollkommen verrückt. Du bist krank."
„Du verstehst überhaupt nichts", sagte sie, „Anton, lass mich es tun, lass mich diesen Dummkopf beseitigen." Langsam ging sie um Gottfried Buchner herum. Totenstille herrschte im Raum. Buchner konnte hören, wie Anton Stain sein Gewehr übergab. Dann fühlte er den Lauf von seinem Rücken hinauf zum Hinterkopf wandern. Spürte den Druck der Mündung, genau in der Mitte des Kopfes.
Nein, dachte er, nein, ich muss Verena rächen. So darf es nicht enden. Dennoch wartete er auf den erlösenden Schuss. Auch wenn er wusste, dass damit sein Leben beendet sein würde. Statt die Augen zu schließen, starrte er auf die Eingangstür.
Bis sie aufsprang. Hatte er geahnt, dass es passieren würde? Vor ihm stand Andreas Ganglberger, mit gezogener Pistole. „Lassen Sie das Gewehr los, Frau Stain!", rief Ganglberger. Im selben Moment ließ Buchner sich geistesgegenwärtig nach vorne fallen. Er wusste, dass diese Frau eher abdrücken als verlieren würde. Schon hörte er den Schuss aus dem Gewehr. Nahm dunkel wahr, dass etwas am Türbalken einschlug. Mit lautem Knall flogen Holzspäne durch die Luft. Dann, Sekundenbruchteile später, der zweite Schuss. Aus einer Pistole. Ganglberger hatte geschossen. Buchner lag am Boden, blickte nach hinten und sah, wie Gertrude Stain zusammensackte. Blut spritzte. Jemand schrie. Eine Frauenstimme. Gertrude Stain, sie lag am Boden. Das Schreien

ging in Wimmern über. Anton Stain beugte sich über sie. Er schwieg.

Andreas Ganglberger hastete herbei.

„Bist du verletzt, Friedl?"

„Nein, alles in Ordnung", sagte Buchner. Er griff nach dem Gewehr, das am Boden lag. Dann stand er auf und betrachtete die verwundete Frau. Blut quoll aus ihrer rechten Schulter. „Sie ist nur verletzt, Andreas."

„Die Nachbarin, sie hat uns angerufen", erklärte Ganglberger, während er seine Pistole auf Anton Stain richtete. Der hockte am Boden neben seiner blutenden Frau. Bleich und starr blickte er ins Leere.

„Die Kollegen werden gleich hier sein, Friedl. Frau Ecker hat erzählt, dass Sandra Stain geschockt zu ihr gekommen sei. Mit gezogener Pistole hättest du die Eltern bedroht. Ich habe sofort verstanden und bin losgeeilt. Gottlob war die Haustür nicht versperrt. Ich weißt nicht, ob ich sie hätte eintreten können."

„Anton Stain ist der Mörder Wilhelm Pointners, mit Hilfe seiner Frau. Gertrude Stain hat Fridolin Kirch und Verena getötet", sagte Buchner mit monotoner Stimme. Er musste sich setzen, weil er merkte, wie seine Beine nachgaben. Alles flimmerte plötzlich vor seinen Augen. Jetzt nicht umfallen, dachte er, nicht jetzt. Jetzt ist endlich alles geschafft.

*

Ein kräftiger Händedruck von Oberst Wigbert Scheuchenstuhl war für einen einfachen Revierinspektor vom Lande eine große Ehre. Wenn der Oberst dazu extra aus der Landeshauptstadt angereist kam, um jenen Inspektor zu loben und ihm dabei wohlwollend auf die Schulter zu klopfen, galt dies sicherlich als ganz besondere Auszeichnung. Dass Buchner bei dieser Ehrung sogar angeboten wurde, er solle sich mit seinem Talent bei der Kriminalabteilung in Linz bewerben, hätte eigentlich unendliche Freude auslösen müssen. Doch Buchner blieb trübsinnig in Gedanken versunken. Wortkarg und freudlos hatte er die Feier mit musikalischer Umrahmung durch die Neudorfer Musikkapelle über sich ergehen lassen.

Die Trauer um Verena war nicht die einzige Ursache für Buchners depressive Stimmung. Irgendetwas passte nicht. Buchner spürte, dass die Trauer um seine Kollegin warten musste. Der Fall war nicht restlos geklärt. Und wieder war es dieser Schirm. Der nasse Regenschirm in Wilhelm Pointners Auto. Er ließ Gottfried Buchner einfach nicht zur Ruhe kommen.

Gestern hatte man den Gendarmen die Aussagen der Stains zukommen lassen. In einem umfassenden Geständnis hatte Gertrude Stain zugegeben, Fridolin Kirch und Verena Mittasch ermordet zu haben. Der lästige Erpresser Wilhelm Pointner war von dem Ehepaar gemeinsam beseitigt worden. Durch einen Anruf hatten sie den Lehrer zu einem vereinbarten Treffpunkt gelockt. Dort öffnete Gertrude Stain den Kofferraum ihres Wagens, um Wilhelm Pointner einen vermeintlichen Geldkoffer zu zeigen. Als Pointner sich darüber beugte, schlug Anton Stain mit voller Wucht von hinten zu. Das Ganze war bei Nacht und strömendem Regen passiert, weshalb Wilhelm Pointner nicht sehen konnte, dass sein Mörder mit einem Golfschläger bewaffnet auf der anderen Seite des Wagens hockte, um im richtigen Moment zuschlagen zu können. Anschließend wurde das bewusstlose Opfer auf die Schienen gelegt. Bevor der Zug den Ohnmächtigen verstümmelte, hatte das Ehepaar mit Pointners Handy Günther Simbacher angerufen. Anton Stain hatte gewusst, dass der junge Lehrer bei der Geburtstagsfeier weilte und daher genug Zeugen anwesend sein würden. Ein gut durchdachter Plan. Sogar das Pfeifen des herannahenden Zuges wurde einkalkuliert. In dem Moment, als Simbacher das Pfeifen hörte, unterbrach man das Gespräch. Die sorgfältig auf Tonband geschnittenen Worte des Lehrers taten die gewünschte

Wirkung. Jeder hatte an den angekündigten Selbstmord geglaubt.

Als Gottfried Buchner das Geständnisprotokoll gelesen hatte, war er irritiert. Sofort hatte er in Linz, wo das Ehepaar Stain in Untersuchungshaft saß, angerufen. Die Aussage Gertrude Stains war detailliert und präzise formuliert. – Ein Schirm war in dem Bericht nicht vorgekommen. Man möge Gertrude Stain unbedingt nach dem Schirm fragen, bat Buchner eindringlich am Telefon. Noch am selben Tag erhielt er die Antwort. Die Angeklagte wüsste nichts von einem Schirm. Weder vor noch nach dem heftigen Schlag hatte sie einen Regenschirm wahrgenommen. Warum lag ein nasser Schirm im Auto des Opfers? Wilhelm Pointner musste vor seiner Ermordung aus dem Wagen gestiegen sein. Warum?
Ich bin wirklich verrückt, sagte sich Buchner schließlich. Möglicherweise hat sich Wilhelm Pointner nur Zigaretten geholt, und ich zerbreche mir darüber den Kopf. Dennoch. Ein sonderbares Gefühl der Unzufriedenheit machte sich in ihm breit. Vielleicht ist es wirklich die Trauer um Verena, die mich verrückt werden lässt, dachte Buchner. Der Oberst hat eine Bewerbung in Linz angeboten. Ich wurde gelobt und geehrt. Bin am Ziel meiner Wünsche – und kann mich nicht freuen. Fühle mich müde und niedergeschlagen. Möglicherweise war alles zu viel für meine Nerven. Annas Selbstmordversuch, dann Verenas Tod. Wahrscheinlich brauche ich Zeit, um dies alles langsamer zu verkraften.
Mit diesen Gedanken versuchte Buchner, sein eigenartiges Gefühl zu verharmlosen.
Am Abend, nachdem er nur wenige Bissen von seinem Rindsgulasch verzehrt hatte, saß Buchner sinnierend beim Tisch. Draußen regnete es in Strömen. Mit traurigem Blick starrte er auf die Rinnsale, die auf den Fensterscheiben ihre Spuren zogen.
Anna war bereits aus der Intensivstation entlassen worden und nur mehr zur Beobachtung in stationärer Behandlung.

Ihr Arbeitgeber zeigte Verständnis für ihre Kurzschlussreaktion und wahrscheinlich konnte sie weiterhin im Krankenhaus arbeiten. Das alles hatte er vor dem Abendessen von Gerlinde erfahren.
„Sollte es in Kirchdorf Probleme geben, kann Anna vielleicht in Linz beginnen. Es gibt genug Krankenhäuser dort", sagte Buchner plötzlich.

Gerlinde Buchner war überrascht. Lange Zeit war ihr Mann schweigend dagesessen und hatte aus dem Fenster gestarrt. Und nun, völlig unzusammenhängend, gab er Antwort auf das, was sie ihm vor zwanzig Minuten erzählt hatte.
„Sie wird in Kirchdorf bleiben können, wie es aussieht", bekräftigte Gerlinde.
„Trotzdem. Vielleicht ist es besser, sie geht nach Linz. Vielleicht ziehen wir alle nach Linz."
„Wie?" Gerlinde verstand nicht.
„Ich habe ein Angebot bekommen. Möglicherweise werde ich mich in Linz bewerben."
„Aber – noch nie hast du erwähnt, dass wir nach Linz gehen werden. Mein Gott, das ist jetzt aber völlig überraschend. Weg von Neudorf?"
Gerlinde setzte sich. Nun starrte auch sie das Fenster an.
„Wie kommst du auf Linz?", fragte sie.
„Gerlinde, ich will jetzt nicht darüber sprechen."
Die müden Augen ihres Mannes ließen sie wissen, dass Diskutieren zwecklos war.
Kopfschüttelnd stand sie auf. Mit sich selbst redend, fuhr sie fort, den Geschirrspüler auszuräumen.
„Linz, nun ja, vielleicht ist das gar nicht so schlecht", murmelte sie, „Eva wird übernächstes Jahr maturieren. Möglicherweise beginnt sie in Linz zu studieren. Macht Sinn, wenn wir dann auch dort wohnen."
Gottfried Buchners Augen verfolgten weiterhin die Regentropfen am Fenster. Die Selbstgespräche seiner Frau hörte er wie aus weiter Ferne. Seine Gedanken kreisten um

Verena Mittasch, Wilhelm Pointner sowie um Gertrude und Anton Stain.

„Die ganze Einrichtung nehmen wir nicht mehr mit", flüsterte Gerlinde weiter, „das eine oder andere neue Möbelstück können wir uns gewiss leisten. Irgendwie bin ich froh, dass wir ausziehen. Die neuen Mieter unten sind total unsympathisch."

„Wie, was sagst du da", hellwach sprang Buchner auf, „die neuen Mieter? Zieht Sabine Pointner denn aus?"

„Ja, gestern waren die neuen Nachbarn hier. Komische, eingebildete Leute. Ich bin ihnen im Treppenhaus begegnet. Er ist so ein großer, schlaksiger Kerl. Hat nicht gegrüßt. Ging einfach an mir vorbei. Die regen sich bestimmt auf, wenn Eva mit der Gitarre übt."

„Hat Sabine Pointner verraten, warum sie auszieht?"

„Alles erinnert sie an ihren Mann, hat sie gesagt. Sie muss ihn sehr geliebt haben."

„Wann zieht sie weg?"

„Sicher bald, wenn die Nachmieter bereits da waren, die Wohnung zu besichtigen."

„Gerlinde, ich muss dringend zum Gendarmerieposten. Da stimmt etwas nicht. Ich fühle das. Ich muss die Akte noch einmal durcharbeiten. Warte nicht auf mich, es kann spät werden."

„Ja, aber", konnte Gerlinde nur mehr sagen. Ihr Mann war so schnell aus der Wohnung verschwunden, dass er sogar seine Zigaretten vergessen hatte.

„Ich hab's gewusst! Da war noch etwas, das mich stört", sagte Buchner laut. Nur zehn Minuten hatte er gebraucht, um die richtige Stelle in der umfangreichen Akte „Anton und Gertrude Stain" zu finden.

„Meine Sinne müssen von den Ereignissen der letzten Tage vernebelt gewesen sein", erklärte er.

Kollege Andreas Ganglberger erhob sich von seinem Schreibtisch. Er war über Buchners plötzliches Erscheinen im Büro erstaunt gewesen, hatte er damit doch seine Hoffnung auf einen ruhigen, ereignislosen Nachtdienst begraben müssen.
Wie alle Kollegen hatte auch er dringend Entspannung nötig. Die Aufregungen der letzten Tage waren sehr belastend. Jeder hatte Verena gemocht. Ihr tragischer Tod musste erst verkraftet werden. Für ihn war der Fall gelöst und ad acta gelegt. Was hatte Buchner wieder daran zu schaffen? Missmutig stand er hinter seinem Kollegen und blickte über dessen Schulter.
„Hier sieh mal", sagte Buchner. Sein rechter Zeigefinger wies auf eine Zahl in der Mitte der Seite.
„In Summe hat Wilhelm Pointner etwa 140.000,-- Euro von Anton Stain erpresst."
„Na und?"
„Sabine Pointner hat nur von 40.000,--, die auf einem Sparbuch liegen, gesprochen, verstehst du?"
„Nein. Ich verstehe nur Bahnhof."
„40.000,-- für das Sparbuch und das Auto, das hat sie zugegeben. Wo sind die restlichen 100.000,--?"
„Keine Ahnung", sagte Ganglberger und ließ sich auf den Stuhl neben Buchner fallen. „Das wird Sabine Pointner eben noch erklären müssen."
„Sabine Pointner wird vorgeben, nichts zu wissen. Sie wird beteuern, ihr Mann hätte dieses Geheimnis ins Grab mitgenommen. Verstehst du noch immer nicht?"
„Worauf willst du hinaus Friedl?"
„Mit 100.000,-- Euro kann man einigermaßen beruhigt ein neues Leben beginnen", sagte Buchner mehr zu sich selbst. Einige Sekunden lang blickte er schweigend ins Leere.
„Jetzt weiß ich, warum der Schirm benützt wurde, mein Gott. Ja, natürlich, das ist die Lösung", mit weit aufgerissenen Augen blickte er Kollegen Ganglberger ins fragende Antlitz.

„Du sprichst nur mehr in Rätseln, Friedl", knurrte Ganglberger.
„Der Pudlhaubn-Lois, der geht niemandem ab, nicht wahr? Habt ihr da schon weiter geforscht? Wann ist er zuletzt gesehen worden? Steht davon etwas im Bericht eurer Recherchen?", fragte Buchner.
„Wie kommst du jetzt auf den Pudlhaubn-Lois?", fragte Ganglberger, stand jedoch gleichzeitig auf, um aus der mittleren Lade seines Schreibtisches eine blassgrüne Flügelmappe zu holen.
„Hier", sagte er, während er Buchner die Mappe überreichte, „aber viel steht da nicht drinnen. Der Meixner Harry dürfte der Letzte gewesen sein, der ihn gesehen hat. Der Lois hat sich bei ihm noch Tabak erbettelt."
„Der arme Lois", sagte Buchner leise, während er sich in die Vermissten-Akte vertiefte, „das hat er wirklich nicht verdient. Ich muss sofort den Hauptschuldirektor anrufen."
„Direktor Aichgruber?", fragte Ganglberger. „Also jetzt verstehe ich überhaupt nichts mehr."

✳

Als Sabine Pointner die Tür öffnete und beide Gendarmen vor ihr standen, wusste sie sofort, dass alles zu Ende war.
„Frau Sabine Pointner, ich verhafte Sie im Namen des Gesetzes", sagte Buchner laut.
„Kommen Sie herein – ich hole nur meine Jacke."
„Leugnen ist zwecklos, Frau Pointner, wir werden die Leiche exhumieren lassen", sprach Buchner, als sie im Vorzimmer standen. „Sie sind mitschuldig am Tode von Alois Fritsch."
„Wir konnten nichts dafür", antwortete die Frau leise.
„Was? Was?" Buchner begann zu schreien. Als hätte er abermals die Mörderin Verenas vor sich, stieg unbändige Wut in ihm hoch. Hart ergriff er Sabine Pointners Oberarm, zog sie ruckartig zu sich heran. Mit der zweiten Hand packte er sie grob am Kragen ihrer Jacke. Sein Gesicht dem ihren

ganz nahe, ihre angsterfüllten Augen vor sich, brüllte er sie an: „Verena, ihr habt Verena genauso auf dem Gewissen. Sie könnte noch leben, wenn ihr nicht geschwiegen hättet. Fridolin, auch er hätte nicht sterben müssen."
„Friedl, bitte, beruhige dich", die Worte Ganglbergers blieben ungehört.
„Wie konntet ihr das Kind so lange leiden lassen?", brüllte Buchner weiter. „Ihr geldgierigen, schrecklichen Ungeheuer! Es hätte alles nicht geschehen müssen, wenn ihr geredet hättet. Verena, sie wäre noch am Leben, verstehst du, sie hätte nicht sterben müssen!" Wild und unbändig schüttelte er den Körper der Frau hin und her, fauchte und schrie.
Ein kläglicher Laut, schrill aber kraftlos und jämmerlich wie der Schrei eines verwundeten Tieres, ließ Buchner zur Vernunft kommen. Dann sah er die Tränen in Sabine Pointners Augen – und ließ ab von ihr.
„Ich wollte das nicht, glauben Sie mir. Ich wollte das nicht. Wir konnten doch nicht wissen, dass das alles passieren würde. Mein Gott, wenn wir geahnt hätten!"
„Bringen Sie uns zu Ihrem Mann", sagte Buchner erschöpft, „das ist das Einzige, was Sie jetzt noch tun können."
„Ja", schluchzte Sabine Pointner und folgte den Gendarmen.

Während der Fahrt nach Linz konnte Buchner endlich mit seiner Trauer um Verena beginnen. Andreas Ganglberger lenkte den Wagen, Buchner saß daneben, hinter ihnen Sabine Pointner. Alle schwiegen. Da und dort huschten Lichter durch die trübe Nacht. Die erleuchteten Fenster der vorbeiziehenden Häuser ließen Buchner nach den Schicksalen dahinter fragen. Nicht überall wird gemütliche Abendstimmung herrschen, sagte er sich. Da und dort Familientragödien. Da und dort Kinderlachen, Liebespärchen, Streit oder Eintracht. In der Nacht spürt man genau, dass sich Leben in den Häusern befindet, dachte Buchner. Leben, das

Wichtigste, das Verena für immer versagt bleiben würde. Nie mehr lachen, weinen, schreien, toben. Es hätte ein glückliches Ende in unserer Beziehung geben können, meine Elfe, hielt Buchner gedanklich Zwiesprache. Wenn ich mit meiner Familie nach Linz gegangen wäre, so hätte sich alles von selbst gelöst. Etwas Trauer, aber schließlich hättest du einen netten jungen Mann gefunden. Hättest geheiratet, Kinder bekommen. Ja, zwei Kinder, das hätte zu dir gepasst. Sicher wäre ich schrecklich eifersüchtig gewesen, wegen des anderen Mannes, aber das hätten wir irgendwie geschafft. Ganz sicher. Leben solltest du, Verena, leben!
Als Kollege Ganglberger die rechte Hand vom Lenkrad nahm, das Handschuhfach öffnete und ihm ein Taschentuch reichte, begriff er, dass er laut aufgeschluchzt haben musste. Egal. Sollten die anderen denken, was sie wollten.

Die Verhaftung Wilhelm Pointners war schnell vorüber. Anders als seine Gattin, war er völlig überrascht, als die Gendarmen vor ihm standen. Zitternd saß er schließlich auf dem Sofa des spärlich eingerichteten Pensionszimmers, in dem er sich seit Wochen versteckt hatte, und gestand. Ja, er habe gewusst, dass die Tonbänder gestohlen wurden. Direktor Aichgruber hätte ihm ganz aufgelöst vom Einbruch in der Schule erzählt. Er selbst habe sich sofort den Grund dieses Diebstahls zusammenreimen können. Als schließlich der Anruf gekommen sei, er solle sich mit Anton Stain treffen, habe er geahnt, was dieser vorhaben würde. Um auf Nummer sicher zu gehen, sei er zum Pudlhaubn-Lois gefahren. Der wäre ihm noch eine Gefälligkeit schuldig gewesen. Schließlich hätte Wilhelm Pointner ihm öfter ein Bier spendiert. Alois Fritsch habe so ziemlich die gleiche Größe und Statur wie der Lehrer gehabt. Also habe er Lois von einer Wette erzählt und ihn überredet, die Kleider zu tauschen. Dann sei Lois mit Pointners Auto zum vereinbarten Treffpunkt gefahren. Dunkelheit und Regen hätten dazu beigetragen, dass die Mörder tatsächlich das falsche Opfer töteten.

Als Wilhelm Pointner von dem Mord erfahren habe, sei er auf die Idee gekommen, sich zu verstecken, bis Gras über die Sache gewachsen wäre. Wenn seine Mörder erst einmal sicher gewesen wären, dass er nicht mehr lebte, hätte ihm keine Gefahr mehr gedroht. Auf dem Postweg sei er mit seiner Frau in Kontakt geblieben, bis man endlich mit dem verbliebenen Geld weit weg hätte ziehen können.
Dass der Fall sich derart dramatisieren würde, habe doch niemand ahnen können, rechtfertigte er schließlich die Tat.
„Natürlich wollte ich nicht, dass der Pudlhaubn-Lois ermordet wird", jammerte Wilhelm Pointner, „ich überredete ihn zum Kleidertausch nur, um zu sehen, was passieren würde. Ich hatte Angst, verstehen Sie? Angst vor Anton Stain. Er war unberechenbar. Trotzdem. Dass er wirklich so weit gehen und sogar morden würde – wer konnte das voraussehen?"
„Eure tatsächliche Mitschuld wird der Richter entscheiden", unterbrach Buchner die scheinheilige Rechtfertigung des Mannes, „ich hoffe auf einen strengen und gerechten Richter."
Sabine Pointner äußerte kleinlaut, sie hätte ja ohnehin, ohne Wissen ihres Mannes, versucht, auf einen Mord hinzuweisen. Sie habe Buchner durch ihre Aussagen geholfen, dem Mörder auf die Spur zu kommen. Ihr schlechtes Gewissen hätte sie dazu getrieben, dem Gendarmen immer wieder Tipps zu geben.
Gottfried Buchner blieb ruhig. Diese Menschen werden ohnehin niemals begreifen, was sie verbrochen haben, dachte er. Verena könnte noch leben. Könnte die ersten Schneeflocken des heurigen Winters auf ihrer Nasenspitze spüren – könnte sich auf den folgenden Frühling freuen – könnte jubeln und jauchzen, wenn ich zum ersten Mal den „Kranich" fliege. Wenn ich nur für sie fliege.

※

Unbändig, wild, dann wieder gleitet er sanft und weich. Wie eine Brise, die sich sammelt und ballt zum gewaltigen Sturm. Vorerst noch schwebend zieht er stolz seine Bahn, als sammle er Kraft. Zieht dahin, in seiner schlichten Schönheit, schmiegt sich an, gibt sich hin, folgt dem Ruf seines Herrschers – dem unendlichen Himmel. Und dann bricht er aus. Wie ein Adler im Sturzflug schießt er herab, beendet den Steilflug knapp vor dem Boden. Heulend zieht er vorbei und wieder hinauf in sein Element.

Der „Kranich" – endlich war es soweit. Er konnte ihn fliegen. Gebannt verfolgten Gottfried Buchners Augen jede Bewegung des Modells. Als könne er die kleinste Schwingung in seinen Fingern spüren, gab er Höhe, gab Seite, glich aus. Welch ein Zusammenspiel von Feingefühl und Routine, erlerntem Wissen und intuitivem Spüren. Gleich einer Vermählung von Technik und Kunst.

Er war allein auf dem Flugfeld. Nur er und sein Modell. Es war noch früh am Morgen. Niemand würde diesen Jungfernflug durch Worte stören. Nur das satte, frische Heulen des „Kranichs" durch die sanfte Morgenstille.

„Verena. Für dich. Es war dein Wunsch", flüsterte Gottfried Buchner. Mit einem raschen Ruck des Höhenruders nach vor stach er das Modell an. Ungestümes, feuriges, junges Leben zog heulend an ihm vorbei. Ungestümes, junges Leben schoss wieder empor. Hinein in den weiten, unbekannten Himmel. Wieder und wieder ließ er den „Kranich" knapp vor sich im tiefen Überflug vorbeiziehen – ja. Das war es gewesen. Die Begegnung mit Verena. Ungestümes, feuriges, junges Leben hatte sein Leben gestreift. Um dann zu entfliehen, weit weg. Niemand weiß, wohin.

Keinen Augenblick ließ er den „Kranich" aus den Augen, seine Gedanken bei Verena. So stand er lange Zeit am Flugfeld. Und plötzlich wusste er, dass es das erste und gleichzeitig letzte Mal war. Nie mehr wieder würde er den „Kranich" fliegen. Nie mehr wieder in seinem Leben.